이 현

성운을 먹는 자

성운을 먹는 자 17

김재한 퓨전 판타지 소설

초판 1쇄 찍은 날 § 2016년 7월 19일
초판 1쇄 펴낸 날 § 2016년 7월 26일

지은이 § 김재한
펴낸이 § 서경석

편집책임 § 이창진
디자인 § 신현아

펴낸곳 § 도서출판 청어람
등록번호 § 제387-1999-000006호
등록일자 § 1999. 5. 31
어람번호 § 제1-2487호

주소 § 경기도 부천시 원미구 부일로 483번길 40 서경B/D 3F (우) 14640
전화 § 032-656-4452 팩스 § 032-656-4453
http://www.chungeoram.com
E-mail § chungeorambook@daum.net

ISBN 979-11-04-90895-8 04810
ISBN 979-11-04-90287-1 (세트)

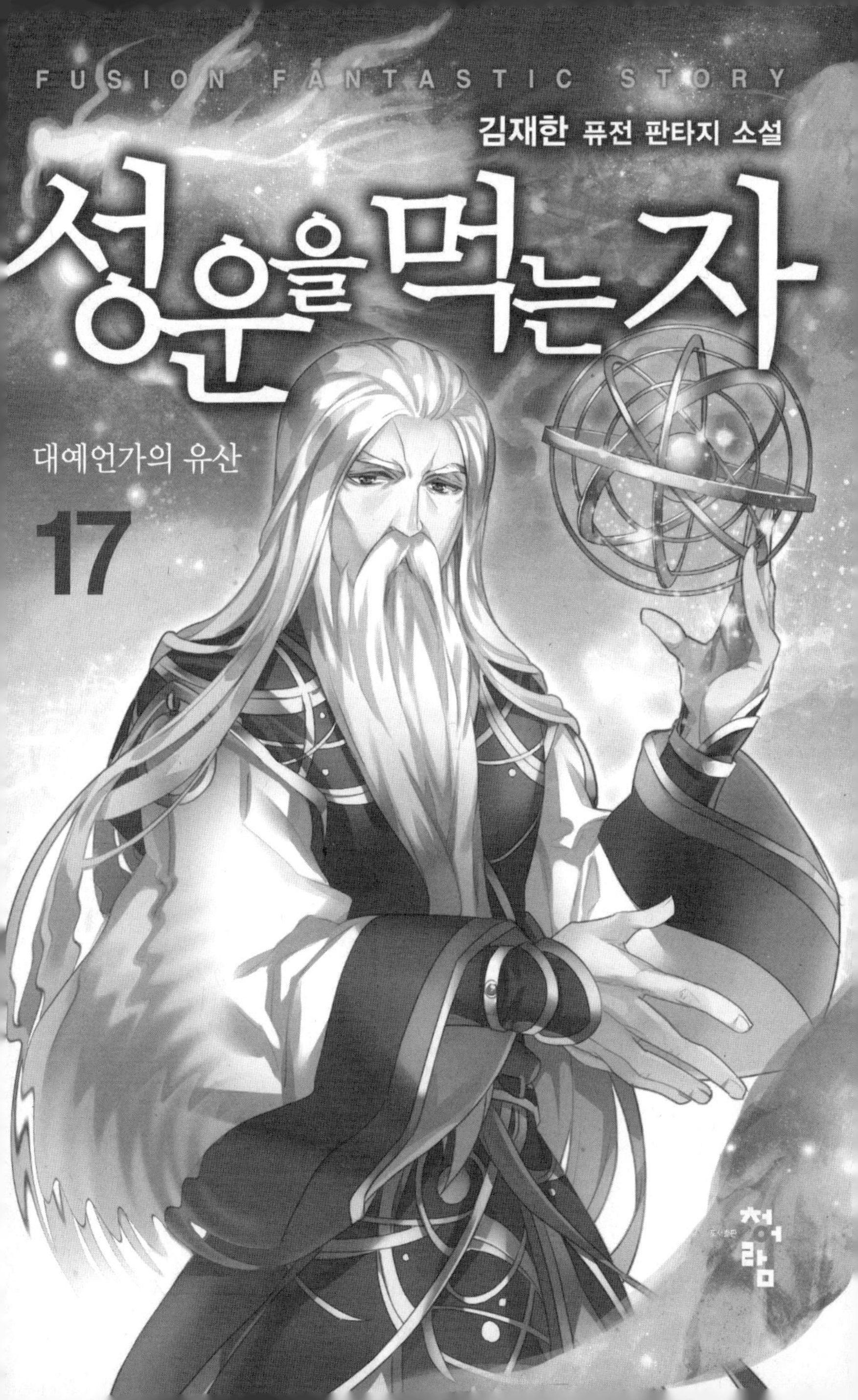
FUSION FANTASTIC STORY
김재한 퓨전 판타지 소설
성운을 먹는 자
대예언가의 유산
17
청어람

목차

제98장
설산의 의지

성운을 먹는 자

1

북방 설산은 4월이 되었어도 여전히 혹독한 추위를 자랑했다. 외지인들에게는 겨울 그 이상의 날씨였다.

이런 날씨에 눈 덮인 산속을 맨다리와 맨발이 훤히 드러나는 헐렁한 차림새로 돌아다니는 소녀가 있었다.

누가 보면 설산의 요괴로 오인했을 것이다. 두껍게 껴입어도 동상을 걱정해야 하는 엄동설한에 맨발로 돌아다니다니?

허리에 검을 찬 소녀는 눈 위를 사뿐사뿐 뛰어다니다가 어느 순간 암벽을 오르기 시작했다. 마치 암벽이 평지라도 되는 것처럼 경공으로 뛰어 올라간다.

그리고 암벽 위로 뛰어 올라간 그녀 앞을 한 사람이 가로막았다.

"진예야."

"음? 사저, 무슨 일이세요?"

진예를 마중 나온 것은 설산검후 이자령의 셋째 제자 주미령이었다. 막내 제자인 진예와는 나이 차가 열 살도 넘는 그녀가 눈살을 찌푸렸다.

"제발 부탁이니 옷 좀 제대로 입고 다니렴. 남자 문도들이 널 볼 때마다 눈을 어디다 둬야 할지 모르겠다고 한탄을……."

"그래서 저도 요즘은 문내에서 돌아다닐 때는 바지를 입고 다니는데요?"

"지금은?"

"어차피 사람 없는 곳에 다녀오는 건데요, 뭐."

"후우. 말해봐야 내 입만 아프지."

한숨을 푹 쉰 주미령이 진예의 손에 들린 것을 보며 물었다.

"그건 뭐니?"

"아, 시기가 되어서 빙령께 가서 설당정을 좀 받아 왔어요. 오는 길에 빙야화가 보여서 꺾어 왔구요. 사저의 회복에 좀 도움이 될까 해서……."

빙야화는 설산에서도 극히 드물게 피어나는 영약이었다. 햇빛이 없는 곳에서만 피어나며 백색 투명한 꽃잎을 지닌 것이 특징이다.

"그렇구나."

주미령이 미소 지었다.

얼마 전, 백야문은 한차례 큰일을 겪었다.

황실 마교 대책반의 요청을 받은 문주 이자령이 자리를 비운 동안 설산의 세력 구도가 요동치는 사건이 터졌다. 요괴 세력이

청안설표 일족을 급습했고, 청안설표 일족이 승리하기는 했지만 일족의 수장인 청륜이 중상을 입었다.

그가 약해지고, 요괴들의 지배 구도에 공백이 발생했으니 다툼이 발생하는 것은 필연이었다.

백야문 역시 우방들을 돕기 위해 이 싸움에 참가했다. 한 달 가까이 계속된 싸움은 실로 치열해서 백야문에서도 열 명 가까운 전사자가 나왔다.

백야문의 기둥이라 할 수 있는 이자령의 수제자 네 명 중에서는 사망자가 나오지 않았지만 부상자들이 나왔다. 특히 대제자 이연주는 내상이 깊어서 두 달 가까이 침상에 누워 있는 신세였다.

주미령이 말했다.

"별의 수호자에서 사람이 왔단다."

"우리가 주문한 약이 온 건가요?"

진예가 반색했다.

백야문이 워낙 오지에 있다 보니 별의 수호자와 거래하러 설운성까지 다녀오는 데도 꽤나 시간이 걸린다. 지난번에도 약을 사 오기는 했지만 그들이 원하는 수준의 내상 치료제는 재고가 없어서 총단에 주문해야 한다는 말을 들어서 오매불망 소식을 기다리고 있는 처지였다.

주미령이 고개를 끄덕였다.

"그것도 있고. 사부님이 너도 좀 같이 보자고 하시는구나. 가 보거라."

"네. 사저, 이거 좀 부탁드려요."

진예는 설당정과 빙야화를 주미령에게 안겨주고는 쏜살같이
달려갔다.

"얘! 옷은 제대로 입고 가야지!"

주미령이 다급하게 외쳤지만 진예는 이미 저만치 달려간 후
였다.

2

천유하는 빠르게 척마대에 녹아들었다.

아무래도 그가 외부인이라는 점 때문에 안 좋게 보는 눈길들
이 있긴 했다. 하지만 성운의 기재로 태어나 강호에 유성검룡으
로 명성을 떨쳤다는 점을 선망하는 이들도 있었고, 형운과 함께
목숨을 걸고 싸워온 친우라는 점도 호감을 샀다.

무엇보다 무인은 실력으로 말하는 법이다. 몇 번의 대련만으
로도 다들 천유하의 실력을 인정할 수밖에 없었다.

그가 첫 임무에 투입된 것은 객원으로 받아들여진 지 보름 만
의 일이었다.

'새삼스럽지만 정말 놀라운 조직력이다.'

목적지는 진해성과 하운성의 접경지대였다. 그곳으로 가는
동안 천유하는 새삼 별의 수호자의 조직력에 감탄했다.

천유하 역시 마교 대책반이라는 거대한 조직 속에서 그 움직
임을 경험해 본 사람이다. 연합 조직이기는 했지만 그곳에 있는
동안 받은 풍족한 지원은 과연 황실 직속이라고 감탄할 수밖에
없었다.

그런데 척마대 객원이 되어 임무를 수행해 보니 협력자들을 한데 모은 연합 조직과 단일 조직은 어떤 차이가 나는지 실감하게 되었다.

'일단 장비.'

척마대는 그 임무를 수행하기에 가장 적합한 장비들을 지급받는다. 그런데 그 장비란 것들이 무기와 소도구들은 물론이고 여러 상황에 대응하는 약들과 마인의 술법에 대항하는 기물까지 포함하고 있었다. 이것들을 돈으로 환산하면 일개 무인에게 이런 것들을 지급해도 되나 싶을 정도로 비용이 높을 것이다.

'이동 수단.'

출발하기 전에 이미 임무 수행 지역까지 가는 최적의 이동 수단이 확보되어 있었다. 가는 곳마다 그들을 위한 준마들이, 강을 건너기 위한 배가, 그리고 편안하게 휴식할 수 있는 장소들이 기다리는 것은 놀라운 경험이었다.

'정보.'

아무리 그래도 정보 면에 있어서는 황실 마교 대책반의 경험이 있으니 딱히 놀랄 일이 없으리라 여겼다.

그런데 아니었다. 척마대는 정해진 지점에 도착할 때마다 목적지에서 출발한 가장 최신 정보를 넘겨받고 있었다.

'이것이 금력으로는 대륙 3강이라 불리는 이들의 조직력인가.'

무인들의 평균적인 수준도, 장비도, 그들을 받쳐 주는 조직력마저도 소름 끼칠 정도로 압도적이다.

천유하는 그들이 중원삼국의 역사보다도 더 장구한 세월 동안 자신들의 자리를 지켜온 저력을 알 수 있을 것 같았다.

3

천유하의 첫 임무는 수월하게 끝났다. 현지에 도착해서 표적을 찾기까지 사흘이 걸리기는 했지만 포착하고 나자 임무 수행 자체는 전광석화처럼 빠르게 이루어졌다.

돌아오는 길에 천유하가 말했다.

"고맙다."

"뭐가?"

"아무리 봐도 대주인 네가 직접 나설 만한 임무는 아니었던 것 같은데. 나 때문에 신경 써준 거지?"

척마대 객원으로 들어온 지는 얼마 되지 않았지만 이번 임무가 형운이 직접 나서기에는 급수가 낮다는 것 정도는 알 수 있었다. 아무리 척마대가 되도록 표적을 압도하는 전력을 투입하는 것을 기본으로 삼는다고 해도 명백히 과잉 대응이었다.

그 이유는 아마도 최대한 빨리 천유하를 임무에 투입하기 위함이었으리라. 형운은 이번 임무에서 그 자신이 활약하는 대신 대원들을 활용했고, 결정적인 활약은 천유하의 몫이 되었다.

이 일로 척마대원들은 천유하를 진짜 동료로 받아들일 수 있을 것이다.

형운이 약간 멋쩍어했다.

"내가 영입한 건데 그 정도는 해야지. 그리고 마교 놈들이 언제 무슨 일을 벌일지 몰라서 종종 임무의 내용과는 상관없이 무작위로 나서기도 하고 있어."

돌아오는 길은 갈 때에 비하면 느긋한 편이었다. 하지만 서두르지 않는다뿐이지 길과 이동 수단이 최적화된 것은 마찬가지라서 갈 때에 비해 사흘이 더 걸렸을 뿐이었다.

천유하는 그동안 마을 등지를 둘러보며 일야신공의 계승자가 될 만한 인재를 찾아보았다. 하지만 아직까지는 성과가 없었다.

"조검문도로 받아들이는 것도 아니고 개인적으로 맡은 유지를 전하는 거야. 내가 후견인이 되어주기는 하겠지만 이 일은 일야문이라는, 먼 옛날에 사라진 문파를 부활시키는 첫걸음이기도 하지. 그러니 신중하게 골라야 해."

강호에 유성검룡이라는 명성을 떨친 천유하 자신의 제자가 되는 것이 아니다. 어디까지나 그의 도움을 받아서 일야문을 부활시키는 역할을 맡는 것이다.

자질보다도 계승자가 처한 상황과 의지가 더 중요했다. 그런 인재가 쉽게 발견된다면 그게 더 이상한 일일 것이다.

4

돌아오자 또 다른 일이 기다리고 있었다.

"생각보다 빨리 왔군."

형운은 보고를 받고는 작게 한숨을 쉬었다.

올 것이 왔다. 그런 기분이었다.

천유하가 물었다.

"무슨 일인지 물어봐도 되나?"

"너도 다 봤으니 감출 일은 아니지. 설산검후께서 진예 소저를 데리고 오셨어."

"아, 지난번에 말했던 그 건이 설마……."

천유하는 눈치가 빨랐다.

광세천교와의 싸움에서 형운이 보여준 빙백설야공, 그리고 형운과 귀혁의 대화를 통해서 사정을 추측할 수 있었다.

"…혹시 그 사실을 밝힐 생각인가?"

하지만 형운이 이자령과 진예를 총단으로 불러들였다는 사실에는 놀랄 수밖에 없었다.

형운이 부당한 욕심으로 빙백설야공을 훔쳐 배우지는 않았을 것이다. 천유하는 그 점에 대해서는 형운을 믿었다.

하지만 비전무공을 외인에게 도둑맞은 입장에서는 그 사람의 됨됨이나 익히게 된 사정 따위는 중요하지 않다. 이 경우 강호의 해결 방식은…….

'해치워 버리거나 아니면 자신들의 일원으로 만들거나.'

무공을 익힌 사정이 고려되는 경우는 후자였다.

'원래는 용서할 수 없는 일이지만 어쩔 수 없는 사정이었음을 고려해서 우리의 일원으로 받아들여 주겠다.'

이런 식으로 해결될 경우 형운은 별의 수호자에서 나가서 백야문도가 되어야 한다.

물론 별의 수호자가 그런 상황을 허락할 리가 없다. 백야문이 강경한 태도로 나온다면 최악의 사태가 벌어질지도 모른다.

　형운이 말했다.

　"뭘 걱정하는지는 알겠는데, 나도 대책 없이 사실을 고백하겠다고 나선 것은 아니야. 게다가 이게 감출 수 없는 일이라는 게 문제였고."

　"감출 수 없다니? 백야문도 앞에서 그 무공을 쓰지만 않으면……."

　"그 정도로 해결되면 좋겠는데, 내 사정이 좀 복잡하거든."

　형운이 쓴웃음을 지었다. 그냥 신경 써서 감추는 것으로 해결될 문제였다면 형운도 굳이 그들을 불러들여서 사실을 고백하는 위험을 감수하지 않았을 것이다.

　천유하는 더 캐묻지 않았다. 제3자인 자신이 끼어들 문제가 아님을 알았기 때문이다.

　"걱정하지 마. 잘 처리할 수 있으니까."

　형운은 천유하를 안심시키고는 이자령과 진예가 머무는 곳으로 향했다.

　그곳으로 들어서는 순간, 서늘한 한기가 느껴졌다.

　실제로 기온이 바깥보다 낮았다. 하지만 그보다는 그 안쪽에서 풍겨 나오는 기파가 주는 차가움이 더 강했다.

　"오랜만에 뵙습니다."

　형운이 눈을 감고 묵상에 빠져 있던 이자령에게 인사했다. 이제는 예전보다는 조금 더 나이가 들어서 초로 정도로 보이는 그녀가 천천히 눈을 떴다.

"연일 강호를 떠들썩하게 한 풍운아치고는 신수가 훤하군."

"염려해 주신 덕분입니다."

"딱히 염려한 적은 없다."

이자령은 쌀쌀맞게 말하고는 옆에 앉아 있는 진예에게 눈짓했다. 잠자코 스승의 말이 끝나길 기다리던 진예가 인사했다.

"오랜만에 뵈어요, 대협."

"건강해 보이시는군요, 빙백검봉(氷白劍鳳)."

그동안 진예도 강호에 이름이 알려질 활약을 펼치면서 별호를 얻었다. 하지만 명성을 얻었어도 겉보기로는 달라진 구석이 별로 없었다. 모르는 사람이 보면 10대 중후반의 얌전한 소녀로밖에 봐주지 않으리라.

'무공은 달라진 것 같지만.'

기심의 수는 3년 전에 만났을 때와 달라지지 않았다. 여전히 6심이다.

그러나 기심 하나하나의 완성도와 진기 흐름이 예전보다 훨씬 정련되었다. 몸 전체에서 피어나는 은은한 냉기는 그녀의 빙백설야공이 한층 완숙된 경지에 접어들었음을 의미한다.

이자령이 말했다.

"솔직히 별로 기대하지 않고 있었다. 그런데 정말 일월성단을 주겠다고 나를 이곳으로 부르다니, 빠르게 출세했군."

두 사람이 별의 수호자 총단까지 온 이유는 별의 수호자 측에서 일월성단—달을 판매하겠다는 의사를 타진해 왔기 때문이다.

형운은 이 건을 위해서 성존과 독대하는 강수를 두었다. 이것은 꽤나 무리한 일이었다. 장로회의 권위를 무시하는 것으로 여겨질 수도 있었으니까.

그런 부담을 지면서까지 일을 진행한 이유는 빙백설야공 문제를 해결하기 위해서였다.

"복용은 내일 하게 될 겁니다. 일단 저와 사부님께서 입회하시겠지만 필요하다면 더 많은 기공사를 준비하겠습니다."

"일이 빨라서 좋군. 게다가 약의 복용을 도와주는 기공사라니, 실로 사치스러워. 하지만 필요 없다. 팔객 중 세 사람이 입회하는데 더 사람을 들여봤자 낭비일 터."

게다가 그 세 사람은 지금 강호에서 내공의 정점에 선 인물들이기까지 했다.

"내가 부탁한 거래를 성사시켜 줬는데 이렇게 묻는 것은 좀 이상하다고 생각하지만……."

문득 이자령이 형운을 빤히 보면서 물었다.

"우리를 여기까지 부른 이유는 그게 전부인가?"

"왜 아니라고 생각하십니까?"

"빙령께서 일러주시더군. 뭔가 중요한 일이 기다리고 있을 거라고. 진예가 일월성단—달을 취하는 것이 그 일일 수도 있지만, 왠지 그게 아니라는 느낌을 받았다."

형운이 쓴웃음을 지었다.

빙백설야공 문제를 백야문에 감출 수 없다고 생각한 이유는 바로 이것이었다.

형운은 빙령과 너무 깊이 연관되어 있다.

그의 빙백기심은 빙령의 조각을 흡수해서 이루어진 것이니,

그에 관련된 일을 빙령이 모르리라 생각하는 것은 너무 염치가 없는 것이리라.

숨길 수 없다면 차라리 당당하게 밝히고 해결하는 수밖에 없다. 형운은 그런 생각으로 두 사람을 총단으로 불러들였다.

"그 일을 말씀드리기에 앞서 보여 드려야 하는 것이 있습니다."

"뭐지?"

"이곳에서 보여 드리기는 어렵군요. 내일 진예 소저의 일이 끝난 후에 자리를 마련하겠습니다."

"알겠다."

이자령은 수상해하는 눈길을 보내면서도 일단은 수긍했다.

5

진예의 일월성단 복용은 성도의 탑에서 이루어졌다.

형운과 귀혁, 그리고 이자령까지 9심 내공을 지닌 세 사람이 도우미로 입회했는데도 반응이 안정되기까지는 장장 세 시진(6시간) 가까이 걸렸다.

'하령이 정도는 아니더라도 빠르군.'

그것도 형운이 예상하고 있던 것에 비해 훨씬 빠르고 수월한 과정이었다.

일월성단은 천명단보다 진기의 질적 향상 기대치가 높은 대신 복용했을 때의 반응이 훨씬 격렬하다. 진예는 막강한 도우미들의 도움을 십분 활용해 가면서 최소한의 반응으로 그 기운을 자신의 몸속에 녹여내는 데 성공했다.

"대단해……."

진예가 한숨처럼 중얼거렸다.

이것으로 그녀의 내공이 7심에 이르렀다.

갓 형성된 일곱 번째 기심은 다른 기심들에 비해 빈약했다. 하지만 내공이 한 단계 상승한 것은 부인할 수 없는 사실이었다.

하지만 진정 놀라운 사실은 그것이 아니다.

'기질이 변했어.'

진예 스스로도 체감할 수 있을 정도로 기의 질이 달라졌다. 몇 년 동안 설산에서 빙백설야공에 전념해야만 이룰 수 있는 질적 향상이 불과 몇 시진 만에 이루어진 느낌이다.

왜 이자령이 진예가 일월성단을 취하길 원했는지 알 것 같았다. 일생에 단 한 번뿐이겠지만 이것은 빙백지신을 추구하는 백야문의 무인에게는 천고의 기연으로 작용하는 비약이다.

"…놀랍군."

이자령은 제자의 성취가 아니라 다른 것에 놀랐다.

"설마 벌써 스승과 같은 경지에 도달했었다니."

그녀는 재회한 후 처음으로 경악과 불신의 눈빛을 보여주었다.

형운이 나이에 비해 비정상적인 내공 성취를 이루었다는 사실은 익히 알려진 사실이었다. 하지만 설마 벌써 9심에 도달했을 줄이야?

이자령은 순간적으로 자신의 판단을 의심했다. 하지만 이 작업에서 그녀의 감각이 수집한 모든 정보가 형운이 9심에 도달했다는 결론을 형성하고 있었다.

"대체 무슨 방법을 쓴 거지, 귀혁?"

"대답을 들을 수 있는 질문이라고 생각하고 던진 건가?"

"흥."

둘의 분위기가 싸늘해지려는 찰나, 형운이 끼어들었다.

"그럼 자리를 옮기지요."

"뭘 보여주고 싶어서 사람을 번거롭게 하려는 건지 모르겠군. 굳이 지금 보여줘야만 하겠느냐?"

아무리 내공이 심후하다고 해도 이런 일을 마친 후에는 피로해진다. 당연히 이자령은 형운이 굳이 지금 일을 처리하려는 것이 짜증스러웠다.

"제가 요즘 들어서 다망한지라 오늘처럼 통째로 일정을 비우기가 쉽지 않습니다. 사부님께서도 마찬가지시고요. 부디 검후께서 양해해 주셨으면 좋겠군요."

"좋다. 부디 시시한 장난이 아니길 바라지."

"설마 제가 검후께 그런 무례를 저지르겠습니까."

그들은 총단을 나서서 광운산맥으로 향했다. 뭔가를 보여주겠다더니 굳이 도시 밖까지 나간다고 하자 이자령은 한층 짜증스러운 기색이 강해졌지만 일단은 잠자코 따라갔다.

그리고 광운산맥 깊숙한 곳까지 간 그녀의 표정이 묘해졌다.

'이 흔적은⋯⋯.'

무참한 파괴의 흔적이 가득한 곳이었다.

이전에 일월성신을 이루고 폭주했던 유명후와의 전장이었으

며, 이후에는 형운과 귀혁이 과격하게 주변을 파괴하는 수련을
할 때 쓰고 있는 장소였다. 아무 곳이나 때려 부수다 보면 인근
의 영수들과 반목하는 수도 있기 때문에 이미 파괴된 곳을 쓰는
것이 편하기 때문이었다.

'엄청난 격전이었겠군.'

최소한 심상경의 고수들 여럿이 이 자리에서 충돌했었음을
알 수 있었다. 위치상 이곳에서 전투를 벌인 것은 별의 수호자
의 무인들이었을 텐데, 그들이 대체 '무엇'과 전투를 벌였는지
는 추측하기가 어려웠다.

'마교가 공격해 오기라도 했나? 아니면 광운산맥에 잠자고
있던 대마수라도 있었나?'

그 정도 적이 아니고서는 이 대격전의 흔적을 설명할 수 없었
다.

귀혁과 형운에게 물어볼 수도 없는 노릇이라 상상력을 동원
하고 있을 때, 형운이 심호흡을 한번 하더니 말했다.

"그럼 보여 드리겠습니다. 먼저 한 가지 부탁드리자면, 사정
을 설명드릴 기회를 달라는 겁니다."

"그 말은 내게 뭔가 찔리는 게 있다는 건가?"

"보시면 알 겁니다."

빙백기심이 고동치며 극음지기가 전개되었다. 형운의 주변
부가 순식간에 얼어붙으며 허공에 극음지기를 듬뿍 응축한 얼
음결정들이 떠오르기 시작했다.

"…무엇을 말하고자 하는지 알겠군."

이자령의 눈이 매서워졌다. 얼음처럼 차가운 분노를 뿜어내

며 그녀가 형운에게 한 걸음 다가갔다.

"좋다. 어디 한번 해명해 보아라. 네가 어떻게 빙백설야공을 익히고 있는 것인지."

그녀는 당장에라도 형운을 베어버릴 듯 흉흉한 기세를 뿜어내며 추궁해 왔다.

6

순간 그 자리를 숨 막힐 듯한 살기가 지배했다.

이자령이 전투태세로 들어간 것은 그야말로 찰나였다. 한순간에, 단 한 걸음을 내딛는 것만으로 그녀는 정면의 형운과 우측면의 귀혁 둘 모두를 자신의 공격권 안에 넣어버렸다.

빙설백검을 전개하지 않은 것은 그녀가 최대한으로 인내심을 발휘하고 있다는 증거이리라. 당장에라도 자신을 베어올 듯한 그녀의 기세를 마주하면서 형운이 입을 열었다.

"먼저 말씀드리자면, 이것은 한없이 빙백설야공에 가깝지만 빙백설야공 자체는 아닙니다."

"헛소리로 이 자리를 모면할 수 있다고 생각하나?"

"그런 각오였다면 애당초 저는 검후께 이것을 보여 드리지 않았을 겁니다. 아니, 애당초 일월성단을 빌미로 이곳까지 오시게 하지도 않았겠죠."

그것이 이자령이 형운의 해명을 들어주겠다고 마음먹은 이유 중에 하나였다. 형운이 숨기는 대신 자신과 진예를 불러들여서 사실을 밝혔다는 것.

형운이 말을 이었다.

"빙백검의 형태로 구현되지 않는 것만 봐도 아실 수 있을 겁니다. 이건 빙백설야공을 익힌 결과가 아니라, 제 능력이 빙백설야공과 유사한 형태로 구현된 결과입니다."

"즉 빙백설야공의 진체를 훔쳐낸 것이 아니라 외형을 보고 같은 효과를 추구하다 보니 그런 무공이 완성되었다. 그러니까 백야문에서 간섭할 일은 아니다……. 뭐 그런 헛소리를 지껄이려는 것이냐?"

"그것도 아닙니다."

"그럼 대체 무슨 말을 하고 싶은 게냐?"

"백 마디 말을 늘어놓는 것보다 이쪽이 나을 것 같습니다."

형운은 품속에서 무언가를 꺼냈다. 이자령과 진예의 눈이 크게 떠졌다.

"빙령?"

형운의 손에 들린 것은 빙령의 조각이었다.

7

본래는 더 이상 형운이 지닌 빙령의 조각이 없어야 했다. 되찾은 것들은 백야문에 돌려주거나, 형운 자신과 합일하여 빙백기심이 되었으니까.

그런데도 이 순간 빙령의 조각이 형운의 손에 들려 있는 이유는 간단했다.

혼마 한서우가 넘겨주었기 때문이다.

'내가 가져다줘 봤자 검후는 칼부림이나 하겠지. 그걸 감수하고서라도 돌려주긴 해야겠지만, 그보다는 네가 가져다주고 생색이라도 내는 게 나을 것 같구나. 그리고 왠지 이게 너한테 큰 도움이 될 거라는 느낌이 든다.'

지금에 와서 돌이켜 보면 그것은 예지였을 것이다.

형운은 한서우에게 마음속 깊이 감사했다.

"흑영신교와의 싸움에서 되찾은 것입니다. 돌려 드리겠습니다."

"음……."

이자령은 떨떠름한 표정으로 빙령의 조각을 넘겨받았다.

지금까지 백야문이 형운에게 진 신세는 결코 가볍지 않았다. 그런데 또 이런 빚을 져버리다니, 이래서야 살벌하게 추궁하기도 어렵지 않겠는가?

하지만 이자령은 이 문제를 얼렁뚱땅 넘길 생각이 없었다.

"공으로 과를 덮을 심산이었느냐?"

"그런 생각이 아주 없다고는 못 하겠군요. 하지만 그것만은 아닙니다."

형운의 대답에 이자령의 표정이 묘해졌다. 아까 전부터 나오는 대답마다 그녀의 예상을 비켜가고 있지 않은가?

'대체 뭘 믿고 있는 것이지?'

설마 귀혁이 이 자리에 있으니 무력으로 충돌한다 해도 목숨이 날아갈 일은 없을 것이라고 생각하는 것일까?

형운이 말했다.

"부디 그 빙령의 조각과 교감해 보시지 않겠습니까?"

"네 말보다는 빙령의 뜻이 받아들이기 쉽다는 것을 계산한 것이냐? 아주 철저하게 준비했군."

"전 사부님과 달리 검후님과 척을 지고 싶지 않거든요. 지금까지 저와 백야문은 좋은 관계였다고 생각합니다. 앞으로도 그런 관계를 이어가고 싶네요."

그 말에 귀혁이 코웃음을 쳤고, 이자령이 험악한 눈으로 그를 쏘아보았다.

잠시 귀혁과 시선으로 신경전을 벌이던 그녀는 곧 빙령의 조각을 쥐고 눈을 감았다. 그녀와 빙령의 조각 사이에 인간이 언어로 나누는 것과는 다른 정보 교류가 이루어졌다.

"…그랬군."

빙령과의 교감은 언어화하기 어려운 경험이다. 인간과는 다른 방식으로 세계를 관측하고, 사고하고, 관여하는 존재와의 정신적 소통이니 그럴 수밖에 없다.

하지만 이자령은 세상 그 누구보다도 그 경험을 언어화해서 이해하는 데 능한 인간이었다. 백야문도들은 빙령과 수호의 계약을 나눈 존재들이며, 백야문주인 그녀는 그들을 대표하여 빙령의 뜻을 헤아리는 설산의 무녀나 마찬가지였다.

"상상도 못 한 짓을 하는구나."

이자령은 놀람을 숨기지 못했다.

그녀는 살아 있는 인간 중에서는 그 누구보다도 빙령과 깊게 연관된 존재였다. 그렇기에 빙령이 인간과 어떤 식으로 관계성을 맺는지 잘 알고 있었다.

형운은 그녀가 수십 년 동안 빙령을 보며 구축한 상식을 깨는 존재였다.

그와 빙령의 관계는 백야문도 입장에서는 불쾌할 정도로 파격적이었다. 빙령은 그에게 백야문도들만의 특권이었던 설당정을 내준 것은 물론이고 자신의 분신체를 부여하기까지 했다. 그리고 빙령지킴이 유설을 보내어 희생조차 불사하며 그를 지키게 하지 않았던가?

물론 그것은 모두 가치 있는 투자였다. 형운은 자신이 받은 것 이상으로 백야문에게, 그리고 빙령에게 많은 일들을 해주었으니까.

"설마 자신의 공적으로 빙령을 설득하다니."

하지만 그렇다고 해도 이번 일은 놀랍기 그지없었다.

형운은 빙령을 설득했다.

빙백설야공을 익힌 것으로 인해 백야문과 불화를 빚을 것을 우려하여 빙령에게 그 힘을 쓸 수 있도록 허락을 구한 것이다. 그리고 그 시도는 성공했다.

"우리 문의 기나긴 역사 속에서도 전무후무한 일이다. 하긴 네가 지금까지 해온 일들이 모두 그렇지. 나를 놀라게 하는구나, 귀혁의 제자⋯ 아니, 이제는 선풍권룡이라고 불러야겠군."

"칭찬으로 받아들여도 되겠습니까?"

"좋다. 우리는 빙령과 수호의 계약을 맺은 설산의 수호자. 너를 외부의 협력자로 삼는 것이 빙령의 의지라면 그것을 존중해야겠지."

그 말은 이번 일을 납득하고 넘어가겠다는 것으로 들렸다. 그러나 말과 달리 그녀의 검이 저절로 뽑혀 나와 그 손에 쥐어졌다.

스으으으……!

그리고 한기가 휘몰아치지도 않는데 허공의 수분들이 몇몇 지점으로 모여들어 응결되면서 자연스럽게 얼음검의 형상들을 빚어내기 시작했다.

약간의 한기조차 새어 나가지 않고 자연스럽게 형성되는 얼음검들의 수가 순식간에 불어났다. 앗 하는 순간에 이미 사방이 얼음검들에 의해 포위되어 있었다.

'전보다 더 발전했다.'

그 광경을 본 형운은 낮게 신음했다.

형운은 예전에 그녀가 전력을 다하는 것을 딱 한 번 본 적이 있었다. 유설의 영혼을 빙령에게 돌려보내기 위해 설산에 갔을 때, 그녀가 혼마 한서우와 싸우는 모습을 보았던 기억이었다.

그때와 비교하면 그녀의 극음지기를 다루는 능력은 확실히 진일보했다. 귀혁은 형운의 능력이 이자령과 필적한다고 평가했지만 그것은 어디까지나 과거의 그녀와 비교했을 때였다. 현재의 그녀가 능력을 어느 정도로 발전시켰는지 짐작할 수조차 없었다.

이자령이 말했다.

"우리의 힘은 빙령으로부터 받은 것. 그러나 무공은 인간의 것이다. 백야문의 선배들이 피땀 흘려 갈고닦아 온 유산을, 아무리 빙령의 뜻이라 하나 외인에게 쉬이 내줄 수 있겠느냐?"

"무엇을 원하십니까?"

형운은 차분하게 물었다. 자신을 보는 이자령의 눈빛에 살의가 없기에 그럴 수 있었다.

"최소한 네가 그럴 자격이 있음을 시험하겠다. 빙령의 의지를 설득한 가능성을 보여보아라."

그녀의 시선이 귀혁에게 향했다. 귀혁은 방해하지 않겠다는 듯 팔짱을 끼며 한 걸음 물러났다. 비록 표정에는 못마땅한 기색이 역력했지만 형운의 의지를 존중하겠다는 뜻을 읽을 수 있었다.

'변했군, 귀혁.'

이자령은 작은 경이를 느꼈다. 누군가를 저 정도로 신뢰하고 존중한다니, 그녀가 아는 귀혁이라면 결코 할 수 없는 일이었다.

'이 아이가 당신을 변화시킨 것인가?'

그녀의 시선이 형운의 눈을 향했다. 올곧은 의지가 담긴 눈이었다. 그저 순진한 이상을 품는 것만으로는 저런 눈을 가질 수 없다. 결코 자신의 앞에 놓인 현실을 외면하지 않고 똑바로 부딪쳐 이겨온 사람만이 가질 수 있는 눈이다.

형운이 그녀의 시선을 똑바로 받아내며 입을 열었다.

"알겠습니다."

천천히 자세를 잡는 형운의 주변에 무수한 얼음결정들이 형성되기 시작했다.

이자령은 형운이 얼음결정들을 형성하는 것을 가만히 바라보기만 했다.

그리고 형운이 생성한 얼음결정의 수가 정확히 그녀의 빙백검의 수와 같아지는 순간, 사방을 새하얗게 얼려 버리는 극한의 광풍이 휘몰아치면서 두 사람이 격돌했다.

8

형운과 이자령은 서로의 현재 실력을 모른다. 그저 살짝 엿본 편린을 통해 짐작할 수 있을 따름이었다.

그럼에도 두 사람은 탐색전 따위는 펼치지 않았다.

두 사람이 한 걸음씩 내딛는 순간, 주변에 미미하게 불던 훈풍이 순식간에 가속하며 광풍이 휘몰아쳤다. 극지를 연상시키는 한기를 머금은 바람이 주변을 순식간에 하얗게 얼려 버리는 가운데, 두 사람이 한 걸음씩 더 내딛자 순백의 충격이 폭발했다.

형운의 얼음결정과 이자령이 빙백검이 충돌한 것이다.

그 폭발로 인해 발생한 얼음조각들이 고스란히 서로의 힘이 되었다. 그리고 얼음결정과 빙백검의 충돌이 연속적으로 이어졌다.

콰콰콰콰콰!

둘 다 자신의 무기를 빠르게 소모하고 있었다. 하지만 소모된 무기가 보충되는 속도가 그 이상으로 빨랐다.

형운이 지배하는 얼음결정의 수가 순식간에 백 개 이상으로 늘어났다. 그리고 이자령의 빙백검 역시 마찬가지였다.

"잘 따라오는구나."

이자령이 산책이라도 하는 듯 여유롭게 한 걸음 한 걸음 내디디며 말했다.

그러는 동안에도 주변에서는 형운의 얼음결정과 그녀의 빙백검이 충돌하면서 연속적으로 한기 폭발이 발생하고 있었다. 주변의 기온이 급강하고, 그 결과 휘몰아치는 기류가 더욱 강해지고, 두 사람이 다루는 한기의 규모가 점점 더 커져간다.

'마치 스승님과 대련할 때 같군.'

이자령은 고인이 된 스승 오운혜와 수련하던 기억을 떠올렸다.

아무리 설산검후라 불리는 이자령이라도 혼자서는 이토록 빠르게 한기의 규모를 폭증시킬 수 없다. 거의 대등한 능력을 지닌 상대와 겨루고 있기에 이런 결과가 나오는 것이다.

두 사람의 대결은 분명 적대하면서도 서로 상승효과를 일으키는 기묘한 싸움이었다.

자신의 무기로 상대를 찌르는 싸움이 아니다. 서로의 무기를 얽음으로써 발생한 힘에 대한 지배권을 다투는 싸움이다.

"큭……!"

형운이 신음했다.

한기의 규모가 커지는 속도가 너무 빠르다. 지금까지 경험해 본 적 없는 기세였다.

순식간에 주변이 폭풍이 휘몰아치는 한겨울처럼 변해 버렸다. 극음지기를 다루는 두 사람의 상승효과가 너무 커서 빙백기심의 힘으로도 따라가기 벅찰 정도로 한기의 규모가 커지고 있었다.

물론 이 거대한 기운을 전부 통제할 필요는 없다. 그저 유용한 배경으로 둔 채 이용하기만 해도 된다.

지금 상대하는 것이 이자령이 아니었다면 말이다.

본신 내공만으로 겨룬다면 형운은 그녀를 양적으로도, 질적으로도 능가한다. 그러나 빙백설야공을 연마한 자에게 있어서 본신 내공은 진정한 힘을 발휘하기 위한 기폭제에 지나지 않는다.

이자령은 계속해서 빙백검의 수를 늘려가면서 막대한 규모의 한기를 제어하고 있었다. 지금까지는 형운도 잘 따라왔다. 하지만 따라가지 못하는 순간이 온다면 한순간에 균형이 기울어질 것이다.

후우우우우우……!

보통 사람이라면 숨 쉬는 것만으로도 폐부까지 얼어서 죽어버렸을 눈폭풍이 휘몰아친다. 이제는 시야가 온통 하얗게 변해버려서 시각으로는 서로의 모습을 확인할 수조차 없다.

그런 상황 속에서도 형운과 이자령은 서로의 존재를 뚜렷하게 인지하고 있었다. 언제든지 정확하게 상대를 공격할 수 있는 상태였다.

'밀린다……!'

형운의 표정이 일그러졌다.

한기의 규모가 커지는 기세가 형운의 제어력을 넘어섰다. 시간을 들이면 따라갈 수 있겠지만 그것은 경쟁자가 없을 때나 가능한 이야기다. 앗 하는 순간 이자령의 지배력이 형운을 짓누르기 시작했다.

"여기까지인 것이냐?"

휘몰아치는 광풍을 뚫고 이자령의 목소리가 또렷하게 전달되어 왔다.

그녀는 형운과 싸워서 승부를 내는 것이 목적이 아니다. 어디까지나 형운의 능력을 시험해 보고 있다. 그렇지 않았다면 형운이 얼음결정들을 형성하는 것을 느긋하게 기다려 주지도, 한기에 대한 지배력만을 겨루지도 않았을 것이다.

그 점은 형운도 마찬가지였다. 무인으로서의 능력을 총동원하는 것이 아니라 어디까지나 빙백설야공을 익힌 자로서 이 시험에 응하고 있었다.

그리고 이제 한 가지 시험이 끝났다. 이제는 시험의 다음 장을 위해 변수를 추가할 때였다.

서로가 행사하는 한기에 대한 지배력의 균형이 한쪽으로 기울어지는 가운데, 빙백검들이 변화하기 시작했다. 빙백검들이 예닐곱 개씩 하나로 뭉치더니 하나로 뭉치더니 커다란 얼음기둥들로 화했다.

―빙백동령파(氷白凍令波)!

얼음기둥들이 일제히 터져 나가면서 새하얀 서리의 해일이 형운을 덮쳤다.

콰콰콰콰콰!

마치 거대한 눈사태가 덮쳐오는 것 같은 규모였다. 그저 한기 파동뿐만 아니라 압도적인 질량까지 더한 공격 앞에서 형운이 기겁했다.

"젠장!"

형운은 주변의 얼음결정들을 폭발시켜서 거기에 맞섰다. 하지만 잠깐 시간을 벌었을 뿐, 그의 공격이 순식간에 압살당하고 서리의 해일이 쇄도해 왔다.

—유설무극권!

거기에 휩쓸리기 직전, 형운의 몸이 한 줄기 섬광이 되어 공간을 관통했다.

그 궤적을 따라서 막강한 한기파동이 폭발, 서리의 파도를 가르며 이자령을 덮쳤다.

"깜찍한 수작이구나. 지금 네 앞에 있는 것이 누구인지 잊었느냐?"

이자령은 차갑게 웃으며 검을 휘둘렀다.

—빙백무극검(氷白無極劍)!

그녀의 검날이 빛을 발하는 순간, 막 육화해서 다음 행동에 들어가던 형운이 혼비백산했다.

—백결(百結)!

그녀를 덮치던 한기파동이 검이 그려내는 빛의 궤적 속으로 빨려 들어가듯 자취를 감추었다.

동시에 심검이 형운의 앞을 스치듯이 가르고 지나가고, 형운이 미처 대응하기도 전에 또 한 번의 심검이 덮쳐오면서…….

콰콰콰콰콰!

그 뒤로 형운이 발했던 한기파동이 고스란히 따라오는 게 아닌가?

'이런 게 어디 있어!'

귀혁이 즐겨 쓰는, 한 공격으로 다중심상을 구현하는 것과는 또 다른 기술이었다.

이자령은 검을 한 번 휘두르는 동작만으로 세 번의 심검을 발했다.

첫 번째 심검은 형운이 유설무극권으로 발생시킨 한기파동을 자신의 심검과 동화시켜 기화시켜 버리고, 다시 물질화하면서 형운에게 되쏘아냈다.

그리고 두 번째 심검과 세 번째 심검은 찰나의 시간 차를 두고 같은 심상을 구현하면서 형운을 스치고 지나갔다. 그것은 형운의 유설무극권이 그러하듯 강맹한 한기파동을 발생시키는 심검들이었다.

"이런 젠장……!"

폭발하는 한기파동이 형운을 집어삼키며 모든 것을 하얗게 얼려 버렸다.

9

쿠구구구구구……!

얼음폭풍을 뚫고 폭음이 울려 퍼졌다.

멀찍이 떨어진 산봉우리에서 그 광경을 보고 있던 귀혁이 눈을 크게 떴다.

"놀랍군. 심즉동조차 넘어선 일검이라니, 날 잡겠다고 얼마나 별렀으면 저런 경지를……."

그의 목소리에는 숨길 수 없는 경탄의 기색이 묻어 나왔다.

그러자 옆에서 묻는 목소리가 들려왔다.

"저기, 형운 공자가 걱정되지 않으세요?"

진예였다.

그녀는 귀혁의 반응을 이해할 수가 없었다. 휘몰아치는 얼음 폭풍 때문에 잘 보이지는 않았지만 아무리 봐도 형운이 죽었어도 이상하지 않은 공격을 받은 것 같았다. 그런데 사부인 귀혁은 태평스럽게 이자령의 기술에 감탄하고 있다니?

귀혁이 시큰둥한 표정으로 그녀를 바라보았다.

"그렇게 생각한다면 자네는 지금 여기서 나한테 그런 질문을 던지고 있을 때가 아니지 않은가?"

"……."

진예가 바짝 얼어붙은 채로 침을 꿀꺽 삼켰다.

귀혁에게서는 살기나 적의는 느껴지지 않는다. 하지만 지금 상황은 최악의 경우 형운이 죽었을 수도 있고, 그게 아니더라도 중상을 입은 것이 분명해 보였다. 그런 상황에서 그녀가 형운의 사부인 귀혁의 곁에 있는 게 좋은 결과를 불러올 리가 없지 않은가?

하지만 귀혁은 그녀에게 손을 쓸 의도가 전혀 없어 보였다. 그저 못마땅하게 투덜거릴 뿐이었다.

"사부가 걱정을 해줘도 이제 다 컸으니 알아서 하겠다고 고집부리는 놈이니 좀 아픈 맛을 볼 수도 있지. 그 정도 각오는 하고 있었을 것이고."

진예가 멍청하니 눈만 껌뻑거렸다. 저게 '좀 아픈 맛을 본다'는 말로 끝날 상황일까?

"걱정하지 않아도 된다. 멀쩡하진 않지만 자네가 걱정하는 일은 벌어지지 않았으니."

심드렁한 귀혁의 시선이 조금 전까지 격전이 벌어지던 곳에서 멀리 떨어진 지점으로 향했다. 자연스럽게 그 시선을 쫓은 진예가 탄성을 흘렸다.

"아……."

눈폭풍이 휘몰아치고 있는 지점의 뒤쪽, 그녀가 있는 위치에서는 시선이 닿지 않은 곳에 인상적인 변화가 일어났다.

100여 장(약 300미터)에 걸쳐서 산맥을 가로지르는 얼음의 길이 생겨났다. 지형을 가리지 않고 농밀한 한기파동이 달려가면서 생긴 흔적이었다.

그리고 그 끄트머리, 산봉우리들 사이에 거대한 얼음의 꽃이 피어나 있었다.

'사부님이 심검으로 저 지점을 치셨어.'

그녀는 보이는 것과는 선후가 다름을 알아차렸다. 얼음의 꽃이 먼저 형성되고, 그 뒤를 따라온 한기파동이 얼음의 길을 만들어낸 것이다.

그것은 즉 그 순간에 저기까지 몸을 피한 형운을 치기 위해 이자령이 심검을 발했다는 의미다. 형운이 아슬아슬한 순간에 운화를 써서 회피한 것을 알 수 없는 진예는 도무지 이 사이의 과정을 추측할 수가 없었다.

다음 순간 진예는 기겁했다.

"어, 어어어어?"

그녀가 믿을 수 없다는 듯 눈을 휘둥그레 떴다.

봉우리를 잡아먹다시피 하며 피어난 초대형 얼음꽃 속에서 형운이 걸어 나오고 있었다.

그런데 그 모습이 기이하기 짝이 없다.

얼음을 부수고 나온다면 모를까, 마치 얼음이 존재하지 않는 허상에 불과한 것처럼 자연스럽게 통과해서 나오는 것이 아닌가? 저것이 얼음의 형상을 한 물이 아니고서야 있을 수 없는 광경이었다.

"말세로구나. 빙백설야공을 훔쳐 배운 외인이 빙백(氷魄)의 무극(無極)에 이르다니."

이자령은 놀라는 대신 탄식했다. 마치 진예에게 들으라는 듯 여전히 거세게 휘몰아치는 국지적 얼음폭풍을 뚫고 또렷하게 전달되는 목소리였다.

"빙백무극지경?"

진예는 조금 전과는 다른 이유로 경악했다.

'빙백설야공을 연마한 끝에 빙백무극신공에 이른다.'

그것이 백야문도들이 추구하는 빙백지신의 길이었다.

일견 별의 수호자의 기재들이 연혼기공을 연마한 끝에 오성이 되면 불괴연혼신공에 이르는 것과 비슷해 보이는 과정이다. 하지만 실제로는 전혀 달랐다.

빙백무극신공을 전수받을 자격 조건은 백야문에서 특정한 지위에 오르는 것이 아니다. 빙백설야공을 극성으로 연마함으로써 빙백지신을 일정 단계까지 연마하는 것이다. 빙백무극신공은 몸의 준비가 끝났을 때 비로소 그 너머로 가기 위한 입장권으로서의 역할을 한다.

결국 고인이 된 전 문주 오운혜는 도달하지 못했고 이자령은 도달한 경지, 그것은 바로 극음지기를 다루는 데 그치지 않고 그로부터 비롯된 모든 현상을 지배하는 경지였다.

이 단계에 이른 자들은 얼음을 대하는 데 있어 일반적인 상식을 초월한다. 극음지기가 물질세계에 발현된 결과물, 얼음의 상태를 자유자재로 조작할 수 있었다.

열을 전혀 발생시키지 않고 얼음을 승화시킬 수도 있었고 얼음의 형태나 질을 자유자재로 변화시킬 수도 있었다. 자신이 그 안을 물처럼 자유롭게 오가는 것도 쉬운 일이었다.

형운이 보여준 것이 그러한 경지였다.

음한지기를 다루는 무공으로서는 최고의 경지에 발을 디딘 것이고, 영수의 능력을 기준으로 삼아도 대영수의 영역에 도달했다.

그 사실을 확인한 이자령은 탄식하며 검을 집어넣었다.

"시험은 끝이다."

10

'이것이 설산검후라 불리는 인물의 힘.'

형운은 자신이 다소 자만하고 있었음을 절감했다.

무공 그 자체는 몰라도 음한지기를 다루는 능력에 있어서는 이미 필적하거나 능가했을 것이라고 여겼다. 하지만 직접 상대해 보니 아직 그녀와는 현격한 차이가 있었다.

이자령이 휘몰아치는 한기를 잠재우며 말했다.

"빙령께서 내리신 결정을 존중하도록 하마. 그러나 네가 반드시 맹세해야 할 것들이 있다."

"누구에게도 전하지 않겠습니다. 훗날 제가 제자를 받는다 하더라도."

"제자, 혈육, 친인 모두 마찬가지다. 그리고 네 스승 역시 마찬가지지."

그녀는 차가운 눈으로 귀혁을 노려보았다. 그녀 입장에서는 이 문제에 있어 가장 경계해야 할 대상이 귀혁이었다. 귀혁이 무학자로서 얼마나 천재적인 능력을 자랑하는지 잘 알고 있기 때문이다.

"알겠습니다."

형운은 거짓말을 하지 않았다. 귀혁은 이미 빙백설야공의 진체를 알고 있으니 앞으로 더 뭔가를 가르쳐 줄 필요가 없다.

물론 귀혁은 그 사실을 이자령에게 말할 생각도, 자신이 아는 것을 누군가에게 전할 생각도 없었다. 그저 빙백설야공의 자료에서 쓸 만한 부분을 뽑아서 독자적인 빙공(氷功)을 창안하는 데 써먹을 계획을 가졌을 뿐이다.

"빙령의 계약자가 아니라 백야문의 무인으로서, 선조들의 혼을 계승한 자로서 요구하겠다."

이자령은 손가락 세 개를 펴 보였다.

"선풍권룡, 너는 이후 세 번은 목숨을 걸고라도 백야문의 일을 도와라. 설령 그것이 별의 수호자의 이익과 상충한다 하더라도."

"알겠습니다."

형운은 순순히 받아들였다.

이자령이 내건 조건은 사안에 비해 굉장히 온건한 요구였다. 전통 있는 무문에 소속된 무인에게 있어 사문의 진신무공이 갖는 의미는 삶 그 자체라고 해도 과언이 아닐 정도로 큰 것이니까.

"다만 실제로 그런 일이 벌어진다면 제 입장도 헤아려 주시기 바랍니다."

"의무를 불이행해도 말이냐?"

"아닙니다. 다만 사부님이 예전에 발휘하셨던 지혜를 빌릴지도 모른다는 이야기일 뿐입니다."

"가면을 쓰겠다는 것이군. 좋다. 그 정도는 이해해 주마."

이자령은 고개를 끄덕였다.

그녀가 말했다.

"그럼 한 가지 더 요구하겠다."

"무엇입니까?"

"이곳에 며칠간 더 머무르겠다. 그동안 나와 진예의 수련 상대가 되어라."

그 말에 형운이 눈을 크게 떴다.

진예의 수련 상대가 되라는 요구는 어느 정도 예상한 바였다. 예전에 설산에 머무르는 동안에도 했던 일이었으니까.

하지만 이자령 자신의 수련 상대를 요구할 줄이야?

귀혁이 어이없다는 듯 실소했다.

"백야문에 어지간히 인재가 없는 모양이군. 새파랗게 어린

아이를 수련 상대로 원하다니.”

“의외로군. 내가 아는 귀혁은 성격이 개차반이기는 해도 사람의 능력을 나이로 셈하는 어리석음을 추종하지는 않았었는데?”

그 말에 귀혁이 한 방 먹은 표정을 지었다.

이자령은 승리자의 미소를 지으며 형운에게 시선을 돌렸다. 그녀의 눈동자 속에서 무인의 열망이 이글거렸다.

지금의 형운이 극음지기를 다루는 능력은 백야문의 장로들, 아니, 전대 문주조차 능가한다. 오래전부터 이 부분에 있어서 자신의 한계를 자극할 수 있는 상대를 잃었던 이자령 입장에서 형운을 수련 상대로 쓰는 것은 기연을 만난 것이나 다름없었다.

그 대가로 형운에게 자신의 밑천을 드러내게 될 것이고, 귀혁에게도 정보를 주게 되겠지만…….

‘그만한 가치가 있다.’

이자령은 기꺼이 그것을 감수하기로 했다.

그런 스승을 보는 진예는 묘한 감정에 사로잡혔다.

‘사부님께서 저토록 열망을 드러내시다니.’

이자령이 무인으로서 한결같이 노력해 왔다는 사실을 안다. 백야문의 무공을 연마하는 것은 그녀에게 있어서 숨을 쉬는 것처럼 당연한 삶이었다.

하지만 더 높은 경지를 추구하는 것은 그저 습관처럼 노력하는 것만으로는 안 된다.

습관화된 노력은 어느 순간 더 높이 올라가기 위함이 아니라 현상 유지를 위한 것으로 전락하게 마련이다. 높이 올라가면 올라갈수록 한 발자국을 내디디는 데 막대한 힘이 드는 법이라 단순히 노력하는 것에 그치지 않고 삶을 불태우는 열정과 영감이 필요했다.

고고한 경지에 올라 정체되어 있던 이자령은 흑영신교에게 빙령을 강탈당한 일로 더 높은 곳으로 오르기 위한 추진력을 얻었다. 그녀가 지난 4년간 이룬 진보는 그 이전 10년간의 성과를 압도한다.

그리고 지금, 이자령은 또다시 더 높은 곳으로 향하기 위한 추진력을 발견했다.

'우리 문도도 아닌 외인에게……'

진예는 사부의 열망에 불을 당긴 것이 자신이 아니라 형운이라는 사실이 분했다.

'계속 뒤처지지만은 않을 거야.'

진예의 눈이 의욕으로 불타올랐다.

제99장
과업

성운을
먹는자

1

형운은 한동안 바쁜 일정을 쪼개가면서 이자령과 진예의 수
련 상대를 해야 했다.

한 번 그녀를 상대할 때마다 심력과 기력이 갈려 나가는 기분
이었지만 불만은 없었다. 형운 역시 그녀를 상대하는 것 자체가
대단히 가치 있는 경험이었기 때문이다.

진예가 총단에 머무르는 동안 그녀의 말 상대가 되어준 것은
서하령이었다. 진예가 왔다는 소식을 들은 서하령은 없는 시간
을 쪼개가면서 만나러 오고, 함께 시내 구경을 나가기도 했다.

"하령이는 수련 안 해?"

성해 시내를 돌아다니던 중 진예가 물었다.

여기에 온 뒤로 그녀는 수련 상대가 부족할 일이 없었다. 형
운은 물론이고 천유하와 마곡정까지 상대가 되어주었다.

형운과 수련할 때는 극음지기를 다루는 능력을, 그리고 천유하와 마곡정과 수련할 때는 무예를 갈고닦았다. 두 성운의 기재는 짧은 기간 동안의 수련만으로도 일취월장하는 모습을 보여주었다.

그러나 서하령은 이 수련에 끼지 않았다. 그녀가 나른한 웃음을 지으며 말했다.

"솔직히 요즘 너무 바빠. 곧 음공원주로서 진행한 일의 첫 번째 결과가 나오게 되거든. 직함을 갖는다는 게 좋은 일만은 아니라서. 너랑 만날 때는 좀 머리를 비우고 쉬고 싶네."

"그렇구나……."

납득한 듯 고개를 끄덕이는 진예에게 서하령이 생긋 웃었다. 여자인 진예가 봐도 넋을 잃을 정도로 아름다운 얼굴이었다.

"하지만 시커먼 남자들하고만 노느라 지쳤다면 내가 상대해줘야지. 가볍게 한 수 겨뤄볼래?"

"괜찮아?"

"나도 네 현재 실력이 궁금하기는 했어."

그렇게 말한 그녀가 남들의 눈이 없는 연공실로 진예를 이끌었다. 그리고 편한 복장으로 갈아입고 와서는 그녀와 한바탕 대련했다.

"확실히……."

처음에 두 사람은 정말로 가볍게 겨뤄볼 생각이었다.

하지만 끝나고 나니 대련 시간은 일각(15분)을 넘었고 연공실이 반쯤 얼어붙어 있었다.

서로 실력을 겨루는 동안 흥이 올라서 계속해서 기세를 높여

간 결과였다. 둘 다 옷이 너덜너덜해지고 머리카락도 산발이 다 되어 있었다.

"…형운이나 곡정이를 상대하는 것과는 비교도 안 되게 재미 있어. 천 공자를 상대할 때보다도 더 거리낌이 없어지고. 그래 서 문제야."

서하령이 쿡쿡 웃었다.

성운의 기재와, 아니, 정확히는 기술과 창의적인 감각이 뛰어 난 사람들과 겨룰 때만 느낄 수 있는 즐거움이 있었다. 게다가 남자인 천유하와 싸울 때는 어느 정도 거리끼는 면이 있는데 진 예는 한결 마음 편하게 대할 수 있다 보니 주체할 수 없을 정도 로 흥이 올랐다.

"……."

콧노래를 흥얼거리는 서하령을 보며 진예는 입을 다물지 못 했다.

'역시 하령이는 굉장해.'

서로 의욕이 과열되기는 했어도 최후의 선은 넘지 않았다.

하지만 오히려 그렇기에, 순수하게 기술을 겨루는 데 집중했 기에 더더욱 상대의 기량을 똑똑히 알 수 있었다.

둘의 기량은 거의 대등했다. 하지만 서로 비장의 수를 꺼내 든다면 과연 어떻게 될까?

'머릿속 구조가 다른 걸까? 난 무공만으로도 벅찬데 조직을 이끌고 사람들 가르치고 학문을 연구하면서 어떻게 이렇게 기 량이 쑥쑥 늘까?'

진예는 자신이 예전에 이자령이 귀혁을 보며 느꼈던 의문과 똑같은 의문을 떠올리고 있다는 사실을 알지 못했다.

서하령이 기지개를 켜며 말했다.

"아, 쌓인 게 확 날아가네. 피곤할 것 같았는데 해보니까 너무 좋아. 진예, 앞으로 떠날 때까지는 나하고도 종종 수련하자."

"응, 좋아."

"그럼 씻으러 가자. 입을 만한 옷을 새로 내줄게. 이렇게 엉망인 차림으로 나갈 수는 없잖아?"

2

이자령과 진예는 한 달 동안이나 총단에 머물렀다가 떠나갔다.

그 이상 오래 백야문을 비울 수 없었기 때문이다. 인세의 사정과는 괴리된 곳에 쓰기에는 이상한 표현이지만, 지금의 설산의 정치적 균형은 터지기 직전의 화탄과 같은 상황이었다.

이자령이 물었다.

"충분히 배웠느냐?"

"아니요."

고개를 저은 진예는 별의 수호자 총단을 돌아보며 말했다.

"그저 제가 얼마나 부족한지만 깨달았어요."

무공은 육체가 향상되는 것만으로도 성장하게 마련이다. 하나의 기술을 터득하는 것은 그것을 구현할 수 있는 육체와 정신을 갖추는 과정이기에 육체가 완성되어 있다면 기술을 완성하는 속도가 빠른 것은 당연하다.

지난 한 달간 그녀의 실력은 그야말로 일취월장했다.

　그것은 육체의 진보를 기술이 따라잡는 과정이었다. 일월성
단―달을 취함으로써 7심 내공을 이룬 것은 물론, 내공의 질적
향상까지 이룬 시점에서 육체의 진보가 정신의 진보를 월등히
앞섰던 것이다.

　하지만 그만큼 성장했는데도 형운과의 사이에는 커다란 벽이
놓여 있었다.

　'언젠가 반드시…….'

　진예는 자신의 가슴속에서 타오르는 감정에 놀랐다. 자신에
게도 누군가를 향해 불사를 호승심이 있었다는 사실에.

　그런 제자의 속내를 헤아린 이자령은 그녀에게 보이지 않도
록 등을 돌린 채 입꼬리를 치켜 올렸다. 그것은 분명 흐뭇함이
담긴 미소였다.

　'귀혁.'

　그녀는 이곳에 머무르는 동안 몇 번 더 귀혁과 마주쳤다.

　두 사람 사이에는 별 대화가 없었다. 오랜 세월 동안 쌀쌀맞
게 굳어져 버린 분위기 속에서 큰 의미 없는 말들이 오고 갔을
뿐이다.

　둘 다 서로에 대한 태도를 바꾸기에는 너무 멀리 와버렸다.
젊은 시절에 관계가 어긋난 후 오랜 시간이 지나면서 차갑게 굳
은 채로 지금에 이르렀다.

　이제 와서 젊은 시절 품었던 감정에 아쉬움은 없다. 아직도
그에 대한 감정 중에 열기를 띠고 있는 무언가가 남았다면 그것
은 무인으로서의 부분뿐이다.

'이제는 우리의 제자들이 미래를 겨룰 차례다. 누구의 제자가 더 각자의 숙원에 가까이 갈지 즐겁게 겨뤄보도록 하지.'

이자령은 결국 한 번도 귀혁에게 말로 전하지 않은 진심을 떠올리며 미소 지었다.

3

형운은 이자령과 진예의 수련 상대를 하면서도 척마대주로서의 직무를 성실하게 수행했다.

조직을 개편하여 부대주 두 명을 늘리는 안건을 확정하는 한편, 견습생 제도를 책임질 부대주 후보와 견습생으로 받아들일 아이들을 선별하는 일에 심력을 쏟았다.

그러는 동안 가려가 드물게도 휴가를 받아서 한동안 자리를 비웠는데, 이것은 형운이 외부에 비밀로 처리한 일 때문이었다.

"어때요, 누나?"

가려에게 해룡단을 복용시키는 일이었다.

작년 8월에 천명단을 취한 그녀는 이제 천명단 피험자로서 의무를 다했다. 이제는 더 이상 영약과 비약의 섭취를 제한하지 않아도 되었다.

해룡단을 복용한 가려는 곧바로 7심에 이르지는 못했다.

"조금 시간이 필요할 것 같습니다."

"한동안 휴가를 줄 테니까 수련이나 하세요. 쉬라고 해봤자 어차피 안 들을 게 뻔하니까 쉬라는 소리는 안 할게요."

"그럴 필요는 없습니다. 이틀만 주시면……."

"이거 받아요."

형운이 건네준 책을 받아 든 가려가 깜짝 놀랐다.

그것은 내공심법의 비급이었다. 지금 그녀가 익히고 있는 내공심법과 같은 계통이면서 보다 상위 등급으로 분류된 심법이다.

"지난번 일의 공로가 크게 인정받아서 무공열람권이 좀 나왔어요. 누나가 익힌 계통에서는 최상위 심법이에요. 연혼기공보다는 못하다는 평이지만, 누나의 특성을 생각하면 연혼기공보다도 그게 더 낫겠지요."

"……."

"같은 계통이기는 해도 심법이 몸에 완전히 붙어서 은신 호위에 문제가 없으려면 시간이 걸리겠죠. 그동안은 휴가예요."

"…알겠습니다."

완벽한 명분 앞에 가려는 반박할 말을 떠올릴 수 없었다.

"그, 그리고……."

그녀가 얼굴을 살짝 붉히며 머뭇거렸다. 형운이 빤히 바라보며 이어질 말을 기다리자 그녀가 슬그머니 시선을 피하며 말했다.

"…감사합니다."

순간 형운이 살짝 몸을 떨었다.

'와, 누나 진짜 귀여워.'

하마터면 충동을 참지 못하고 끌어안아 버릴 뻔했다. 평소의 무뚝뚝하고 얼음장 같은 모습과는 완전히 다른 모습에 심장이 크게 고동쳤다.

가려는 곧 평정을 되찾는가 했지만, 손에 들린 비급에 눈길이 가면서 금세 다시 표정이 무너졌다. 자신을 빤히 바라보는 형운의 시선을 느낀 그녀는 시선을 피했지만…….

"왜, 왜 그렇게 보십니까?"

"왜 그렇게 보냐뇨? 우리 얘기하던 중이었잖아요? 얘기하는 상대를 볼 뿐인데요."

"그, 그런 게 아니라…….."

"뭐가 이상해요?"

형운이 천연덕스럽게 묻자 가려의 얼굴이 새빨갛게 물들었다. 그 모습을 본 형운은 정말 재밌어서 견딜 수가 없었다.

'와, 안 되겠어. 막 위험한 충동이 치솟는다.'

형운이 내면에서 샘솟는 위험한 충동을 실감할 때, 형운의 시선에 안절부절못하던 가려가 복면을 꺼내서 썼다. 그것도 입가를 가리는 복면도 아니고 아예 얼굴을 다 덮는 새카만 복면이었다.

"…아니, 멀쩡하게 대화하다가 그건 좀 아니죠, 누나. 벗어요."

"시, 싫습니다."

"실례잖아요."

"그래도 싫습니다. 이대로는 이, 임무 수행에 지장이…….."

"누나, 제가 휴가 줬거든요?"

"그, 그럼 제가 해룡단 복용 여파로 정신 상태가 불안정한 것 같으니 공자님의 배려를 요구하는 바입니다."

"……."

아니, 아무리 그래도 그건 아니죠?

형운은 그렇게 말하고 싶은 것을 참았다. 복면을 썼으면서 손으로 얼굴을 가리기까지 하는 필사적인 가려의 모습을 보니 더 놀리다가는 큰일 나겠다는 생각이 들었기 때문이다.

'누나도 참.'

형운은 더 놀리고 들지는 않았지만 히죽거리는 웃음을 주체할 수가 없었다.

4

그렇게 가려가 휴가를 간 동안 부대주를 늘릴 것이 결정되었다.

그리고 곧바로 외부에서 하나의 요청이 날아들었다. 그동안의 경력이 첨부된 요청서의 내용을 요약하면 다음과 같았다.

'이 인물을 부대주직에 천거한다. 실력을 시험해 봐 주기 바란다.'

그것이 운 장로의 요청임을 안 형운은 의아함을 느꼈다.

'이렇게 노골적으로?'

형운은 이질감을 느꼈다. 이렇게 직접적으로 자기가 미는 인물을 꽂아 넣어달라고 압박하는 것은 운 장로의 방식이 아니었다.

'호 장로님이라면 모를까. 무슨 생각이지?'

의아함과 동시에 흥미가 솟았다.

운 장로가 쥐고 있는 패, 차세대 요직을 노릴 수 있는 무인 유망주들은 거의 파악하고 있다고 생각했다. 그런데 이번에 운 장로가 천거한 것은 형운의 의표를 찌르는 인물이었다.

"호용아라."

풍령국 출신의 여성 무인이었다.

그녀에 대해서 알려진 것은 그리 많지 않다. 아무래도 지리적으로 거리가 멀다 보니 마주칠 일이 별로 없으니 당연했다.

하지만 그렇다고 이름이 낯설지는 않다. 그도 그럴 것이 그녀는 작년 신년 비무회 우승자였으니까.

성운검대의 유망주인 양미준을 꺾고 우승을 차지한 여성 무인.

당연히 화제가 될 수밖에 없었다. 최근 몇 년간 신년 비무회 우승자 중에 가려와 서하령이라는 걸출한 사례가 나왔기 때문에 좀 빛이 바래기는 했지만 그래도 한동안 총단 사람들의 입에 오르내렸다.

그러나 그 후에는 잊혔는데, 곳곳에서 날아든 이적 제안을 거절하고 풍령국으로 돌아갔기 때문이었다.

'확실히 실력은 상당했지만 우리 부대주가 되기에는 부족했는데.'

형운은 그녀가 양미준과 치른 결승전을 관전했었다.

우승을 거머쥐기는 했지만 압도적인 실력자는 아니었다. 양미준에 비해서 대진 운이 좋았던 것도 크게 작용했다. 강연진이 부상으로 기권한 준우승전의 상대가 그녀였던 것이다.

물론 그 후로 1년 이상의 시간이 흘렀다. 그 기간 동안 운 장로가 전폭적인 지원을 했다면 내공 면에서는 큰 성취를 보았으리라.

'그걸 감안해도 조장 이상은 무리지. 경력도 심심하고. 뭐, 신년 비무회 우승자니까 그 점은 넘어간다고 쳐도……'

그래도 형운은 직접 실력을 시험해 보기로 했다. 운 장로가 지난번에 천유하 건을 순순히 지지해 준 것도 있고 해서 그 정도 수고는 해주지 않으면 거절할 명분이 서지 않았다.

5

형운보다 다섯 살 연상인 호용아는 왠지 보고 있으면 마음이 편해지는 인상의 소유자였다. 미녀라고 할 정도는 아니지만 호감 가는 인상의 소유자였고 말투나 목소리 역시 거슬리는 부분이 전혀 없었다.

"설마 대주님께서 직접 실력을 시험해 주실 줄은 몰랐습니다. 영광입니다."

"부대주 후보라면 응당 제가 직접 시험해 봐야지요. 시험은 대련으로 하도록 하겠습니다."

"알겠습니다. 곧바로 하는 건가요?"

"그러도록 하지요. 최선을 다하시기 바랍니다."

"예."

다음 순간 형운의 표정이 조금 굳었다.

호용아가 검을 뽑아 들자 기세가 일변하여 편안한 느낌은 온

데간데없고 날카롭게 벼려진 기파가 뿜어져 나왔다. 하지만 형운이 놀란 것은 그 점이 아니었다.

'검이 기물인 것은 그렇다 치고…….'

그녀가 뽑아 든 검은 기물이었다. 일단 겉모습부터가 범상치 않다. 새카만 칼날에 흰색의 문양이 들어가 있어서 아주 강렬한 인상을 주었다.

'…발검하는 순간 기심이 하나 늘어나다니?'

호용아의 내공은 분명 4심이었다.

그런데 저 검을 뽑는 순간, 그녀의 기심이 하나 늘어났다.

마치 몸 한구석에서 잠자고 있다가 깨어나듯이, 다섯 번째 기심이 기맥을 타고 흐르는 기를 공급받아서 제 역할을 하기 시작했다. 동시에 그 기심과 저 흑검 사이에 기파의 교류가 이루어지면서…….

"가겠습니다."

더 생각할 시간을 주지 않고 호용아가 치고 들어왔다. 몸의 균형이 앞으로 쏠린다 싶더니 마치 얼음 위를 미끄러지는 듯한 보법으로 접근하며 검을 휘둘렀다.

두 사람이 격돌하는 여파로 공기가 쩌렁쩌렁 울리고, 호용아의 흑검에서 발출된 검기가 사방에 흔적을 남겼다.

물론 우열은 분명했다. 형운은 시종일관 그녀를 자신이 원하는 상태로 몰아넣고 특정 상황에 대한 대응력을 시험했다. 짧은 시간 동안 호용아가 경험하는 상황이 휙휙 바뀌었다.

처음에는 공격을, 그다음에는 방어를, 그리고 기공전에 대한 대응과 힘과 속도에서 압도적인 격차가 있는 상대와 싸울 때 어떻게 버텨내는지까지 시험한다. 호용아가 공세를 취하기는커녕 그저 버텨내는 것만으로도 한계에 몰릴 때쯤 형운이 결론을 내렸다.

'합격이군.'

문득 형운이 공격을 멈추고 한 발짝 물러났다.

진땀을 빼가며 방어에 전념하던 호용아는 잠시 그를 노려보고 있다가 긴 숨을 토했다.

"후우우. 정말 명불허전이군요. 대주님 같은 고수와 겨뤄본 것만으로도 영광이에요."

형운은 눈썹 하나 까딱하지 않았다. 척마대주로 취임한 후로는 너무 많이 들어서 귀에 딱지가 앉을 듯 진부한 말이었으니까.

"합격입니다. 내일모레 조직 개편식을 할 예정이었으니 아예 발표를 해두는 게 낫겠군요."

"저, 정말인가요?"

호용아의 눈이 휘둥그레졌다. 형운이 물었다.

"스스로의 실력에 자신이 없습니까?"

"그런 건 아니지만……."

처음에는 형운의 방어를 뚫어보겠다고 공격을 퍼부었지만 그건 아주 잠시뿐이었다. 어느 순간 형운이 치고 나온 뒤부터는 살얼음판을 걷듯 극한의 긴장감 속에서 발버둥치기만 했다. 그러다 보니 자기가 뭘 했는지도 잘 기억나지 않았다.

'실력이 합격점인 것도 사실이지만 곁에다 두고 보면서 정보라도 얻는 게 낫겠어.'

형운은 강한 경계심을 느꼈다.

운 장로가 특수한 방식으로 무인을 양성하고 있었고, 그 무인이 신년 비무회에서 우승을 차지할 정도로 뛰어난 실력을 갖추었다. 모두의 주목을 받은 인물인데도 그런 진실을 전혀 드러내지 않고 묻어버린 채로 뭔가를 준비하고 있었다는 사실이 섬뜩했다.

형운은 그런 속내를 감춘 채로 담담하게 말했다.

"일각(15분)입니다."

"네?"

"우리가 대련을 진행한 시간입니다. 그 정도 버텼으면 충분합니다. 다만 부대주직이라는 것이 무공 실력만 갖고 되는 것은 아니기 때문에 당분간은 임시직이 될 겁니다. 하기에 따라서는 강등될 수도 있다는 점만 염두에 두시길."

"아, 알겠습니다."

호용아는 얼떨떨한 표정으로 예를 표했다.

6

"받아들였다고?"

결과를 보고받은 운 장로는 어이가 없었다.

호용아를 척마대 부대주로 꽂아 넣겠다고 요청을 넣기는 했지만 솔직히 받아들일 거라고 기대하지는 않았다. 당연히 형운이 이런저런 이유를 들어서 거절할 것이라고 생각했다.

거절할 명분도 충분했다. 호용아는 덜컥 부대주로 받기에는 경력이 영 신통찮으니까. 신년 비무회 우승자이니 조장 정도 자리는 줄 수 있지만 부대주는 좀 무리가 있었다.

그리고 척마대 부대주직을 노리는 이들은 많았다. 그들 중에 적합한 인물을 뽑아서 더 자리가 없다고 할 수도 있었다.

그런데도 형운이 호용아를 부대주로 받아버리니 오히려 혼란스러웠다.

"설마 정말 실력이 된다는 이유로 뽑은 건가? 그 아이가 실력 우선주의를 표방하고 있다고는 해도 이건⋯⋯."

"그 아이의 사고방식은 좀 독특한 구석이 있지요. 장로님의 의도를 다른 방식으로 써먹을 생각일 수도 있습니다."

심드렁하게 말한 것은 풍성 초후적이었다.

운 장로가 물었다.

"어떻게 말인가?"

"강연진의 경우처럼 말입니다."

"인재육성계획 출신이 아니라는 점을 부각시킬 수 있다 이건가?"

강연진은 운 장로의 지원을 받는 인물이다. 필요한 순간 선택을 강요한다면 분명 자신을 지지하리라는 확신도 있다.

하지만 세간에서 형운과 강연진의 관계를 보는 시각은 전혀 다르다.

강연진은 영성의 제자단 중에 유일하게 형운과 친밀하다는 점, 그리고 인재육성계획 출신이 아니면서도 영성의 제자단 중 제일의 성취를 자랑한다는 점이 부각되었다.

이 문제는 형운이 척마대를 구성할 때 인재육성계획 출신이 아닌 인물들에게 기회를 주면서 조직 장악력을 높이는 것, 그리고 귀혁을 비롯한 인재육성계획 반대파가 목소리를 높이는 것에 힘을 실어주고 있었다. 정치적인 활용성에서는 득보다 실이 압도적으로 큰 상황이다.

운 장로가 어이없다는 듯 웃었다.

"이번에는 그렇게 될 리는 없지만, 흠. 어쨌든 이쪽의 '인사'를 이렇게 받아버릴 줄은 몰랐는데."

요 몇 년간 운 장로가 형운을 상대로 짜낸 계책들은 전부 참혹한 결과를 맞이했다. 형운은 아무도 이룬 적이 없는 길을 걸으면서 운 장로의 입지에 큰 손해를 입혔다.

하지만 운 장로도 아무 대책 없이 손 놓고 있었던 것만은 아니다.

그동안 쌓아온 권력을 십분 활용해서 비밀 계획들을 추진해왔다. 이 계획이 몇 가지나 되는지, 그리고 어느 정도 규모인지 알게 된다면 귀혁이라도 깜짝 놀랄 것이다.

이 계획들은 단지 그의 사리사욕을 위한 것이 아니었다. 최종적으로 그가 조직의 정점에 서는 것을 돕기는 하겠지만 별의 수호자라는 거대한 조직에 소속된 인재들에게 새로운 기회를 제공해 왔다.

그중 몇몇은 확실히 의미 있는 결실을 맺었으며, 호용아는 그 수혜자 중 하나였다.

애당초 그녀가 신년 비무회에서 우승한 것부터가 운 장로의 계획에 참가한 결과였다. 그렇기에 총단 곳곳에서 쏟아지는 제안을 물리치고 풍령국으로 돌아감으로써 화제에서 벗어났던 것이다.

그런 그녀를 척마대 부대주로 천거한 것은 형운을 적수로 인정한 운 장로가 보내는 특별한 인사였다.

'지금까지 네 행보가 참으로 놀랍다. 하지만 나는 별의 수호자의 미래를 결정할 권리를 너희들의 손에 내주지 않겠다. 이건 내가 보내는 인사다.'

그런 뜻으로 보낸 것이었는데 설마 덜컥 받아들여 버리다니, 어떤 의미에서는 의표를 찌르는 기습이나 다름없었다.

"재미있군. 기왕 이렇게 된 거 흑검대 중에 몇몇을 더 보내도록 하지. 그편이 호용아의 입지 구축에 도움이 될 테니."

"거기까지 받아들이겠습니까?"

"그만한 대가를 준비하고 거래하면 되겠지. 실제로 흑검대는 척마대에도 많은 도움이 될 것이고."

"별로 마음에 드는 계획은 아닙니다만."

못마땅한 기색이 역력한 초후적을 본 운 장로가 웃었다.

"허허. 자네는 정말 뼛속까지 정통파 무인이군. 하지만 조직은 그런 마음만으로는 돌아가지 않지. 우리가 시대를 통제하려면 가능성만을 믿고 있을 수는 없어. 확실한 신뢰성을 지닌 무기가 필요하다네."

"마음에 들지는 않지만 납득은 하고 있습니다."

"그렇다고 전통적인 방식에 손을 댈 생각은 없네. 탈락자들에게 기회를 제공할 뿐이지."

흑검대는 전통적인 무인이라기보다는 신뢰성 높은 인간병기에 가깝다. 무인 집단이라기보다는 거대한 조직을 지키는 군대에 어울리는 존재들이라고나 할까?

한 사람의 무인을, 그것도 일정 수준으로 키워내기 위해서는 많은 희생을 필요로 한다.

그들을 교육하기 위한 인력, 시간, 비용만이 아니다. 인간 개개인이 지닌 자질이 확실하게 판명 나려면 많은 시간과 기회가 필요하다. 인재육성계획을 통해 적합한 자질의 아이들을 고르고 어린 시절부터 영재교육을 하더라도, 그들이 지닌 재능의 진정한 가치가 판명 나는 것은 한참 후의 일이다.

즉 한 줌의 옥석을 가리기 위해서 그보다 훨씬 많은 이들을 탈락자로 만들어야 하는 것이다. 그때까지 그들에게 투자한 비용을 생각하면 그건 너무 아깝다.

그래서 운 장로는 영재들의 모임에서 일찌감치 탈락자로 낙인찍힌 자들에게 새로운 선택의 기회를 제공하기로 했다.

이미 별의 수호자는 무학 역시 체계적이고 학문적인 분석을 이루었다. 단순 무력이라면 모를까 무학, 즉 무공의 학문화라는 점에서 그들을 따라올 집단은 정말 드물 것이다. 그들이 다른 집단에서 보면 정말 이해할 수 없을 정도로 수월하게 뛰어난 무인들을 계속 육성해 낼 수 있는 것은 무학과 의학, 약학 등등이 모두 높은 수준에 도달해 있기 때문이다.

흑검대는 그런 강점을 십분 활용한 결과물이었다.

체내에 기심 역할을 할 수 있는 기물을 이식하고, 그것과 연결된 기물인 흑검을 씀으로써 성능을 극대화한다. 그로써 매우

안정적으로 일정 수준 이상의 무력을 구현할 수 있었다.

물론 단점도 있었다. 일정 수준까지는 아주 쉽게 갈 수 있지만 그 이상으로 올라가는 것은 사실상 불가능하다고 판명되었다.

기심 역할을 하는 기물, 인공기심을 이식하는 시점에서 그들은 다른 무인들과는 완전히 다른 갈림길로 들어서는 셈이다.

새로운 기심을 생성하는 것은 마치 인체의 설계도를 다시 그리는 것과 같은 작업이다. 그런데 남들과 완전히 구성을 채택했으니 거기서부터는 지금까지 누적되어 온 선인들의 업적을 전혀 활용할 수 없는, 전인미답의 길을 가야 하는 것이다.

'그 또한 흑검대의 역사가 쌓이면 해결될 문제겠지만⋯⋯.'

하지만 그것은 먼 훗날의 일이다.

운 장로는 형운이 어떻게 반응할까 상상하며 웃었다.

흑검대는 운 장로의 발상이 아니었다. 다만 그가 지원한 연구 집단 중 하나의 발상을 승인하고 지원해 준 것뿐이다.

이 또한 운 장로가 쥐고 있는 권력의 힘이었다.

재능 있는 자들을 후원하고, 그렇게 그의 영향하에 들어온 인재들이 앞다퉈서 자신의 능력을 증명하고자 창의력을 발산한다. 그는 그중 가능성 있다고 생각하는 것을 지원해 주는 것만으로도 이런 귀중한 패를 손에 넣을 수 있었다.

물론 이것은 다른 장로들도 하는 일이다. 하지만 운 장로처럼 적극적으로 권력을 노리고, 그것을 기반으로 일을 벌이는 이가 없기에 규모 면에서 비할 바가 못 되었다.

'너희는 올곧은 사람들이지. 하지만 그것만으로는 부족해.

우리가 제시해야 하는 것은 개인의 미래가 아니다. 이 거대한 조직의 미래를 이야기하려면 낡아빠진 방식에 집착해서는 안 돼. 과연 너희가 나보다 더 나은 답을 내놓을 수 있겠느냐?

운 장로는 자신의 대적자들에게 새로운 질문을 던지기 시작했다.

7

무인은 목숨을 칼날 위에 걸어둔 사람들이다.

아무리 거대한 조직에서 안정적으로 일을 하고 있어도 그 사실이 변하지는 않는다. 사람들은 비용을 지불하고라도 안전을 사고 싶어 했고, 그 가치를 지키기 위해 피 흘리는 것이 무인의 일이었다.

"편지라도 쓰세요?"

늦은 밤, 야간 근무조를 맡은 예은이 물었다. 평소라면 잠들었을 시간인데도 형운이 깨서 뭔가를 적고 있었기 때문이다.

예은이 주는 찻잔을 받아 든 형운이 쓴웃음을 지었다.

"유언장."

"네?"

예은이 깜짝 놀랐다.

곧 그녀는 형운이 짓궂은 농담을 했다고 생각했다. 하지만 자신을 향한 형운의 눈을 보고는 그가 진심을 말하고 있다는 사실을 깨달았다.

"유, 유언장이요?"

젊고 한창 잘나가는 형운이 유언장을 적는다니, 아무리 생각해도 어울리지 않는다.

형운이 말했다.

"처음 적었던 건 열다섯 살 때였고 지금은, 음, 몇 번째더라."

"……"

"그런 눈으로 보지 마. 내일 당장 죽을 거라고 생각해서 쓰고 있는 건 아니니까. 그리고 나 말고도 주기적으로 유언장 내용을 갱신하는 사람은 꽤 많을걸."

처음 유언장을 적게 된 계기는 귀혁이 권유해서였다.

형운이 열다섯 살 때, 그러니까 영원히 잊을 수 없는 흑영신교의 성해 강습이 일어났던 그날.

첫 살인을 경험한 형운은 한동안 악몽에 시달렸다. 동시에 자신에게 언제든지 또 위험이 닥쳐와서 살해당할 수 있다는 사실을 자각하고 공포에 떨었다.

그것을 극복하는 과정에서 귀혁은 유언장을 써보라고 조언했다.

'죽음을 두려워하는 것은 당연한 일이다. 중요한 것은 두려움과 싸워 극복하는 것이지 그 자체를 망각하는 것이 아니란다. 자신이 죽음의 앞에 서 있음을, 언제든지 죽을 수 있다는 사실을 받아들여라. 죽은 뒤의 일을 생각해서 유언장을 쓰는 것도 꽤 도움이 된단다.'

형운은 그 권유를 받아들여서 첫 번째 유언장을 작성했었다.

그리고 그 후로 시간이 지날 때마다 기존의 유언장을 없애 버리고 새로운 내용으로 갱신해 왔다. 그동안 재산도 많이 늘었고 책임진 것도 많은 만큼 유언장을 갱신하는 주기가 짧아졌다.

"별 내용은 아니야."

형운은 아무것도 아니라는 듯 빙긋 웃었지만 예은은 말문이 막혀서 아무 말도 할 수가 없었다. 왠지 눈물이 흐를 것 같은 기분이었다.

그런 예은을 보며 난처함을 느낀 형운이 다른 이야기를 꺼냈다.

"나만 이러는 게 아니라 아마 하령이와 곡정이도 쓰고 있을걸. 굳이 물어본 적은 없지만."

"…두 분도요?"

"다들 그런 일을 하고 있으니까. 하령이는 우리보다는 일에 나서는 빈도수가 적지만, 그래도 각오가 뒤처지지는 않지."

거기까지 말한 형운은 문득 가려는 어떨지 궁금해졌다.

하지만 아무리 친해도 유언장을 쓰고 있냐는 질문은 함부로 던질 만한 것이 아니다. 확인하고 싶다면 언젠가 자연스럽게 화제로 삼을 만한 때가 오기를 기다려야 하리라.

"그러니까 괜히 울거나 하지 마. 이건 우리 같은 사람한테는 그냥 습관 같은 거니까."

형운이 차분하게 설명했는데도 예은은 눈가가 촉촉하게 젖어 있었다.

"죄송해요."

"아무것도 실수한 게 없는데 왜 사과해? 차는 잘 마실게."

예은이 조용히 눈가를 훔치며 나가자 형운이 쓴웃음을 지었다.

'다른 걸로 둘러댈걸. 실수했네.'

확실히 유언장을 쓰고 있다는 말을 일반인이 담담하게 받아들이기는 힘들 것이다. 차라리 농담으로 얼버무리는 편이 나았을지도 모르겠다.

형운은 차를 홀짝거리며 유언장을 마무리했다. 그리고 유언장을 밀봉한 봉투를 보면서 잠시 감상에 젖었다.

8

7월이 되어서 가려가 다시 복귀할 때쯤, 척마대는 조직을 개편해서 부대주를 두 명 늘렸다.

한 명은 척마대 견습생 제도를 책임지는 교관 역할로 임무를 수행하지는 않는다. 그런 만큼 이미 다른 곳에서 많은 실전 경력을 쌓은 연륜 있는 인물을 데려왔다.

그리고 또 한 명은 호용아였다.

임시직이라고는 하지만 호용아를 부대주로 받아들인 것에 대해서는 말이 많았다. 그 후 운 장로가 그녀와 마찬가지로 흑검을 쓰는 무인들 셋을 더 보내면서 상당한 지원을 약속해 온 것 때문에 더더욱 그랬다.

하지만 형운은 신경 쓰지 않았다.

"운 장로님이 줄을 댄 인물을 다 걸러내야 한다면 일단 너부터 치워야지. 안 그래?"

"치워보시지그래? 나도 네 밑에 있기 싫거든?"

마곡정이 대꾸에 형운이 피식 웃으며 화제를 돌렸다.

"이번 임무는 어땠어?"

"보고서 읽었을 거 아냐?"

"복귀했으면 부대주가 구두 보고 하는 건 당연한 거 아니냐?"

"하이고, 언제부터 형식 챙기셨다고. 뭐 솔직히 엄청 쉬웠지. 나랑 유하 저놈이 같이 갔으니 당연한 거 아냐?"

천유하는 이번에는 마곡정을 따라서 나갔다 왔다.

표적은 나름 흉명을 떨치는 마인들이 이끄는 산적단이었지만 척마대는 부상자조차 한 명도 내지 않고 적들을 쓰러뜨리고 그들이 잡아두고 노예처럼 부리던 사람들도 깔끔하게 구출해 냈다.

"애들도 몇 있었지. 아주 뚫어져라 살펴보더군."

하지만 일야신공을 계승할 인재는 찾지 못했다.

여기에 대해서는 천유하는 조급해하지 않았다. 아직 일야신공의 개선도 끝나지 않은 상황인지라 일생 동안 수행해야 할 사명으로 생각하고 인내심을 가질 생각이었다.

마곡정이 물었다.

"호 임시 부대주에 대해서는 어떻게 보는데?"

"나보다 네가 더 잘 알지 않냐?"

"그 건으로 사부님하고 이야기할 기회는 없었어."

"무공뿐만 아니라 지금까지는 모든 면에서 합격이지."

호용아는 상당히 빠른 속도로 세 번의 임무를 수행했다.

한 번은 다른 부대주의 지휘하에서 일을 배우는 형식으로, 그

다음 두 번은 경험 많은 조장을 붙여서 지원해 줘서 처리했는데 일처리 결과는 다 합격점이었다.

"솔직히 놀랐어. 미숙한 구석은 있지만 초반이라는 것을 생각하면 정말 잘하더군. 경력이 변변찮아서 좀 더 실수가 많을 줄 알았는데……."

무인의 세계는 남성의 비중이 압도적으로 높다. 그러다 보니 여성이 실력으로 두각을 드러낸다 해도 제대로 된 평가를 받지 못하는 경우가 허다했는데, 조사 결과 호용아도 그런 경우였다.

그녀는 풍령국에 있는 동안 변변한 직위를 받지 못하고 거의 말단에 가까운 신분이었다. 신년 비무회에서 우승까지 했는데도 별로 변하지 않았던 것을 보면 생각할 수 있는 가능성은 두 가지다.

'일반적으로 보면 상사를 잘못 만나서 여자라는 이유로 제대로 대접을 받지 못했다는 쪽이겠지.'

실제로 조사 결과도 그렇게 나와 있었다.

하지만 형운은 자신에게 보고된 내용이 너무 노골적이라고 느꼈다.

'운 장로님이 일부러 그렇게 조작하고 있었을 수도 있지. 아무리 그래도 실력이 저 정도인데 이 정도 대접밖에 못 받는다는 것은 부자연스러워.'

여성이라는 이유로 부조리한 대접을 받는 것도 어느 정도껏이다. 어쨌거나 그녀는 풍령국의 내부 평가에서 유의미한 성과를 거둬서 총단의 신년 비무회에 참가, 우승까지 할 정도의 실력이 있었다. 그 정도면 얼마든지 자신의 거취를 결정할 수 있어야 정상이었다.

마곡정이 흥미를 드러냈다.

"한번 실력을 시험해 봐야겠군."

"그래라. 다른 부대주들이 조심하고 있는 판이라 네가 나서
주면 분위기가 좀 나아지겠지."

"정보나 좀 줘봐."

"호 임시 부대주를 포함해서 운 장로님이 보낸 인물들이 쓰
는 흑검은 기물이야. 그걸 뽑으면 기파가 눈에 띄게 증가하더
군. 호 임시 부대주의 경우는 본신내공이 4심 정도인데 5심을
넘어서 거의 6심에 가까운 수준으로. 다른 대원들도 그 정도는
아니지만 눈에 띄게 향상되는 건 마찬가지고."

"뭐야, 그런 일이 가능해?"

마곡정도 깜짝 놀랐다.

만약 그것이 기물의 효과라면 지금까지 강호의 상식을 무너
뜨리는 혁신이었다. 정통파 무인들로서는 불쾌감을 느끼겠지만
조직 운영 차원에서는 거부할 수 없는 매력을 지닌 성과일 것이
다.

"설마 운 장로님이 마공이나 사술에 손을 대신 건 아니겠지?"

"그런 불온한 느낌은 아니었어. 그래서 놀란 거고."

마공과 사술로나 가능할 법한 일을 그렇지 않은 수단으로 구
현했다는 점이 대단한 것이다.

"한번 사부님께 여쭤봐서 알려줄까?"

"아마 운 장로님 쪽 기밀일 텐데 무리하지 마라. 내가 알아서
할게."

"하긴 그렇군."

형운과 마곡정은 친구이기는 해도 서로의 입장을 존중했다.

마곡정이 물었다.

"견습생 제도 쪽은?"

"그쪽도 한번 둘러봐. 영성 호위대 쪽의 정웅삼 조장이 은퇴를 생각 중이라길래 데려왔고, 교관은 다섯 명, 견습생은 열 명 정도 들였어. 무공 열람권이나 비약 지원은 운 장로님한테 약속받은 게 있어서 아무런 걱정 없을 것 같고."

"일처리 빠르군. 근데 호위대 출신이면 좀 그렇지 않나? 지향하는 바가 전혀 다른데."

"정웅삼 조장은 경력이 아주 다채로운 분이야. 나이도 있고 심하게 부상을 입기도 해서 영성 호위대 조장이 마지막 경력일 뿐이지."

형운은 백문이 불여일견이라는 듯 정웅삼의 인적 사항 보고서를 건네주었다. 내용을 훑어본 마곡정이 납득했다.

"척마대 최연장자가 바뀌었군."

지금까지는 40대인 추성이 최연장자였는데 정웅삼은 60대였다.

"견습생들은 열네 살 이상만 받았어. 초창기 인원들은 2년 안에 대원으로 투입하는 걸 목표로 할 거고, 차근차근 연령대를 낮춰갈 거야."

"그럼 견습생 제도의 의미가 퇴색하지 않나?"

"인재육성계획 출신이 아니라서 별 기회를 제공받지 못한 애들을 위주로 모았다는 점에서는 내 의도에 충분히 부합해. 그리고 견습생 제도의 성과가 나올 때까지 너무 시간이 걸려도 곤란하니까."

"아, 그렇군."

마곡정도 납득했다.

척마대는 조직 특성상 온갖 외압에 시달리게 되어 있었다. 뭔가 새로운 시도를 할 때는 최대한 빠르게 성과를 내지 않으면 그것으로 공격을 받는다.

"고생하시라, 대주님."

마곡정은 형운의 어깨를 툭툭 두드려 주고는 집무실을 나섰다.

9

8월 말이 되자 총단이 들썩였다.

운 장로가 흑검대의 존재를 공식 발표했기 때문이었다.

"한 방 먹었군."

귀혁이 혀를 찼다.

흑검대는 대단한 자질이 없어도 일정 수준 이상의 무력을 달성할 수 있는, 무인 육성에 있어서는 대단히 신뢰도가 높은 계획이었다.

게다가 거기에 들어가는 비용 역시 결과물을 생각하면 오히려 낮다. 흑검대의 무인들이 계획에서 설정한 것 이상의 성취를 달성하기가 불가능에 가깝다는 문제가 있긴 했지만, 대신 다른 무인들과 비교해서 누릴 수 있는 여러 장점들이 있었다.

그들을 육성하는 과정도 꽤 상세하게 공개되었는데, 예상했던 약점인 비인도적인 방식이 전혀 없었다.

인공기심을 이식하는 과정조차도 그 부품에 해당하는 약재들을 섭취한 다음 기환술과 특수한 내공심법의 연동으로 체내에서 조립해 내는 방법을 사용한다.

이 방법은 정말로 혁신적이었다.

운 장로는 별의 군세에 흑검대를 도입하는 안건을 제출, 통과되었다.

다만 풍성단과 지성단, 수성단에 한정되었다. 귀혁은 거부권을 행사했고, 화성은 핵심 기술을 넘겨줘서 자체 육성이 가능하게 할 것을 조건으로 내세웠기 때문이다.

귀혁이 못마땅한 기색으로 말했다.

"멋지게 이용당했구나."

"뭐 이 경우는 이용당해 줬다고 해야죠. 막을 수 없는 일이었으니까요."

형운이 어깨를 으쓱했다.

이번 안건 통과에는 호용아의 신년 비무회 우승, 그리고 흑검대가 척마대에서 이룬 실적이 주요한 근거로 사용되었다.

하지만 형운은 호용아를 부대주로 받아들인 것을 후회하지 않았다.

척마대가 받아들이지 않았다면 시간이 좀 더 걸리기는 했겠지만 결국 다른 곳에서 성과를 올렸을 것이다. 형운은 그들을 받아들이는 대신 운 장로와 정치적 거래로 받아낸 것이 상당했다.

"하지만 이거 정말 괜찮은 걸까요? 흑검대가 정말 놀랍긴 하지만 운 장로님 능력이 그런 것을 제대로 만들어낼 정도로 뛰어난 것 같지는 않았는데, 뭔가 크게 문제가 터진다거나……."

"요즘 잘나가서 그런지 세상 보는 시각에 오만이 끼었구나."

순간 귀혁이 싸늘한 어조로 한 말에 형운이 움찔했다.

잠시 형운을 노려보던 귀혁이 말했다.

"네게 보이는 태도나 성품이 어떻든 간에 장로회에 이름을 올린 인물 중에 무능한 자는 없다. 아니, 무능하기는커녕 그 수많은 경쟁자들을 뚫고 자신의 넘치는 유능함을 입증했기에 그 자리에 있는 것이지. 혹시 너는 오성이나 성운검대주의 자리에 무능한 자가 오를 수 있다고 생각하느냐?"

"아니요."

형운은 굳은 표정으로 대답했다.

정치적인 문제가 개입해서 후보들 중에 다소 능력이 떨어지는 사람이 오를 수야 있을 것이다.

하지만 다른 경쟁자들보다 능력이 떨어진다고 해서 그게 무능하다는 의미인가?

결코 아니었다. 최소한의 자격조차 갖추지 못한 자는 결코 정상의 자리에 앉을 수 없다.

"운 장로가 장로회의 일원으로 활동하기 시작한 것은 네가 별의 수호자에 들어온 것보다도 훨씬 오래전의 일이다. 그 시간 동안 그저 권력을 탐하는 것에만 열을 올리고 연단술사로는 무능하게 살았을 것 같으냐?"

"아니겠지요."

"이 장로님이 장로들 중에서도 독보적인 능력의 소유자인 것은 사실이다. 하지만 네가 보지 못하는 곳에서 운 장로는 꾸준히 자신이 그 자리에 앉아 있을 자격이 있다는 것을 증명해 왔다. 그저 오늘에서야 네가 운 장로의 행동을 제대로 볼 수 있는 위치에 왔고, 그리고 운 장로가 이 장로님의 위광조차 뚫고 네 눈에 보일 만한 성과를 내놓았을 뿐이다."

귀혁의 준엄한 꾸짖음에 형운은 자신이 운 장로를 얕잡아 보고 있었다는 사실을 깨달았다. 형운에게 있어서 운 장로는 탐욕스러운 권력가였지 그 이상의 존재였던 적이 없었다.

'나보다 훨씬 긴 세월 동안 자신을 증명해 온 사람을 상대로 내가 주제도 모르고 오만했다.'

귀혁이 말을 이었다.

"너는 운 장로의 능력을 얕잡아 봤을 뿐 아니라 그의 권력도 얕잡아 보았다. 주제 파악도 못 하고 상대를 얕보면서 약점을 만들 생각이냐?"

이번 성과는 운 장로 개인의 능력보다는 그가 쌓아 올린 권력을 십분 활용한 결과였다. 별의 수호자라는 집단에서 권력을 가졌다는 것, 그리고 그것을 활용할 의지와 능력을 지녔다는 것이 어떤 의미인지 적나라하게 증명한 것이다.

"죄송합니다."

형운은 부끄러워서 어디론가 숨고 싶었다.

그런 형운을 가만히 보던 귀혁이 표정을 풀며 화제를 돌렸다.

"하지만 정말 많이 준비했다 싶군. 설령 흑검대가 제대로 나오지 못했다고 하더라도 업적으로 평가받을 수 있는 부분이 한

둘이 아니다."

흑검대가 성립하기 위한 핵심 기술들을 보면 하나하나가 놀라운 것뿐이었다.

아직은 연구 단계이긴 하지만 특수한 약재 섭취를 통해서 인공기심을 생성하는 방법은 심각한 내상 치료에도 유용하게 활용할 수 있다는 사실이 밝혀졌다.

진기 증폭 효과를 지닌 흑검은 인공기심과 연동할 때 최적의 효과를 발휘하지만, 그 효과를 적용하는 데 있어서 병장기의 형태를 가리지 않는다. 그리고 무기 자체가 아니라 제조 시에 바르는 특수한 도료가 핵심이라, 기물 병장기의 기준으로는 제조 비용이 믿을 수 없을 정도로 낮았다.

"흑검대 전용의 내상약이나 진기회복제까지는 그렇다 치고 진기 격발제는 정말……."

진기 격발제는 원래 짧은 시간 동안 전력을 향상시키는 대신 심각한 후유증을 동반하는 약이었다.

하지만 흑검대 전용 진기 격발제는 그런 부작용이 없다. 효과가 다했을 때 탈진 상태에 빠지는 것으로 끝이었다.

이렇듯 흑검대의 가치는 그들에게 적은 비용으로 탁월한 지원이 가능하다는 점까지 고려된 것이다.

형운이 물었다.

"그런데 좀 재미있었던 게 있어요."

"뭐가 말이냐?"

"운 장로님이 흑검대를 발표할 때 어째 사부님보다 풍성이 더 마음에 안 드는 표정을 짓고 있더군요. 풍성단에 도입하는

걸 찬성하긴 했지만."

"풍성은 정통파 무인이니까 그런 쪽으로는 머리가 굳어 있는 편이지. 심정적으로는 정말 마음에 안 들 게다."

"사부님은 괜찮으세요?"

"나는 이 안건 자체에 대한 불편함은 없다. 아니, 솔직히 감탄했지. 잘도 이런 걸 준비했다 싶더군. 다른 장로님들은 할 수 없는 일이야."

귀혁이 별의 수호자 최강의 무인이기는 해도 정통파 무인과는 상당히 거리가 멀었다. 그는 기술의 가치를 판단함에 있어서 편견을 갖지 않는다.

"운 장로님은 그저 권력의 정점에 서고 싶어서 권력을 탐하는 게 아니라, 그것으로 무언가를 이루고자 하는 것인지도 모르겠군요."

"그렇지 않았다면 장로회에서 그만큼 인정받지도 못했을 게다. 슬슬 죽을 날이 보이는 양반인데 아직도 뭔가 더 해낼 힘이 남았다는 생각이 드니 방심할 수가 없지. 이 장로님과는 전혀 다른 의미로."

귀혁이 빙긋 웃었다.

그에게 있어서도 운 장로는 평생 동안 싸워온 숙적이었다. 그의 지난 삶은 운 장로가 그리는 미래의 설계도와의 싸움이나 다름없었으니까.

"뭐, 네가 호용아를 부대주로 받아들인 덕분에 이쪽도 어느 정도 마음의 대비를 할 수 있었던 것은 다행이다."

"반격거리는 준비하셨고요?"

"바로 한 방 먹여주기는 힘들다. 하지만 올해 안에는 어떻게든 되겠지."

귀혁의 활동 영역은 단순한 무인의 그것에 그치지 않는다. 무학자로서, 약학자로서 재능 있는 자들을 후원하고 그들과 함께 여러 연구를 진행하고 있었다. 이 장로를 비롯한 중립파 장로들과 협업하는 경우도 많았다.

이런 활동은 형운이 일월성신을 이룬 것을 기점으로 매우 활발해졌고 다양한 분야로 영역을 넓히기 시작했다.

"혹시 우전이의 상황은 파악하셨나요?"

양우전은 천공지체 연구 3단계에서 탈락한 후 얼마 지나지 않아서 척마대에서 탈퇴했다. 이적이 결정된 것도 아닌데 멋대로 탈퇴하는 것이 쉽게 용인될 리 없지만 호 장로가 자신의 연구에 피험자로 쓸 것을 주장했기에 받아들일 수밖에 없었다.

이후에는 귀혁이 제자들을 지도할 때도 모습을 보이지 않는 상황이다.

"표면적으로는 호 장로의 감각 향상 비약 연구에 피험자로 참가하고 있다고 되어 있다. 감극도 수련자는 확실히 그런 연구에 적합하지."

"실제로는 아니라는 거군요."

"운 장로가 주도하고 호 장로가 협력자로 이름을 올려놓은 비밀 연구 계획이 있다. 워낙 이중삼중으로 다른 연구와 얽어놓은 데다 풍령국에 기반을 둔 연구라서 자세한 것은 알아내지 못했지만, 거기에 참가하고 있는 것은 확실하다."

"음? 그럼 설마 우전이는 지금 국내에 없는 거예요?"

"운 장로가 풍령국 쪽에 기반을 많이 뒀더군. 스승 입장에서 소환을 할지 말지 고민 중이다."

귀혁은 제자단을 가르칠 때 그들의 배경으로 차별하지 않았다. 양우전은 재능도 있고 열의도 있어서 특히 많은 가르침을 준 제자이기도 하다.

하지만 최근의 행보는 문제 삼을 수밖에 없었다. 영성의 제자라는 입장보다 자신의 배경을 더 중시하는 행동이었으니까.

아직 한창 배워야 하는 시기인데 가르침을 피한다? 제자 자격을 박탈해도 할 말이 없었다.

"직접적으로 줄이 닿은 연진이가 아니라 우전이를 쓴 것은 역시 저와의 관계가 문제겠죠?"

"그것도 있고 연진이는 천공지체 연구에서 최고점을 기록하고 있다는 점도 있을 게다. 비밀 연구에 참가시키겠다고 빼돌리기에는 너무 아깝지."

"하긴……."

운 장로가 비밀 연구에 아무리 공을 들여봤자 투자되는 인력과 자원 면에서 천공지체에 비할 바가 못 된다. 그 연구의 과실을 자신이 줄을 댄 인재가 차지할 수 있을 것 같은데 비밀 연구 참가시키겠답시고 빼낸다면 천하에 다시없는 바보짓일 것이다.

문득 귀혁이 물었다.

"천공지체는 어떻게 할 생각이냐?"

"열심히 하는 중입니다. 하지만 좀 고민이 되긴 해요."

"연진이를 밀어줄 생각이 아니었더냐?"

"그게 제가 민다고 해서 될 일은 아니죠. 어차피 연진이는 최고점을 기록 중이고."

"정말 그런 것이냐?"

의미심장한 질문이었다.

하지만 형운은 난처한 듯 웃을 뿐 귀혁에게도 말을 삼갔다.

10

강호를 대표하는 협객 열 명의 이름을 이야기할 때, 사람들은 왠지 이질감을 느끼게 된다. 그것은 일반적으로 협객이라는 말을 들었을 때 자연스럽게 떠올리는 인상과는 동떨어진 인물들이 섞여 있기 때문이다.

혼마 한서우, 암야살예 자혼, 그리고······.

"결국 이렇게 되었나."

강호의 쌍극으로 불리는 환예마존 이현은 탄식했다.

그의 주변에는 온통 푸른 불길이 타오르고 있었다. 열기가 조금도 없는 그 불은 현계와 마계의 구분이 흐려지는 경계에서만 모습을 드러내는 존재, 환마가 죽어서 소멸할 때 일어나는 현상이었다.

보통 그 불은 장시간 계속되지 않고 금세 스러진다. 그러나 이 불길은 마치 온 세상을 불태울 듯이 장대하게 일어나 불의 들판을 이루고 있었다.

"괜찮으십니까?"

푸른 불길을 뚫고 와서 물은 것은 긴 검은 머리칼을 늘어뜨린 청년, 혼마 한서우였다.

이현은 십 년은 더 늙어버린 얼굴로 힘없이 웃었다.

"이미 답을 알고 있으면서도 질문을 던지는 것은 예지자의 습관인가?"

"……."

"아니, 미안하네. 30년 동안 들인 공이 날아가 버리니 심사가 좀 뒤틀렸군. 허허. 호 장군은 어떻게 되었나?"

"재기하기 어려울 것 같습니다."

"또 팔객의 한 자리가 비는가. 난세도 아니거늘."

이현이 하늘을 올려다보았다.

세상을 온통 불태울 듯한 이 푸른 환영의 불길은 그만큼 거대한 힘을 지닌 환마가 소멸했다는 증거였다.

이곳에서 막지 못한다면 대재앙이 될 존재를 무찌르기 위해서 많은 대가를 치렀다.

이번 전투에 투입된 풍령국 관군은 엄청난 피해를 입었다. 그중 가장 치명적인 것은 팔객의 한 사람이기도 한 풍마창 호준경이 재기하기 어려울 정도의 중상을 입었다는 점이다.

그의 은퇴는 단순히 이존팔객의 한 자리가 비는 것에 그치지 않는다. 한 시대를 풍미한 영웅의 퇴장이며, 동시에 오랜 시간동안 그가 지배해 온 풍령국 군부의 권력 구도가 흔들린다는 의미였다.

호준경도 언젠가 이런 날이 올 것을 대비해서 후계 구도를 신경 써두기는 했지만, 갑작스럽게 은퇴하게 된 만큼 후폭풍이 아주 클 것이다.

그리고 이현 역시 큰 대가를 치렀다.

한서우가 물었다.

"이제 어떻게 하실 겁니까?"

"검존에게 이젠 나 없이 잘해보라는 인사나 하고, 이 늙은이의 마지막 일을 하러 가야겠군."

"무슨 일인지 모르겠습니다만, 함께하지요."

"고맙구먼. 그 말 지킬 수 있겠지?"

그 말에 한서우가 흠칫했다. 이현이 마치 그 말만을 기다렸다는 듯 웃었기 때문이었다.

"아주 거창한 축제가 될 걸세. 내 마지막 일이니 그쯤은 되어야지. 꼭 한몫 거들어주게."

이현은 그리 말하고는 바람에 녹아들듯이 그 자리에서 자취를 감추었다.

"큰 별들이 지는구나. 그 빈자리를 노리고 날뛰는 놈들의 모습이 선하군."

한서우는 조금씩 기세가 약해져 가는 푸른 환영의 불길 속에서 탄식했다.

제100장
대예언가의 유산

성운을
먹는자

1

8월에 풍령국에서 일어난 사건에 대한 정보는 곧바로 별의
수호자에도 전달되었다.

'윤극성 이외의 지역에서 환마 재해 출현.'

풍령국 황실에서는 정보가 국외로 퍼지는 것을 통제하고 싶
어 했지만 그러기에는 사건의 규모가 너무 컸다.

민간인 사망자 수만 해도 네 자릿수에 달했고, 토벌을 위해
동원된 병력의 희생도 어마어마했다. 게다가 별의 수호자는 토
벌대에 막대한 물자를 지원했기 때문에 쉽게 정보를 입수할 수
있었다.

그렇게 입수된 정보는 충격적이었다.

1차적으로 황족이 주도한 토벌군이 군부의 최고 실권자들을 제쳐두고 공을 탐하여 달려갔다가 대패했다. 그리고 2차 토벌군이 출격했으나…….

　'풍마창 호준경이 중태. 목숨은 건졌으나 의식불명이며, 은퇴할 것으로 보이고 그의 후계자로 불렸던 인물 중 하나인 북풍검군은 사망이라.'

　귀혁도 놀랐다.

　풍마창 호준경은 풍령국 군부 최강의 고수였으며 팔객의 한 사람으로 불리기에 부족함이 없는 무공의 소유자였다.

　북풍검군은 호준경의 뒤를 이을 군부의 다섯 명 중 무력 면에서 가장 뛰어나다고 알려졌던 인물이다. 호준경의 나이가 나이이니만큼 풍령국 황실에서는 그 뒤를 이어서 팔객의 한 자리를 차지할 만한 무인을 필요로 했고, 북풍검군이 그 조건에 부합하는 인물이었다.

　그런 그가 전사했으니 풍령국 군부의 혼란은 보통이 아니리라.

　'윤극성의 협력 없이 군부 단독으로 토벌에 임할 수밖에 없는 상황이 되다니, 이건 좀 냄새가 나는군. 마교 놈들이 수작을 부린 걸지도 모르겠어.'

　근거는 없다. 그저 감이다.

　아무리 마교라고 해도 환마들을 상대로 수작을 부리긴 쉽지 않았다. 환마가 마계로부터 비롯된 존재이니 마교와 친할 것 같지만 전혀 아니다. 전대 환마왕의 군세만 하더라도 자신들을 이용하려고 하는 마교와 수도 없이 충돌한 바 있었다.

'물론 이번 대에도 그런 상황이 이어지리란 보장 따윈 없지만.'

30여 년 전의 토벌에서 겨우 살아남은 두 마교는 토벌 이전과는 명백히 다른 원칙으로 움직이고 있었다. 예전에 그들은 자신들이 통제할 수 없는 환마들이 현계에 존재하는 것 자체를 싫어했지만 지금은 어떨까?

어쨌든 윤극성은 최근 환마의 활동이 활발해지면서 외부로 병력을 유출할 수 없는 상황에 처해 있었다. 고위 환마들을 결집시키는 새로운 환마왕의 존재가 확인되었으며, 이미 나윤극과 한차례 격돌했지만 쓰러뜨리지 못한 것으로 추정된다고 한다.

'생각할 수 있는 가능성은 둘이군. 나윤극 그놈이 나이 먹고 기력이 쇠했거나, 새로운 환마왕이 전대보다 훨씬 강하거나.'

전대 환마왕보다 약간 강한 정도로는 그 상황을 설명할 수 없다. 왜냐하면 그 당시와 달리 나윤극은 윤극성이라는 세력을 세우고 환마를 상대하기 위한 최적의 효율로 갈고 다듬은 군대를 만들어냈으니까.

게다가 지금은 그의 제자들로 대표되는 차세대 역시 기대 이상으로 잘 자랐다. 셋째 제자인 만검호 봉연후는 별 활약이 없어서 빈축을 사고 있지만 다른 제자들의 무위는 유명하며, 특히 첫째 풍라검호(風羅劍豪)와 넷째 화천월지(花天月地)는 실력만으로는 당장 팔객에 이름을 올려도 이상하지 않다고 평가받았다.

'새로운 환마왕의 군세가 윤극성을 괴롭히는 동안 황실에서

는 윤극성과 정치적 줄다리기를 했다라. 하는 짓이 더럽지만 이해는 가는군.'

윤극성은 황실에 우는소리를 하지 않았다. 그러나 황실에서 윤극성과 거래하는 여러 집단에 압력을 넣어서 상황을 힘들게 만들었던 모양이었다.

실로 더러운 수작이지만 이유 없는 악의는 아니었다.

풍령국 황실 입장에서 보면 윤극성은 고작 반백 년 만에 지나치게 커버렸다.

애당초 사람이 살 수 없는 죽음의 대지로 불리던 곳을 개척하겠다고 나섰을 때야 자치령으로 인정해 줘도 아쉬울 게 없었다. 오히려 황실에서도 손 놓고 있었던 문제를 자기들 돈 써가면서, 피까지 흘려가면서 해보겠다고 하는데 등을 떠밀어줄 만도 했다.

하지만 나윤극이 윤극성을 성장시키는 속도는 그들의 예상을 아득히 초월했다.

지금 와서는 풍령국 안에 윤극성이라는 또 다른 나라가 있는 것이나 마찬가지다. 이런 상황이니 윤극성이 피 말리는 위기에 처했을 때 그걸 빌미로 목줄을 채울 궁리부터 하는 것은, 순수한 시선으로 보면 더러워 보이겠지만 정치적인 관점에서는 당연한 행동이다.

그런데 그러던 중 이번 재해가 터졌다.

게다가 재해 지역이 풍령국에서 두 번째로 쌀 생산량이 큰 위령성이라는 것은 풍령국 황실을 혼비백산케 했다.

황실에서는 윤극성에 지원을 요청했지만 그들은 지금까지 황실이 자신들을 어떻게 요리할까 이용해 먹던 사정을 명분으로 들어서 거절했다. 그리고 환마 대응 전술을 제공하는 것만으로도 막대한 정치적 이득을 챙겼다.

풍령국 황실에서는 윤극성에 목줄을 채우려다가 오히려 먹이만 잔뜩 줘버린 셈이었다. 게다가 이번 토벌에서 그들이 얼마나 큰 손실을 입었는지를 생각하면 앞으로도 윤극성을 함부로 대하지 못하리라.

2

"처리해야 할 일들이 산더미인데 이런 일에 차출되다니."

형운이 말을 탄 채로 한숨을 쉬었다.

척마대 조직을 개편한 지도 얼마 안 되어서 눈코 뜰 새 없이 바빴다. 그런데 이번에 장로회에서 임무를 받아서 긴 시간 동안 총단 밖으로 나가게 된 것이다.

천유하가 말했다.

"그래도 중요한 일이지 않나? 듣자 하니 오성이 맡는 경우도 있다고 하던데."

"그렇기는 하지만……."

형운이 맡은 일은 황실에서 구매한 물자 운송의 호위였다. 별의 수호자 입장에서는 중요도가 높은 일이라 물자의 가치에 따라서는 오성이 투입되는 일도 드물지 않았다.

하지만 형운 입장에서는 짜증만 날 뿐이다. 이번 일에 형운을 쓰는 것에 운 장로의 입김이 작용했다는데 자기가 없는 동안 척마대에 뭔가 수작을 부리지 않을까 걱정이었다.

'왠지 우전이와 나를 마주치게 하지 않으려고 그러는 것 같기도 한데.'

결국 귀혁은 양우전을 불러들였다. 그리고 양우전이 총단에 도착할 예정일이 가까워지자 형운이 이 임무로 차출되었다.

이 둘 사이에 연관성이 있지 않을까 의심하는 것은 너무 과민한 것일까?

'그거 말고도 걸리는 게 많으니 원.'

이번 일로 최소한 두 달 이상 총단을 비우게 될 판이다. 무인들끼리 빠르게 가는 것이라면 모를까, 물자를 운송하는 이상 정해진 속도로 이동할 수밖에 없으니까.

천유하가 말했다.

"아니, 그보다 더 소모하게 될걸. 애당초 이번에 네가 차출된 이유가 황제 폐하께서 너 얼굴 한번 보고 싶다고 해서였다며?"

"…그랬지."

"그럼 황제 폐하만 보고 끝날 리가 없어. 황족들은 물론이고 온갖 유력자들이 얼굴 보자고 초대해 올 거다."

"……."

확실히 그렇게 될 것이다. 자칫하다가는 연말까지 제도에 잡혀 있는 사태가 벌어질 수도 있었다.

'젠장. 아주 훌륭하게 말려들었는데.'

하지만 역시 황제가 보고 싶어 한다는 명분이 너무 강력했다. 운 장로 입장에서는 하늘이 자기를 도우시는 기분이었으리라.

"하아. 큰일이로군. 음?"

재차 한숨을 내쉬던 형운이 흠칫하며 고개를 돌렸다.

천유하가 의아해하며 물었다.

"왜 그래?"

"왜 숨어계시는 겁니까?"

형운은 대답 대신 타고 있는 말의 걸음을 멈추게 하고 허공을 바라보며 딴소리를 했다. 천유하와 다른 무인들이 놀라서 그의 시선이 닿은 곳을 보았지만 아무것도 없었다.

하지만 형운은 그곳에 누군가 있다는 것을 확신한다는 듯 빤히 바라보았다. 그리고 곧 변화가 일어났다.

"숨어 있었던 게 아니란다."

공간에 물결 같은 파문이 일면서 한 사람의 모습이 나타났다.

"먼 거리를 뛰어넘다 보니 의식이 앞서 왔을 뿐이지. 그걸 알아차리다니 역시 보통이 아니구나."

투명한 허상이 서서히 윤곽을 갖추고 거기에 색이 입혀지면서 한 사람의 모습으로 변해간다.

그렇게 모습을 드러낸 것은 삿갓을 쓴 노인이었다. 그를 본 형운이 말에서 내려서 예를 표했다.

"오랜만에 뵙습니다, 환예마존 어르신."

그 말에 다들 경악했다. 강호의 쌍극으로 불리는 환예마존 이현이라니?

"그렇구나. 네 명성은 많이 들었다. 아주 온 대륙을 진동시키고 있더구나. 네 나이에 벌써 팔객으로 인정받다니, 정말 놀라운 일이지. 이제는 애송이 취급도 못 하겠구먼."

"과분한 명성이 부담스러울 따름입니다."

"제법 겸양할 줄 아는구나."

빙긋 웃는 이현은 상태가 안 좋아 보였다. 형운이 기억하는 것보다 훨씬 나이 들어 보였고 안색이 초췌했다.

'기가 굉장히 불안정해. 어떻게 된 거지?'

게다가 본신의 기운 자체가 굉장히 불안정했다. 병마에 시달려서 쇠약해진 것과는 느낌이 다르다. 생명체로서 약해진 느낌이 아니라 존재감이 너무 약해져서 마치 당장에라도 안개처럼 스러져 버릴 것처럼 덧없는 느낌이 들었다.

형운의 표정을 본 이현이 말했다.

"설명하지 않아도 알아보았느냐?"

"어르신, 무슨 일이……."

"듣는 귀가 많으니 그 건은 따로 이야기하자꾸나. 그나저나 너는 성운의 기재로군."

"조검문의 천유하라고 합니다. 환예마존 대협을 뵙게 되어 영광입니다."

천유하가 황급히 예를 표했다.

이현이 그를 빤히 바라보더니 말했다.

"흠. 새삼스럽지만 이번 세대는 참 기묘하구나."

"네?"

무슨 말인가 싶어서 천유하가 눈을 크게 떴다.

이현이 재미있다는 듯 웃었다.

"하긴, 전 세대까지의 잣대를 들이미는 것도 우스운 일이겠지. 흑영신교주와 광세천교에서 만든 모사품만 하더라도 전례 없는 존재들이니. 하지만 그걸 감안해도 하나같이 전부 무인으로만 몰린 것은 참 이상하군."

"아……."

천유하는 그가 하고자 하는 말을 알 것 같았다.

이번 세대 성운의 기재들은 전원이 무인의 길을 걸었다.

서하령이 좀 예외라고 할 수 있지만 그녀 역시 본질적으로는 무인이다.

천유하가 호기심을 드러냈다.

"전 세대는 달랐습니까?"

"달랐지."

이현의 세대에만 해도 기환술사의 길을 걸었던 것이 넷이었다.

그리고 전 세대에는 연단술사의 길을 걸었던 것이 하나, 기환술사가 둘 있었다.

"하지만 이번 세대는 전원이 무인이지. 뭐 내 전 세대도 비슷한 상황이었다고 하니 그저 이런 일도 있을 뿐이겠구나. 생각해 보면 한 명은 딱히 무인의 길을 걸었다고 할 수도 없으니……."

형운과 천유하는 그가 말하는 것이 허용빈임을 알아차렸다.

문득 그가 말했다.

"그런데 너는 뭔가 기연이라도 얻었느냐?"

"네?"

"조검문의 무공은 양의심공 계통이 아니었을 텐데 너는 양의를 품고 있구나."

의아해하는 이현의 지적에 천유하는 경악했다. 그저 보는 것만으로 그것을 알 수 있단 말인가?

"아, 그것이⋯⋯."

천유하가 주변의 눈치를 보았다. 일야검협의 이야기는 아무래도 불특정 다수가 있는 상황에서는 말할 수가 없었다.

이현이 알겠다는 듯 고개를 끄덕인다.

"그렇군. 이제 말해도 된다."

"네?"

"소리를 차단했단다. 아, 독순술을 걱정하는 게냐? 역시 생각이 깊구나."

"⋯⋯."

아니, 그런 문제가 아니지 않은가?

술법을 쓰는 기척조차 없이 소리를 차단했다는 사실에 놀랐을 뿐이다. 하지만 이현은 천유하가 무슨 생각을 하든 안중에도 두지 않고 자기 생각대로 하고 있었다.

"보이는 상도 약간 왜곡하도록 하마. 이제 밖에서는 네가 입을 움직이는 것에 반응해서 약간씩 다른 표정, 입 모양으로 보일 게다. 이제 이야기해 줄 수 있겠느냐?"

천유하는 난처해하며 형운을 바라보았다. 아무리 강호의 쌍극으로 불리는 환예마존 이현이라지만 함부로 개인사를 이야기할 수 있겠는가?

이현이 물었다.

"음? 말하기가 곤란한 비밀이었느냐? 말하지 않기로 맹세를 했다거나?"

"아니, 그런 것은 아닙니다만⋯⋯."

결국 천유하는 반쯤 자포자기한 기분으로 일야검협의 일을 들려주었다.

"허어, 실로 존경스러운 협사로구나. 사후에나마 그런 식으로 보상을 받았다니 다행이로군."

이현이 탄식했다. 그리고 품을 뒤적거리더니 손바닥에 올라올 정도로 작은 금패 하나를 꺼내서 천유하에게 건네주었다.

"그 일에 상관하지는 못했지만 나도 일야문의 재건에는 조금이나마 도움이 되고 싶구나. 이걸 받거라."

"이것은 무엇입니까?"

천유하가 어리둥절해하며 물었다.

"내가 만들어둔 비밀 은신처 중 하나란다."

"네?"

"호장성에 있으니 쓸모가 있을 것이다. 일야문의 계승자를 찾는다면 어디에 거하게 하면서 가르칠지도 난감할 것 아니냐? 조검문에서 가르치기도 껄끄러울 것이고. 유사시에 활용할 수 있는 공간이 하나쯤 있어서 나쁠 것은 없을 것이다."

"가, 감사합니다."

천유하가 감사했다. 이현은 흡족하게 웃고는 형운에게 말했다.

"그럼 잠시 둘이서만 이야기를 해야겠는데… 아니, 너는 듣고 있어도 되겠구나. 그냥 있어도 된다."

"무슨 일을 겪으신 겁니까?"

형운이 묻자 이현이 질문으로 대답했다.

"풍령국에서 일어난 일에 대해서는 들었느냐?"

"네. 어느 정도는."

"그럼 내가 그 일에 참가했다는 것도 들었느냐?"

"그건 몰랐습니다."

형운이 놀랐다.

적어도 형운이 총단을 떠나는 시점까지 입수된 정보에는 이현의 정보가 없었다.

이현이 수염을 쓰다듬었다.

"흠. 풍령국 군부도 혼란 상태일 텐데 생각보다는 정보 통제가 잘되고 있군. 어차피 시간문제이긴 하겠지만……."

"풍마창 대협이 은퇴하고 그 후계자로 거론되던 인물이 전사했다는 이야기는 들었습니다."

"그랬지. 북풍검군은 일신의 무위로는 능히 팔객 수준에 이른 강자였다. 풍령국 군부에서 호 장군의 뒤를 이을 인재를 만들기 위해 엄청난 예산을 투입해서 운영하는 인재양성계획의 성과였지."

그런 그가, 7천을 넘는 토벌군이 투입된 전투에서 위험을 피하지 못하고 전사했다는 것은 이번 환마 재해가 얼마나 심각했었는지 알려준다.

게다가 그 자리에는 풍마창 호준경뿐만 아니라 환예마존 이현까지 있었지 않은가?

3

이현이 말을 이었다.

"믿기 어렵겠지만 너희 세대는 비교적 평화로운 시대에 태어났다."

일견 납득하기 어려운 이야기였다. 형운의 삶은 가혹한 싸움으로 점철되어 있었으니까.

하지만 형운은 반감을 느끼지 않았다. 귀혁에게 들어온 과거의 일들을 통해서 이현의 말이 사실임을 알고 있었기 때문이다.

"물론 형운, 네가 겪어온 싸움들은 어느 시대의 기준으로 봐도 가혹한 것이었지. 하지만 네가 싸움으로 밤을 지새워야 했던 날보다 평화로운 시간을 즐기며 자기 연마로 보낼 수 있었던 날이 많았음을 축복으로 알거라."

난세란 사람들이 당연히 누리던 것들을 믿을 수 없는 시기다.

물론 지금도 중원삼국의 치안은 완전하지 않다. 곳곳에서 부조리한 폭력에 목숨을 잃는 자들이 속출하고 있기에, 국가의 힘만으로 그것을 전부 해결하지 못하기에 척마대의 존재가 의의를 갖는 것 아닌가?

그러나 과거의 난세에 비하면 그런 일의 발생 건수가 현격히 낮았다.

"그 일야검협의 시대가 그러했겠지. 마교가 발호하고 사람들이 거기에 현혹되던 시대는 누구도 내일을 장담할 수 없는 시대였을 것이다. 특히 일반인들에게는 한 치 앞도 보이지 않았겠지."

일야검협의 시대에 사명교에 맞섰던 협사들에 비하면 형운은 정말 축복받았다고 할 수 있으리라. 안전이 보장되고 의식주 걱정을 할 필요가 없는 환경에서 무공 연마에만 힘쓸 수 있다는 것은 그 자체로 특권이었다.

"무상검존 나윤극의 삶 또한 그러했다. 윤극성의 무인들이 강한 것은 그들이 다른 지역과는 비교할 수 없는 위협에 노출되어 있으며, 적극적으로 거기에 맞서 싸우기 때문이지."

세간은 무인 집단으로서는 윤극성을 따라갈 곳이 없다고 평가하고 있었다.

그리고 그것은 어느 정도 타당한 평가이기도 했다. 그들은 늘 환마라는 위협을 상대로 자신들의 힘을 증명해 왔으니까. 비교적 여유가 있을 때는 협력하는 세력에 무인들을 빌려주기도 했는데, 그럴 때마다 사람들은 그 강력함에 놀랄 수밖에 없었다.

풍령국 황실에서 타국의 황실보다 더 군부의 강력한 무인 양성에 힘을 쏟는 것도 윤극성의 존재 때문이다. 그들은 무상검존 나윤극을, 그리고 그의 후계자를 뛰어넘는 상징적인 무인들을 갈망했다.

"하지만 나윤극과 그가 일궈낸 윤극성의 존재 때문에 사람들은 환마왕의 공포를 잊었단다."

지난 수십 년 동안 윤극성은 풍령국을 지키는 군건한 방벽이 되어주었다.

어차피 환마 재해는 그 지역을 벗어날 수 없지 않느냐고?

물론 그렇다. 그러나 윤극성의 존재 가치가 높아진 것은 가만히 놔두면 환마의 수가 불어나면서 재해 지역이 계속 확장되기 때문이었다.

그리고 그 재해 지역의 마기가 발생시키는 위협은 환마만이 아니다. 환마들은 그 지역에 발이 묶이지만 요괴나 마수의 경우는 얼마든지 다른 지방으로도 진출할 수 있었다.

윤극성은 그런 위협을 최소화하는 방파제 역할을 했다.

그리고 그들이 오랫동안 그런 역할을 해왔기에 사람들은 환마왕이 이끌던 군세의 공포를, 그리고 그로부터 부가 효과처럼 발생하는 수많은 위협들에 대해서 잊었다.

이제 사람들은 윤극성 지역에 대해서 잘 모른다. 그들이 어째서 그토록 강할 수 있는지 막연히 상상할 뿐이며, 그렇기에 그들이 노출된 위협보다는 그곳에 존재하는 이익에 더 시선이 끌리고 만다.

"윤극성은 돈이 많지. 아주 많다. 왜 그런지는 알겠지?"

"금룡상단과 긴밀한 관계라고 들었는데요? 돈 되는 광산이 엄청 많다고……."

윤극성의 주 수익원은 바로 광산업이었다. 환마들의 위협 때문일까? 그곳에는 귀금속 광맥들이 놀라울 정도로 풍부했다.

하지만 이 사실이 드러난 것은 윤극성이 충분히 자리를 잡은 뒤였다. 환마들을 무찔러가면서 안전을 어느 정도 확보한 땅에서 발견된 탓도 있지만 윤극성에서 정보 통제를 아주 잘한 것이다.

"하지만 그건 지금 이야기에서 중요한 부분은 아니다. 중요한 것은 그렇게 모두가 윤극성이 전담하고 있는 위협에 대해서 무지해졌을 때 이번 사태가 터졌다는 것이지."

풍령국 역시 마교의 움직임에 신경을 곤두세우고 있었다. 마교 토벌의 영웅인 풍마창 호준경이 군부의 실세였으니 당연한 일이었다.

그러나 그들은 윤극성이 전담하고 있는 환마의 위협에 대해서는 완전히 방심하고 있었던 것이다.

"세상 어딘가에 그런 위협이 있지만 우리 일은 아니다. 윤극성의 일이다. 그렇게 생각하고 있다가 뒤통수를 맞은 게다."

그렇지 않았다면 토벌군의 피해가 그토록 막대하진 않았을 것이다.

호준경이 정예들로 토벌군을 꾸리기 전, 둘째 황자가 주도한 1차 토벌군이 몰살에 가까운 대패를 당했다.

이것으로 황실에서도 일의 심각성이 예상을 훨씬 넘어선다는 것을 인지하게 되었다. 호준경을 견제하느라 안달이 난 이들조차도 군말 없이 그에게 전권을 줄 수밖에 없었다.

호준경은 군부의 힘을 하나로 모으는 한편, 황실의 방침을 거스르면서까지 독단으로 대비책을 세웠다.

"지금은 나도 풍령국 황실과 사이가 나쁘지 않으니 나를 부른 것까지는 문제가 없었다. 하지만 혼마를 불러들인 것은 문제가 다르지."

"한서우 선배님이 그 일에 참가하셨다고요?"

형운이 경악했다.

한서우가 강호에서는 협객으로 불린다지만 어디까지나 민중의 인정을 받을 뿐이다. 황실 입장에서는 마인일 뿐만 아니라 혼원교 최후의 전인이라는 것만으로도 도저히 공인할 수 없는 존재일 것이다.

그런데 그런 그를 황실의 토벌 작전에 포함시켰다니……

"호 장군이 혼마의 됨됨이를 알고 있기 때문에 가능한 일이었지. 하지만 후폭풍을 감수해야 할 정도로 무리한 결단이었던 것도 사실이다. 결과적으로는 현명한 결정이었지만……."

새로운 환마 재해는 윤극성 지방의 그것과는 다른 특성을 지니고 있었다.

"마계와 현계를 서로 통하게 하는 '문'을 열 수 있는 대요괴가 중심이었단다. 게다가 그 대요괴는 본신이 거대한 수목이었지."

주변의 숲을 잡아먹어서 자신이 더 큰 힘을 발휘할 수 있는 기반으로 삼는 무시무시한 요괴였다.

사람들의 눈을 피해 숲을 잠식한 대요괴는 그곳에서 마계로 통하는 문을 열었고, 쏟아져 나오는 마기가 환마들을 대량 발생시켰다.

"현계의 생명, 그리고 인간을 잡아먹으면서 급속 증식한 환마들과 그들의 힘을 기반으로 마계에서 현계로 소환된 마수들, 그리고 새로운 요괴들까지……."

풍령국은 오랫동안 잊고 있던 강대한 침공의 위협을 맞닥뜨렸다.

두 마교를 토벌할 때도 곳곳에 자리 잡은 비밀 세력과의 싸움이었지 이렇게 노골적으로 영토를 침공 당하지는 않았다. 중원 삼국의 힘이 강성한 지금, 외부의 이민족들 역시 큰 위협이 되지 못했다.

그렇기에 내부에서 발생한 침공의 위협은 목줄기에 칼이 닿아 있는 듯한 공포를 느끼게 했다.

게다가 길게 이어진 전투의 끝에서, 새로운 환마왕이라고 부르기에 부족함이 없는 개체가 탄생하기까지 했다. 토벌군이 핵심 인력들을 잃게 된 것은 이 적과 싸운 결과였다.

"그래도 많은 희생을 치른 끝에 결국 막아낼 수 있었다. 윤극성과 달리 단발성으로 그쳤다는 점도 다행스러운 부분이었고……."

"어르신께서도 뭔가를 희생하셨군요."

형운이 복잡한 표정으로 말했다. 그 말에 이현이 쓴웃음을 지었다.

"네 눈은 못 속이겠구나. 그래. 나는 이제 얼마 남지 않았단다."

"네?"

놀란 소리를 낸 것은 천유하였다.

이현이 손을 들어 보였다. 순간 그의 손이 투명해졌다가 다시 원래대로 돌아왔다.

"그, 그건 대체……."

"축지법의 반동이지. 시공의 비밀을 엿보는 데는 그만한 부담이 따르는 법이란다."

그리고 이현은 경험과 연구를 통해서 자신이 통제할 수 있는 선이 어디까지인지 잘 파악해 두었다.

하지만 이번 환마 재해를 막는 과정에서 그는 그 선을 넘어버렸다. 그 대가는 참혹했다.

"나는 곧 사라질 것이다. 내 존재를 현계에 붙잡아둘 수 있는 시간이 얼마 남지 않았단다. 어느 순간 한계에 달할 것이고, 그리고 내 육신을 구성하는 기운이 시공의 틈새로 흩어지겠지."

그것이 축지라는 힘을 손에 넣어 시공을 뜻대로 다뤄온 이현에게 찾아온 종말이었다.

"한 100년 정도는 더 살면서 세상을 지켜보고 싶었는데 이렇게도 되는구나. 사람이 사람인 채로 영수들처럼 장구한 세월을 사는 것이 불가능하다고들 하니 도전해서 극복하고 싶었거늘."

"……."

"그런 눈으로 보지 말거라. 200년까지는 아니더라도 100년 이상을 건강하게 살았으니, 이만하면 누구나 질투할 만한 삶 아니더냐?"

이현이 초췌한 얼굴로 허허 웃었다.

형운이 한숨을 쉬었다.

"제가 어르신께 어떤 도움을 드릴 수 있겠습니까?"

"내 마지막 일을 좀 도와줬으면 한다. 귀혁도 승낙했으니 걱정 말거라. 이미 그쪽에는 들렀다 왔단다."

"사부님이 아니라 제가 도와드려도 되는 겁니까?"

"어쩌면 네가 더 도움이 될지도 모른다. 귀혁은 워낙 재주가 많아서 학자로서 내가 요구하는 일을 해주겠지만 너는 귀혁도 못 하는 일을 할 수 있으니까."

"알겠습니다. 하지만 저는 제 임무를 방기할 수는 없습니다. 일정을 좀 서두를 수야 있겠지만……."

"이해한다. 그 점에 대해서는 내가 좀 도움을 주마."

자신만만한 이현의 말에 형운은 과연 그가 어떤 식으로 도움을 줄 수 있을지 궁금했다.

그리고 결과적으로 전혀 생각지 못한 도움을 받게 되었다.

당연하지만 황제는 세상에서 제일 귀하신 몸이다.

황제가 원해서 볼 수 없는 사람은 거의 없었다. 그에 비해 황제를 보고 싶다고 해서 볼 수 있는 사람은 얼마나 될까?

그런데 놀랍게도 세상에는 이 두 조건을 모두 충족시키는 인물이 있었다.

"환예마존과 그토록 깊은 연을 맺었는지는 몰랐구나."

형운과 이야기를 나누고 싶어서 만찬을 준비한 황제는 놀람을 금치 못했다.

형운 일행이 제도에 도착하는 것보다 훨씬 앞서서 이현이 황제를 알현했다. 그리고 그에게 형운이 제도에 붙잡혀 있는 일이 없도록 해달라고 부탁을 하고 간 것이 아닌가?

감히 황제에게 개인적인 일을 부탁한다니, 그것만으로도 불경스럽다 하겠지만 상대가 환예마존 이현이라면 이야기가 달라진다. 게다가 이현은 그저 부탁만 하고 간 것이 아니라 황제에게 나름의 대가를 지불하며 진실을 털어놓았다.

"하긴, 그대도 이제 당당한 팔객의 일원으로 불리는 몸이니 당연한 것인지도 모르겠군. 그 소식을 듣고 짐이 얼마나 놀랐는지 아는가?"

황제가 형운을 보고 싶어 한 것은 이제는 형운이 팔객으로서의 입지를 군혔기 때문이다. 광세천교의 칠왕 둘을 격파한 시점에서 이제 더 이상 형운이 팔객의 일원임을 부정하는 이가 없었다.

이 소식이 민의에 귀를 기울이는 황제의 귀에 들어간 것은 당연했다. 황제는 지난날, 어린 나이에도 불구하고 놀라운 실력으로 자신의 눈을 호강시켰던 소년이 채 10년도 지나지 않은 시점에서 팔객으로 불린다는 사실에 경탄과 호기심을 느꼈다.

"짐이 그의 부탁을 들어주기로 했으니 그대는 염려 놓아도 된다."

황제는 전음으로 그 뒷이야기를 했다.

─공식적으로 그대는 짐의 밀명을 받고 비밀 임무에 투입되는 것이 될 것이다. 그리고 딱히 틀린 말도 아니지. 짐은 그대가 환예마존의 일을 돕기를 바라며, 적극적으로 지원하기도 할 것이니.

황제가 빙긋 웃었다.

"하지만 오늘 하루를 나를 위해 쓰는 것 정도는 짐에게 허락된 사치로 여기겠노라."

"망극하나이다."

형운은 진심으로 황제에게 감사했다.

5

광세천교의 성지에는 밤이 없다. 언제나 태양이 환하게 비추는 빛의 땅이다.

모든 면에서 흑영신교의 성지와는 정반대의 환경이라 할 수 있었다. 이 땅에서 생활하는 선택받은 신도들은 모두 활동적이었으며 곳곳에서 서로의 우열을 정하기 위한 충돌을 빚기도 했다.

광세천의 축복이 가능한 이 땅에는 놀라운 비밀들이 숨겨져 있었다.

그것은 바로 마계를 경유해서 대륙의 몇몇 지점으로 통하는 축지문이 존재한다는 것이다. 성지 쪽에서만 열고 닫을 수 있는 이 문의 존재로 인해 그들은 거대한 대륙에서 활동하면서도 원하는 지점에 원하는 전력을 집중할 수 있었다.

"음……."

그림자 교주 만상경은 축지문을 통과하자마자 덮쳐 오는 열기에 눈살을 찌푸렸다.

진기로 몸을 보호하고, 술법까지 펼쳤는데도 열기를 완전히 차단할 수 없었다. 언제 폭발할지 모르는 용암지대 한복판이었으니 당연한 일이었다.

후우우우……!

그런데 어느 순간, 만상경 주변의 열기가 물러나기 시작했다. 그가 아닌 다른 사람의 의지가 작용한 결과였다.

─무슨 일이오, 그림자 교주?

용암지대의 열기 너머에서 전음이 날아들었다.

끓어오르는 용암 위에 한 사람이 가부좌를 틀고 둥둥 떠 있었다. 용암의 열기가 불꽃으로 화해 그의 몸으로 빨려 들어갔다가 방출되기를 반복하는 광경은 그 자체로 경이였다.

불꽃처럼 휘날리는 붉은 머리칼과 불꽃을 응축해 빚어낸 보옥 같은 눈에서 광채를 뿜어내는 그는 광세천교의 칠왕 중 하나인 염마도 구윤이었다.

"전달 사항이 있어서 왔습니다."

―그렇군.

구윤이 허공에서 서서히 몸을 일으켰다. 그의 몸과 용암을 잇던 불꽃이 스러지고 대신 바위 같은 근육질의 몸 위로 살아 있는 것처럼 꿈틀거리는 문양이 빛을 발했다.

'일양신화공의 무극, 정말 볼 때마다 놀라게 되는군.'

그를 보며 만상경은 속으로 혀를 내둘렀다.

그는 인간의 한계를 초월한 양기를 다룰 수 있는 극양지체. 당연히 양기가 가득한 환경일수록 강해진다. 하지만 인간인 이상 허용하는 한계가 있는데 일양신화공을 극성으로 연마한 구윤은 그것을 초월한 괴물이었다.

용암 위를 걸어서 만상경에게 다가온 구윤이 물었다.

"무슨 일이시오?"

"칠왕의 공석이 채워졌습니다."

흑영신교와 달리 광세천교는 토벌 이후 재기하는 동안 칠왕을 잃지 않았다. 따라서 빈자리를 채울 만한 후보들도 아직 여유 있게 보유하고 있었다.

"그런가. 하긴 슬슬 정해질 때가 되기는 했군."

구윤이 덤덤하게 대답했다. 하지만 예지 능력자인 만상경은 그의 내면에서 휘몰아치는 분노를 읽었다.

형운에게 죽은 나곤과 가한, 둘은 모두 구윤이 직접 육성한 수제자들이었다.

나곤의 경우는 일양신화공을 연마하는 데 실패하여 그의 품을 떠나 사령인이 되는 길을 택했지만 사제의 연은 끊어지지 않았다. 그리고 가한은 일양신화공을 온전히 전수받은 정말 귀한 인재였다.

앞으로 10년만 더 있었다면 일양신화공의 극성에 이를 수 있었을 텐데, 불운하게도 형운의 손에 걸려 살해당하고 말았다.

구윤이 말했다.

"그것을 전하기 위해 몸소 행차하신 것이오? 그럴 만한 일은 아니었을 듯한데……."

"개인적으로 사과도 드리고 싶었습니다."

이전에 형운과 싸웠을 때, 구윤이 결판을 내길 포기했던 것은 만상경의 예지 때문이었다. 형운에게 나곤과 가한이 살해당할 것을 알았더라면 수단 방법을 가리지 않고 형운을 죽였으리라.

그러나 구윤은 고개를 저었다.

"아니오. 선택한 것은 나의 의지. 그림자 교주에 대한 원망은 없소."

"광세천께서 천기를 읽는 힘을 내려주셨으나 이토록 미숙하기만 하니 무력감이 느껴지는군요. 하지만 그래도 한 가지, 꼭 알려 드려야 할 것이 있었습니다."

"무엇이오?"

"가까운 시일 내로 광마(光魔)와 당신, 두 분 중 하나가 흉왕과 싸우게 될 것입니다. 계속 천기를 살폈으나 도저히 이 미래를 회피할 방법이 보이지 않는군요. 흑영신교와 우리, 그리고 예지의 바깥을 걷는 누군가의 의도가 얽히고설킨 결과로 그렇게 되는 것 같습니다."

광마는 염마도 구윤과 함께 지난 토벌에서 살아남은 칠왕이었다.

구윤은 놀라지도 않고 담담하게 물었다.

"결과는?"

"모르겠습니다. 거기까지는……."

"반드시 죽일 각오로 싸우는 판이라면 광마가 살아남을 확률은 반반, 하지만 나라면 죽겠지."

"……."

"알려줘서 고맙소."

만상경이 한숨을 쉬었다.

"부디 그런 일이 있더라도 의무를 잊지 않으시길 부탁드립니다."

만약 귀혁과 싸우게 되더라도 호승심을 불태우지 말고 살아남는 것을 우선으로 생각해 달라는 부탁이었다. 그만큼 구윤은 광세천교에게 있어서 중요한 전력이었다.

"물론이오. 이 몸은 오로지 구세(救世)를 위해 살아가고 있으니……."

구윤은 그렇게 말했지만 눈동자 속에서는 강렬한 분노가 활활 불타오르고 있었다.

6

이현의 부탁으로 황제가 손을 써줬다고는 하지만 그래도 하루는 황궁에 머물러야 했다. 황제가 형운에게 깊은 관심을 드러내면서 점심, 저녁, 다음 날 아침까지도 함께했기 때문이었다. 게다가 신하와 위사들이 말리는 것을 뿌리치고 형운에게 무공을 지도받기까지 했다.

'아이고, 내가 황제 폐하를 지도하다니 뭐 이런……'

무공에 관심이 있는 황족들이 강호의 명사들을 초대해서 가르침을 받는 일은 드물지 않게 일어나는 일이다. 하지만 설마 자신이 잠깐이라도 황제에게 무공을 지도하는 입장이 되어볼 줄이야.

"폐하의 실력은 어떠셨어?"

천유하가 물었다.

그도 이현을 돕는 일에 함께하기로 했다. 둘은 뒷일은 다른 이들에게 맡겨버리고 제도를 나섰다.

"음. 무관 출신이 아니신 것을 감안하면 꽤 괜찮으시던데. 여차하면 위사들에게 의지해서 몸을 피할 수 있을 정도?"

"그렇군. 황족은 운룡족의 가호를 받아서 보통 사람보다 훨씬 육신이 강건하기도 하니. 예령공주 마마만 하더라도……."

예령공주 이야기를 꺼낸 천유하가 한숨을 쉬었다.

이번에 천유하가 가장 걱정했던 것이 예령공주에게 끌려다니는 것이었다.

과연 그녀는 천유하가 제도에 왔다는 소식을 듣자마자 초대해 왔다. 하지만 이현이 황제에게 부탁을 해둔 덕분에 시달림받는 것도 하루 만에 끝낼 수 있었다.

"들리는 이야기로는 요즘 혼담이 많이 들어갔다던데……."

"그러실 만한 나이지."

예령공주도 벌써 스무 살이다. 진즉 시집을 갔어도 이상하지 않은 나이지만 2년 전에 군부에 투신하면서 혼인 이야기를 물리치고 있었다.

문득 천유하가 물었다.

"혹시 별의 수호자 쪽은 어때? 너도 그런 이야기가 나와도 이상하지 않지 않나?"

"그러는 너는?"

"나, 나는……."

문득 천유하가 머뭇거렸다. 형운이 의아해하며 바라보자 그가 한숨 섞인 목소리로 말했다.

"…영수들 쪽에서 혼담이 들어왔기는 한데."

"영수?"

"영수님들이 만나보자고 하는 경우도 있고, 그 자손들과 만나봐 달라고 하는 경우도 있고……."

"……."

이건 또 상상을 초월하는 대답이라 형운이 멍청한 표정을 지었다.

천유하가 말했다.

"하지만 지금은 생각 없다고 물리치고 있어. 일야문의 일을 처리한 후에나 생각할 일이지."

"그렇군."

"너는? 별의 수호자 상위 계급 무인들은 이상할 정도로 독신이 많던데 너도 혹시……."

천유하는 별의 수호자에서 생활하면서 기묘함을 느끼고 있었다.

형운도, 마곡정도, 서하령도 전혀 혼인해야 한다는 압박을 안

받으며 사는 것 같다.

남의 사정을 캐내고 다니지는 않았지만 그래도 가까이서 지내다 보면 어느 정도는 자연스럽게 보이는 법이다. 그런데 별의 수호자 내에서는 탁월한 배경을 지닌 만큼 일찌감치 혼담에 시달려야 할 것 같은 셋은 전혀 그런 기미가 없다.

형운이 대답했다.

"아니, 그런 건 아니야. 슬슬 혼담도 들어오기는 하지만 일에 치이다 보니 그쪽에 신경 쓸 겨를이 없는 거야. 그리고 우리는 무인들의 평균 혼인 연령이 꽤 높은 편이기도 하고."

"그래?"

"그렇다고 하더라. 말단 무사들은 좀 사정이 다르기는 한데, 한창 일하면서 입지를 쌓고 위를 바라보는 사람들은 혼인을 해도 늦게 하는 편이야. 보통 성인식을 치른 뒤부터 일을 시작해서 순조롭게 경력을 쌓으려면 20대에는 정말 정신없이 달려야 하거든. 그래서 나이 차 많이 나는 부부가 많은 편이고."

그러다 보니 아예 독신으로 사는 사람도 많았다. 오성 중에서 영성, 풍성, 지성 셋이 독신이고 형운의 경쟁자로 꼽히는 정무격이나 백건익도 독신이다.

형운이 말을 이었다.

"연단술사들은 사정이 좀 달라. 밖으로 나돌 일이나 목숨의 위협을 받을 일이 별로 없는 일에 종사하는 사람들은 무인들보다는 평균 혼인 연령이 낮지."

"그렇군."

천유하가 납득했다.

하긴 형운이 일하는 것만 봐도 알겠다. 시도 때도 없이 임무 때문에 밖으로 나가고, 짧으면 한두 달, 길면 반년 이상씩 나가 있는 일이 흔하니 제대로 가정을 꾸리고 살기도 어려울 것이다.

형운이 말했다.

"물론 어른들의 성향에 따라서 다르기는 한데 우리 사부님의 경우는 네가 하고 싶으면 알아서 해라, 그런 주의시다 보니 나는 그런 압박에서는 자유로운 편이지."

"재미있는 이야기를 하는구먼."

그때 불쑥 두 사람 사이에 끼어드는 목소리가 있었다.

천유하는 깜짝 놀랐지만 형운은 익숙하다는 듯 담담하게 대꾸했다.

"오셨습니까?"

환예마존 이현이 축지로 나타났다.

7

형운과 천유하, 가려 세 사람은 뒷일은 다른 사람들에게 맡기고 제도를 나섰다.

이현은 일행과 함께하지 않았다. 어디서 합류하자고 말해놓고는 사라져 버렸다.

며칠 후, 지정한 장소에서 합류한 이현이 말했다.

"도착은 내일이 되겠구나. 셋 모두 빨라서 좋군그래."

"슬슬 무슨 일인지 사정을 설명해 주셔도 되지 않습니까?"

"그래. 이제는 슬슬 말을 해야겠구나. 나는 지난 30년간 세가지 과제에 전념해 왔단다."

그중 하나는 사욕을 위함이었고 둘은 대의를 위함이었다.

"시공의 비밀을 엿보았기에 나는 그 누구도 극복하지 못했던 문제, 인간이 타고나는 수명의 한계를 초월하여 이 세계를 지켜보는 자가 될 수 있으리라 믿었지. 그건 어느 정도 성과를 거두기도 했단다."

하지만 풍령국에서 일어난 환마 재해의 끝에서, 이현은 자신의 남은 수명을 대가로 치렀다.

그것은 그 사태를 불러온 대요괴가 현계와 마계를 잇는 문을 자유자재로 열 수 있는, 시공을 다루는 권능을 지닌 존재였기 때문이다. 그 능력을 봉쇄하는 과정에서 이현은 금기를 범할 수밖에 없었던 것이다.

물론 스스로의 안위를 우선시할 수도 있었다. 그랬어도 결국은 막아낼 수 있었을 것이다.

그러나 이현은 엄청난 수의 목숨이 희생되고 풍령국 두 번째 생산량을 자랑하는 곡창지대가 잿더미로 변하는 것을 방치할 수 없었다.

"두 번째 과제는 이 나라에서 사대마, 흠, 이제는 형운 네 덕분에 삼대마가 되었지. 그중 하나인 혈살단의 뿌리를 뽑는 것이란다."

"아……."

형운은 예전에 귀혁에 그에 대해서 설명해 준 것을 떠올렸다.

하지만 천유하와 가려는 몰랐기에 이현의 설명을 듣고는 경악했다.

"그게 가능합니까?"

"유감스럽게도 완성에 이르지는 못했다. 요괴 개체를 약화한 뒤 봉인해서 무(無)로 돌리는 것까지는 성공했지만 그 이상의 성과를 거두진 못했지. 이 연구에 대해서는 내 제자들에게 뒤를 맡겨두었다."

이현은 현재 활동 중인 제자들 모두에게 이 연구 성과를 물려주었다.

이것은 한 집단에게만 맡기기에는 너무 큰 가치를 지녔다. 최대한 많은 집단에서 연구를 계속해서 결과를 낸다면…….

"그럼 나는 인류의 삶을 좀 더 낫게 하는 과업을 세운 인물로 기억될 수도 있겠지. 그런 욕심이 있었단다. 하지만 이제는 내 사후를 기약해야겠구나."

"……"

형운과 천유하, 가려가 멍청한 표정을 지었다.

인류의 삶을 개선한다니, 너무나도 엄청난 규모의 이야기였다. 하지만 그의 연구가 완성된다면 정말 그만한 가치를 창출할 것이다.

이현이 말을 이었다.

"마지막 세 번째는 너희도 알고 있는 역사적 사건으로부터 비롯되었다."

그것은 바로 30여 년 전, 흑영신교와 광세천교가 토벌당한 사건이었다.

8

적호연.

천명을 받은 불세출의 예지 능력자.

그녀는 오랜 세월 동안 예지를 남발하여 천기를 농락해 온 흑영신교와 광세천교에 내려진 하늘의 철퇴였다.

"마교 놈들 입장에서는 불공평하다고 느낄 정도로, 그녀는 놀라운 존재였단다."

두 마교가 어마어마한 규모를 자랑한다지만 그래봤자 결국 비밀결사였다. 자신들의 실체를 드러내 놓고 싸웠다가는 승산이 없기 때문에 어둠 속에 숨은 채로 분탕질 치는 싸움을 할 수밖에 없었던 것이다.

그런 그들에게 주어진 강력한 무기가 바로 예지력이었다. 강력한 예지의 힘이 주어졌기에 그들은 신수의 가호를 받는 중원 삼국을 상대로 긴 세월 동안 싸워올 수 있었다.

"천기는 선과 악, 어느 쪽으로도 기울어져 있지 않다. 인간이 말하는 천륜, 하늘의 도리는 세상의 법칙이 아니라 그렇게 되기를 바라는 인간의 소망일 뿐이다."

시공의 비밀을 엿본 현자는 냉혹한 현실을 이야기했다.

"그런데 그녀는 겨우 맞아떨어지는 균형을 파괴하는 존재였지. 왜 그런 일이 벌어졌겠느냐?"

"두 마교가 예지를 남용했기 때문입니까?"

"그렇다. 정확히는 그들의 예지가 발휘하는 효과를 억제할 다른 세력들이 사라진 상황이 되었고, 그들이 넘어서는 안 되는 선을 넘어버렸기 때문이지. 역사상으로 보면 수많은 마교가 있었다. 심지어 그들 중에는 최전성기의 흑영신교와 광세천교를 넘어선 이들도 있었지."

민중을 선동하여 국가를 해체시켜 버리는 자들이 있는가 하면 자신들의 교리가 지배하는 나라를 세웠던 자들도 있었다. 하지만 지금은 모두 사라졌고 그 뒤를 잇는 자들이 나타나기는 갈수록 어려워졌다.

중원삼국의 영토가 넓어지고 치세가 안정화될수록 특정 세력이 마교로 지정되기도 어려운 일이 되었다. 작금에도 사교 집단은 계속 나타나지만 그들이 마교로 불릴 정도로 크는 것은 엄청난 시련을 넘어야 가능한 일이었다.

"그런데도 두 마교만이 지금까지 살아남은 것, 그리고 그들의 성세가 일정 규모를 넘지 못한 것에는 이유가 있단다. 무엇인지 짐작이 가느냐?"

"지나치게 극단적이라서가 아닐까요?"

형운은 자신의 경험을 돌이켜 보며 물었다. 이현이 고개를 끄덕였다.

"그렇단다. 둘 다 현실과 타협할 줄 모르는 미친놈들이지. 역사상 가장 강성했던 마교들은 오히려 똑똑하고 타협할 줄 아는 자들이었다. 인간의 욕망을 이용하고, 사회의 혼란을 이용해 가면서 야금야금 세력을 넓혀가면서 최종적으로 자신들의 교리가 지배하는 국가를 일궈내기에 이르렀지. 네가 보기에 흑영신교나 광세천교가 이런 일을 할 수 있을 것 같으냐?"

"…음. 불가능할 것 같네요."

"그렇기에 놈들은 인세의 재앙이 될 수는 있어도 지배자가 될 수는 없다. 놈들도 그걸 잘 알기에 비현실적일 정도로 극단적인 목적을 노리는 것이지."

그리고 그렇게 극단적인 놈들이, 극단적으로 예지를 남용했기에 적호연 같은 대적자가 태어났다는 것이 이현의 가설이었다.

"그녀는 자신이 황제에게 전무후무한 위업을 선물할 수 있는 존재임을 알고 있었다."

동시에 자신의 삶이 길지 않을 것임도 알고 있었다.

"천기의 균형을 이룰 존재라고 말하면 거창하고 그럴싸해 보이지. 하지만 그녀는 자신이 운명의 도구임을, 처음부터 명확한 한계가 지워져 태어났음을 알았다."

실로 가혹한 운명이다. 거대한 위업을 이룰 힘을 타고났지만 그 대가로 인간으로서의 삶을 누릴 수 없었다. 어떠한 보상도 없이 자신에게 주어진 운명을 달성하는 것으로만 충족감을 느낄 수 있는 삶이었던 것이다.

"그래도 그녀는 거부하지 않았다."

이현은 자신과 독대했을 때 그녀와 나눈 대화를 잊을 수 없었다.

그때도 그녀는 죽어가고 있었다.

아니, 그녀는 자신의 운명을 깨닫는 순간부터 한결같이 죽어가고 있었다. 언제나 병마와 싸워가며 자신의 죽음을 직시해야만 했다.

'내 위에는 단 하나의 존재만이 있습니다.'

'황제를 말하는 겐가?'

'아니요. 하늘입니다.'

'……'

'하늘은 내게서 사람으로서의 삶을 박탈한 대신 절대권력을 주었습니다. 나는 이 시대의 모든 사람을 내 뜻대로 움직일 수 있습니다. 나는 이 시대의 운명을, 이후의 천 년을 결정할 수 있습니다.'

그녀가 황제에게 고개를 조아리고 예를 표한다고 해서 황제가 그녀의 윗사람인가?

인세의 기준으로 보면 그러할 것이다. 하지만 그녀의 입장에서 보면 결국 황제조차도 자신의 뜻대로 움직이는 도구에 지나지 않았다.

'천명을 받은 자여, 당신께서도 그러합니다. 나는 원한다면 그 누구의 운명도 설계할 수 있습니다. 이 싸움의 끝에서, 내가 완전한 균형을 이루는 정답이 무엇이라고 생각합니까?'

'나는 짐작도 못 하겠군. 적 태사, 자네는 무엇을 두고 고민하는가?'

'나는 인간들의 세상을 온전히 인간의 손에 돌려줄 수 있는 권리를 가졌습니다. 이 권리를 행사하는 것이 의미하는 바를 아시겠습니까?'

그 말에 이현은 경악을 금치 못했다.

형운과 천유하, 가려 역시 마찬가지였다.

"맙소사. 그렇다면 그녀는 중원삼국을 붕괴시킬 수도 있었단 말입니까?"

인간의 세상을 인간의 손에 돌려준다.

그것은 즉 신들의 의지가 직접적으로 개입하는 것을 막는다는 의미이며, 따라서 중원삼국의 황실을 가호하는 신수의 힘 역시 예외가 되지 못한다.

이현이 과거를 회상하며 고개를 끄덕였다.

"그랬지. 그녀가 지닌 예지의 힘은 모두가 알고 있는 것보다 훨씬 대단한 것이었네. 한 시대의 운명이 한 사람의 손에 쥐어져 있었다. 그 말은 조금도 과장이 아니었어."

그녀의 삶을 생각하면 그 권리를 행사했어도 이상하지 않았다. 날 때부터 병마에 고통받으며 죽음을 직시해야 했던 그녀가 자신의 의무를 다하는 대신 세상을 혼란의 구렁텅이로 몰아넣는다 한들 그게 이상한 일이겠는가?

삶이 그저 고통으로만 가득하다면, 하늘의 도구로서 희생할 운명을 강요당하여 남들만 웃는 세상을 만들어줘야 한다면⋯⋯.

'그럼 나라도 그런 선택을 할지도 모르겠군.'

형운은 그 상황에서 자신이 남들이 다 불행해지라고 저주를 퍼붓지 않으리라고 장담할 수 없었다. 게다가 심지어 그녀에게는 인간의 세상을 인간의 손에 돌려준다는, 하늘이 준 명분까지 있지 않았던가?

하지만 그녀는 결국 그 권리를 행사하지 않았다.

'하늘은 내게 사람으로서의 삶을 박탈하였으나, 사람이 내게 사람으로서의 행복을 주었습니다. 내가 결정할 운명에 비하면 너무 작고, 짧은 찰나에 불과할지도 모르지만… 그 사람의 인생이 평온하고 행복하길 바라며 나는 인간의 자립을 후인들에게 맡기겠습니다.'

적호연의 선택을 결정한 것은 황궁에 들어갈 때부터 그녀를 보필해 온 동년배 시녀의 존재였다.

적호연을 볼 때마다 어릴 적 병마로 죽은 동생이 생각난다며 무엇이든 해주고 싶어 했던 시녀의 진심이 만인의 운명을 결정했던 것이다.

"그리고 그녀는 내게 한 가지 과제를 주었다네."

'시공의 비밀을 엿본 현자여, 내 선택으로 인해 세상에는 고통의 불씨가 남을 것입니다.'

적호연은 자신이 흑영신교와 광세천교를 완전히 근절시킬 수 없다는 것까지 알고 있었다. 그들을 근절시키는 미래를 완성하기 위해서는 결국 중원삼국을 파탄에 가까운 상황으로 몰아넣어야 했기 때문이다.

"대신 그녀는 후인들로 하여금 그 과업을 달성할 수 있는 열쇠를 내게 맡겼지."

흑영신교와 광세천교, 인세에 남은 마지막 신의 사도들을 뿌리 뽑을 수 있는 방법을.

‘이 열쇠를 완성하는 과업을 당신께 맡기겠습니다. 그러나 한 가지, 경고하겠습니다.’

‘경청하겠네.’

‘이 열쇠의 완성은 당신의 마지막 과업이 될 것입니다. 부디 신중하게 선택하시길.’

아무리 대예언가라고 하더라도 한 사람이 수십 년 후에 맞이할 운명을 완벽하게 맞힐 수 있을까?

이현은 그 사실에 의문을 품었다. 그러나 오랜 시간이 지난 지금은……

"그녀는 실로 대예언가였지. 나의 선택이 부를 결과를 알고 있었던 걸세."

만약 이현이 적호연으로부터 받은 열쇠를 연구하지 않았다면 그는 이번 환마 재해에서 목숨을 버릴 일도 없었다.

그러나 이현은 그동안의 연구를 통해서 그 재앙을 막을 수 있는 힘을 얻고 말았다. 막을 수단을 가졌기에, 그리고 그가 자기 한목숨 살겠다고 재앙이 일어나는 것을 방치할 성품의 소유자가 못 되었기에 결국 적호연이 경고한 운명에 발목을 잡히고 말았던 것이다.

9

다음 날, 일행은 목적지에 도착했다.

이현의 인도를 따라서 산 중턱에 도착한 형운은 깜짝 놀랐다. 그곳에 생각지도 못한 얼굴들이 있었기 때문이다.

"예정보다 늦으셨군요."

바위에 걸터앉아 있던 귀혁이 말했다.

하지만 그만이었다면 놀라지 않았을 것이다.

'왜 사부님이 이분들과 같이……'

귀혁의 맞은편에 앉아 있던 사내가 부드러운 음성으로 인사를 건넸다.

"오랜만이군, 선풍권룡과 유성검룡."

보는 순간 마음이 편안해지는 기파를 흘리는, 그러나 한쪽 팔이 없어서 소매가 헐렁거리는 선검(仙劍) 기영준이었다.

형운과 천유하, 가려가 정중하게 인사했다.

"선검 대협을 뵙습니다."

"다시 보게 되어 반갑네. 선풍권룡, 자네의 활약은 자주 듣고 있다네."

"부, 부끄럽습니다."

형운이 얼굴을 붉혔다. 예전에는 자신의 우상이었던 인물에게서 이런 말을 들으니 정말 몸 둘 바를 모르겠다.

'운강에서의 일 이후로 바깥 활동이 없으셨는데, 이제 몸을 추스르신 걸까?'

평생 동안 검술을 연마해 온 팔을 잃었으니 그대로 은퇴했어도 이상하지 않았다. 하지만 그 후로 3년, 기영준은 다시금 자신의 힘을 필요로 하는 장소에 모습을 드러냈다.

그렇게 기영준과 대화를 나누고 있을 때였다.

쉬이이이익!

산 저편에서 누군가 얼음검 위에 올라탄 채로 날아들었다.

"오셨군요."

사뿐하게 착지한 것은 설산검후 이자령이었다.

"맙소사. 이존팔객 중 넷이 모이다니……."

신음처럼 중얼거리던 천유하는 퍼뜩 정신을 차리고 옆에 서 있는 형운을 바라보았다.

"아, 아니, 다섯이군."

"……."

아무래도 늘 가까이서 친구로 지내다 보니 오히려 형운이 팔객의 일원이 되었다는 사실이 실감이 가지 않았다.

어쨌거나 그의 말대로 환예마존 이현, 폭풍권호 귀혁, 설산검후 이자령, 선검 기영준, 그리고 선풍권룡 형운까지 중원삼국을 대표하는 협객 열 명 중 다섯 명이 이 자리에 모여 있었다.

이현이 씩 웃었다.

"이 늙은이의 마지막 일인데 이 정도 거창함은 갖춰도 좋지 않겠는가?"

서로 얼굴 한번 보기 힘든 사람들이었고, 각자 자신이 속한 집단을 대표하기에 힘을 합치기도 힘든 입장이지만 모두가 이현의 사정을 듣고 한자리에 모여주었다. 그것이 백 년 가까운 세월을 협의에 몸 바친 그에 대한 경의였다.

기영준이 말했다.

"본 문의 장로들께서도 마존의 부탁에 응하시겠다고 나서셨습니다. 지정하신 지점에 가 계실 겁니다."

"고맙군. 태극문의 협의에 감사하네."

"별말씀을. 이 정도 도움밖에 드릴 수 없는 것이 부끄럽습니다."

그 말에 이자령의 표정이 불편해졌다. 백야문에서는 그녀 혼자서만 나섰기 때문이다.

"나보고 얼굴 들고 살지 말라고 하는 것 같군."

"그럴 리가요."

기영준이 난처한 듯 웃었다.

그 모습을 본 귀혁이 낮게 웃음소리를 냈다. 이자령이 날카로운 눈으로 그를 쏘아보며 뭐라고 말하려는 순간, 형운이 재빨리 나섰다.

"그나저나 정말 대단하군요. 이만한 인원이 모일 줄은 몰랐습니다. 정말이지 어떤 적과 맞서더라도 무섭지 않은……."

"오, 패기 넘치는 자세가 좋군. 그 말 잊지 말게."

"……."

이현이 능글맞게 웃으며 던진 말에 형운이 흠칫했다. 아니, 설마 지금 이 인원이 모여서도 두려워해야 할 일이라는 건가?

'그 적 태사라는 분에 대해서 듣자 하니 그래도 이상하지야 않겠지만… 대체 무엇이 기다리고 있기에?'

형운은 혼란스러웠다. 하지만 곧 정신이 번쩍 들었다.

'아니, 생각해 보니 그런 적들이 있었군.'

그의 경험상으로도 몇이나 있었다.

예를 들면 괴령이 완전히 풀려났다면?

암해의 신이 형운의 몸을 그릇으로 삼은 채로 완전히 해방되었다면?

그리고 형운이 직접 상대해 보지는 못했지만 일월성신을 이루고 폭주한 유명후의 사례도 있지 않았던가?

세상에는 인간의 상식을 초월하는 위험이 얼마든지 있었다. 환예마존 이현이 이만한 사람들을 모았다는 것은 그럴 필요가 있었기 때문이리라.

이현이 말했다.

"그리고 자네들이 끝이라고 한 적도 없네만?"

"네?"

"자네들만으로 끝낼 이야기가 아니라서 말일세. 이번에는 내 모든 것을 동원할 거라네."

비록 휘하 세력을 일구지는 못했지만 그가 마음먹었을 때 동원할 수 있는 인맥은 대륙 최강이었다.

그리고 인생의 끝을 확신한 그는 대예언가 적호연이 전한 희망을 꽃피우기 위해 자신의 모든 것을 동원하기로 결의했다.

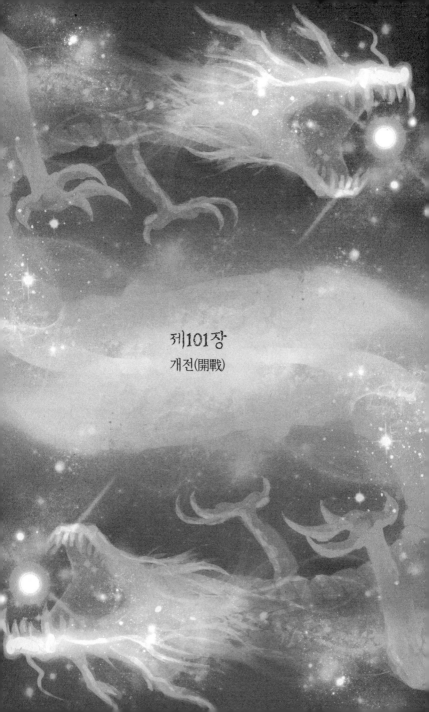

제101장
개전(開戰)

성운을
먹는자

1

별의 수호자가 특정한 한 사건에 병력을 집중하는 일은 지극
히 드물다.

그러기에는 그들이 너무 거대하고 강해서만은 아니었다. 자
신들이 지닌 병력의 규모를 드러내는 것이 양날의 검으로 작용
할 수 있어서였다.

그들의 조직 규모와 병력은 일개 조직이 지닐 수 있는 수준을
아득히 초월했다. 그렇기 때문에 설령 국가의 정점에 선 황제가
자신들을 강탈하려 해도 막아낼 힘을 갖추는 한편, 그 힘이 국
가를 위협할 수 있다는 인식은 주지 않도록 극히 주의하고 있었
다.

최대한 다양한 휘하 집단을 만들어서 무인들을 쪼개고, 적재
적소에 필요한 만큼의 인원만을 동원하는 것은 그들이 오랜 세

월 동안 터득한 처세술이었다.

하지만 그들도 때로는 그런 원칙을 깨고 힘을 집중한다.

"그럼 이걸로 참가 인원은 전부 결정되었군. 마교 놈들이 간파할 가능성은?"

"현재로서는 반반이라고 봐야겠지요."

"하지만 마존께서는 간파당해도 상관없다고 하지 않았던가?"

"조심해서 나쁠 것은 없소. 결정도, 행동도 총단 안에서 처리하도록 하지. 외유를 예정하고 있던 분들은 전부 취소하시고, 외부와의 연락도 차단해 주시오."

"그래야겠군요. 손해를 크게 보겠지만……."

"뭐, 그건 여러분만의 이야기는 아니오. 빠지는 병력들을 생각하면 사업 손실도 꽤 막대할 것이고 이번 일에서 많은 피가 흐르게 될 것이오."

"하지만 이런 일이라면 감수해야겠지요."

문득 운 장로가 말했다.

"삼국의 황실, 그리고 우리와 금룡상단까지 공동으로 움직인다니 그때 이후 처음이로군. 마존도 마존이시지만 적 태사는 정말 무서운 인물이오."

그 말에 다른 장로들도 백배 공감한다는 듯 고개를 끄덕였다.

2

흑영신교는 웅크린 채 상처를 치료하는 과정을 겪고 있었다.

태양이 없는 성지의 어둠 속에서 성녀는 필사적으로 산산조각 난 미래를 더듬었다.

그녀의 예지는 한번 파괴되었다.

혹영신교가 절대적으로 신뢰하며 걸어가던 미래를 향한 설계도가 파탄 난 이상 새로운 설계도를 그려야 했다. 그러기 위해 그녀는 무한히 펼쳐지는 예지의 허상 속을 헤매고 다녔다.

그것은 마치 사막을 헤매며 마실 물을 찾는 작업과도 비슷했다.

그녀는 분명 이 시대 최강의 예지 능력자였다. 그러나 능력이 강하면 강할수록 그 반동도 큰 법. 혹영신교의 대업을 위해 예지를 남용한 반동이 돌아왔다.

'예지의 바깥을 걷는 자들.'

신녀는 혹영신교의 대적자들이 그런 존재가 된 것이 자신들이 치러야만 하는 대가라고 생각했다.

생각해 보면 적호연이라는 재앙이 나타난 것도 같은 맥락이었다.

그보다 더 예전, 혼원교가 존재하며 3대 마교로 불리던 시절에는 이런 두려움이 없었다. 천 년을 넘는 장구한 세월 동안 예지의 반동으로 인한 파멸이라는 두려움에 대해서 무지한 채로 살아올 수 있었던 것이다.

그것은 각 세력의 예지자들이 균형을 이루고 있었기 때문이다.

신화시대로 거슬러 올라가면 예지는 그렇게까지 드문 능력이 아니었다. 이후 시간의 흐름 속에서 인류 문명은 번성하고 예지 능력의 희소성은 점점 커져간다.

그럼에도 3대 마교의 시대까지는 균형이 맞아떨어졌다. 3대 마교가 각자의 이익을 위해 예지를 휘두르는 상황에서는 예지 자들이 힘을 발휘하는 데 제약이 많을 수밖에 없었으니까.

하지만 혼원교가 사라지고 나자 그들을 옭아매던 제약의 빗장이 풀려 버렸다. 흑영신교와 광세천교가 예지를 믿고 폭주한 반동으로 적호연이 탄생했다.

시공의 인과를 들여다본 신녀는 과거의 참극을 그렇게 이해 했다.

동시에 그녀는 자신이 같은 과오를 저질렀음을 깨달았다.

지금의 흑영신교는 지나치게 자신의 예지에 기대고 있다. 모든 전략이 예지의 설계도 위에서 움직이는 상황의 반동으로 대적자들이 탄생했다.

이런 신녀의 견해를 들은 교주는 곧바로 전략을 수정했다.

'예지에 대한 의존도를 줄인다. 우리는 작은 머리로 위대한 신의 뜻을 이해하기 위한 노력을 아끼지 않을 것이다.'

이는 앞으로의 싸움에서 흑영신교가 더 많은 피를 흘리게 될 것이라는 의미였다.

하지만 문제를 깨달은 이상 수정해야만 했다. 선대와 똑같은 과오를 범할 수는 없는 노릇 아닌가?

문제는 신녀가 달리는 호랑이 등에 올라탄 것이나 다름없는 상황이 되었다는 것이다.

예지가 경고해 온다.

곧 강대한 위협이 그들을 덮칠 것이라고.

이 위협을 피하기 위해서는 예지력을 동원, 그 미래로 가는 흐름을 읽어서 피할 방법을 강구해야 한다. 그러나 그렇게 자신들이 원하는 방향으로 천기의 흐름을 바꾸는 것이 결과적으로 그들을 더 궁지로 몰아넣을지도 모른다.

예지가 경고하는 위험을 피하기 위해 예지로 현실을 바꿔서 더 큰 위험을 부를지도 모르는 두려움에 사로잡힌 예지자의 역설.

신녀는 부담감으로 미쳐 버릴 것만 같았다.

"근심이 깊은 것 같구려."

어둠 속에서 예지의 환영을 보던 신녀가 눈을 뜨고 목소리의 주인을 바라보았다.

죽 그녀의 말벗이 되어준 해골, 만마박사였다.

신녀는 창백한 얼굴을 손으로 감쌌다. 그녀가 정신적으로 궁지에 몰렸음을 안 만마박사가 물었다.

"무슨 일인지 이 해골에게 말해주실 수 없겠소?"

"사소한 한마디가 미래를 좌우하게 될지도 몰라요."

"그렇다고 하더라도, 신녀께서 무너지시는 것보다는 나을 것이오."

"……."

한참 침묵하던 신녀는 울음을 터뜨릴 것 같은 표정으로 말했다.

"만약 지고의 보물이 이 세상에 존재한다고 해요. 그것을 손에 넣으면 우리가 원하는 것은 무엇이든 이룰 수 있어요. 천 년 넘게 노력하고도 이루지 못한 대업조차도. 그럼 우리는 어떻게 해야 할까요?"

"손에 넣어야겠지요. 무슨 수를 써서든."

"그렇겠죠?"

선택의 여지는 없었다.

반드시 손에 넣어야만 하는 것이 세상에 모습을 드러냈다. 어떤 희생을 치르든지 손에 넣어야만 할 것이다.

'하지만……'

신녀는 예지가 닿지 않는 공허를 보며 현기증을 느꼈다.

'…과연 그것을 손에 넣는 것이 올바른 선택일까?'

3

이현이 말했다.

"너희가 황실에 다녀오는 동안 준비가 끝났단다."

이현은 형운을 찾아오기 전에도, 후에도 계속 분주하게 움직였다. 대륙 각지의 인맥을 움직이기 위해서였다.

두 마교의 예지 능력자의 눈을 피하면서 그 일을 해내기는 지극히 어려웠다. 하지만 죽음을 앞둔 이현은 지금까지 조심했던 금기들을 적극적으로 범해가면서 그 일을 해치웠다.

하고자 하면 천 리 밖을 보고, 원하는 순간 공간의 제약을 초월하여 가고자 하는 곳에 간다. 그저 축지의 영역에 도달한 것뿐만 아니라 신수의 일족과도 겨룰 수 있을 정도로 통달한 유일

무이한 인간인 그가 죽음을 각오하고 하는 일은 상상을 초월했다.

형운이 물었다.

"굳이 이곳에 모인 이유는 무엇입니까?"

"이곳이 시작이기 때문이란다."

"시작이요?"

"이 산이 무슨 산인지 아느냐?"

"낙성산(落星山)이라고 부르더군요."

"왜 그런 이름이 붙었을까?"

"그, 글쎄요?"

형운이 와본 적도 없는 지방의 산 이름에 얽힌 유래까지 어떻게 알겠는가?

이현이 그럴 줄 알았다는 듯 빙긋 웃었다.

"오래전에 하늘에서 떨어진 별이 산이 되었다고 해서 낙성산이라는 이름이 붙었단다. 여기까지 들으면 각 지방별로 한둘씩은 있을 법한 전설이지."

"이 낙성산에는 뭔가 특별한 게 있는 건가요?"

"있다. 그 전설이 사실이라는 것이지."

"네?"

형운이 눈을 크게 떴다. 진짜로 별이 떨어져서 산이 되었다는 말인가?

"왜 그렇게 놀라느냐? 그런 일이 네가 살고 있는 곳에도 있지 않느냐?"

"아, 그, 그야……."

성존이 거하고 있는 성혼좌 역시 하늘에서 떨어진 별이기는 하다. 정확히는 새로운 세상을 만들려다 실패한 잔재라고 해야겠지만.

그런 신화의 산물을 날마다 보면서 살고 있으면서도 형운은 이현의 이야기를 선뜻 현실로 받아들이기가 어려웠다.

"우리의 세계에는 아직 발굴되지 않은 많은 재앙이 묻혀 있다."

그것은 괴령이나 암해의 신처럼 먼 옛날에 봉인된 강대한 존재일 수도, 혈신교의 성지처럼 역사의 이면에 묻힌 흔적일 수도 있었다.

머나먼 과거, 문명이 열악하고 인간의 수도 적었던 대신 신과 인간의 거리가 가까웠던 시기에 이 세상에 남겨진 초월적인 권능의 잔재들.

"특히 마교 놈들에게 있어서 그런 것들은 도저히 외면할 수 없는 지고의 보물이 될 수밖에 없단다."

이현이 손을 들어 산의 한 지점을 가리켰다. 그러자 놀라운 일이 벌어졌다. 그가 가리킨 지점으로부터 물결 같은 파문이 번져가면서 주변 풍경이 서서히 변하는 게 아닌가?

'축지인가?'

형운은 이미 축지를 충분히 경험해 보았다. 개인이 술법을 펼쳐서 같이 이동하는 경우도, 설치된 기환진을 통해 이동하는 경우도 익숙했다.

하지만 이런 경우는 처음이었다. 이건 마치 사람만을 그대로 둔 채 주변 공간이 다른 공간과 바꿔치기되는 것 같은 광경이었다.

"제대로 들어온 것 같구먼."

이현이 주변을 둘러보며 말했다.

기이한 공간이었다.

일단 끝을 알 수가 없다. 어딜 봐도 무한한 공간이 펼쳐져 있었다.

그 공간은 어둠으로 이루어져 있었지만 그렇다고 해서 시야가 제약되는 것은 아니었다. 그들이 밟고 서 있는 곳만 하더라도 은은한 붉은빛을 발하고 있었기 때문이다.

'불길한 색깔이군. 어둠과 핏빛이라… 그런데 이게 대체 뭐지?'

투명하게 비치는 붉은 결정체가 사방에 떠서 발판 역할을 해주고 있었다. 그런데 대체 정체가 뭔지를 알 수가 없었다.

이현이 설명했다.

"핏방울이란다."

"피라고요? 이게요?"

"그래. 주변에 떠 있는 게 다 그거란다. 정확히는 핏방울이 변화한 결정이라고 해야겠지만."

"무엇의 피죠?"

형운이 물었다. 이현은 그들이 있던 낙성산이 실제로 별이 떨어져서 산이 된 곳이라고 말했다. 그러나 이런 기이한 핏방울은 별과는 전혀 상관이 없지 않은가?

이번에는 귀혁이 말했다.

"오래전에, 사람들은 하늘의 별들에 영혼이 있다고 믿었다. 신화 속에서 해와 달과 별은 모두 인격을 지닌 존재들이지. 이

상황에서 그것이 의미하는 바를 알겠느냐?"

"어……."

형운보다 먼저 그 사실을 깨달은 것은 천유하였다. 그가 놀라서 말했다.

"그럼 낙성산은, 떨어진 별이 아니라 별의 이름을 신명으로 지닌 신이 천계에서 지상으로 떨어지면서 생겨났다는 말씀입니까?"

"정답이다. 역시 네가 형운보다 이해가 빠르구나."

"그럼 설마 여기에 고대의 신이 갇혀 있기라도 합니까?"

천유하 역시 암해의 신의 무서움을 겪어본 몸이다. 신의 존재를 현실로 느끼는 동시에 그 위험성을 떠올리고 긴장했다.

이번에는 이현이 대답했다.

"그것도 정답이다. 이건 봉인이지. 하지만 네가 지금 걱정하는 것과는 좀 다른 용도란다."

"제가 부족해서 이해 못 하겠습니다."

"부족하기는. 그저 정보가 주어지지 않았을 뿐이지. 낙성산은 고대에 잊힌 별의 이름을 신명으로 지닌 신의 존재를 감추기 위해서 형성된 봉인이다. 하지만 이 안에 갇힌 신은 이미 살아 있는 존재가 아니다. 즉 우리가 보고 있는 것은 다른 신의 손에 살해당한 신의 주검이다."

"아……."

신은 불멸의 존재일까?

아니다.

비교적 가까운 과거에 신수의 일족인 진야가 죽은 것만 봐도 알 수 있다시피 신들 역시 죽는다. 신화를 보면 신들끼리의 싸움으로 죽은 신들이 있는가 하면 현계에서 폭거를 휘두르다가 다른 신에게 신기를 부여받은 인간 영웅에게 살해당한 신도 있었다.

다만 신에게 죽음이라는 개념을 강요할 수 있는 방법은 거의 없어서 신기(神氣)와 인류가 그 신의 존재를 망각하는 것 정도가 꼽힌다. 형운이 암해의 신의 일부를 죽일 수 있었던 것 역시 그와 연결되어 신통력을 사용할 수 있었기 때문이었듯이.

이현이 말을 이었다.

"이 신의 이름이 무엇이었는지는 나도 모른다. 살해당하기는 했어도 강대한 신이었다는 것만은 분명하다. 어찌나 강대했던지 과거에는 신기를 부여받은 인간들이, 그 여파를 두려워하여 시신조차 해할 수 없었기에 낙성산이라는 봉인으로 세상으로부터 그 존재를 잊히게 하였다."

그 시신을 감추기 위해 산을 만들어내는 것만으로도 모자라서 모든 기록을 말소하고 구전조차 끊어버렸다. 그들의 의도가 성공했기에 장구한 세월이 흐르는 동안 누구도 낙성산의 진실을 알지 못했다.

"그런데 적 태사는 알고 있었던 게지. 어떻게 알았을까 묻는 것은 무의미했다. 아마 그녀가 원하는 미래를 만들어내기 위해 하늘이 준 패였을 테니."

그날 이후 이현은 평생 동안 그녀가 들려준 예언의 그림자에 짓눌리며 살아왔다.

인간의 힘으로 그녀가 제시한 운명을 타파할 수 있을까?

혹은 그녀가 세상을 파괴하지 않은 대가로 남겨준 과제를 해결할 수 있는가?

"뭐, 할 만큼 했는데 안 되면 어쩔 수 없는 거지."

이현은 무책임한 소리를 하면서 피식 웃었다.

그가 술법을 펼치자 허공에 커다란 원을 그리며 떠 있는 붉은 결정들의 중심부에서 하나의 형상이 떠오르기 시작했다.

그것은 키가 3장(약 9미터)에 이르는 거인의 모습이었다.

심장이 꿰뚫린 참혹한 거인의 시체가 허공의 한 점에 떠 있었다. 그것을 본 형운이 흠칫했다.

'엄청나다. 이미 죽은 몸에 이런 기운이 있다니……'

형운은 지금껏 강대한 존재들을 수도 없이 보아왔다.

그중에 가장 강대한 존재를 꼽자면 역시 신수의 일족이었다. 하나하나가 운룡의 다른 모습인 그들은 인간과는 비교를 불허할 정도로 어마어마한 기운의 집합체였다.

그런데 지금 저곳에 있는 신의 주검에 담긴 기운이 신수의 일족을 능가한다. 천계 운룡군 대장군이라는 운가휘 정도나 그에 견줄 수 있을까?

'이런 존재들이 지상을 활보했다면 인간은 아무것도 할 수 없었겠군. 운명의 결정권이 전혀 없었겠어. 그런 의미에서는 성존께서 사고를 친 것이 인간에게는 이롭게 작용했는지도……'

성존이 성혼단으로 세상을 파멸시킬 뻔한 과정에서 수많은 신이 죽었으며, 남은 신들 역시 현계에 대한 영향력이 현저하게 줄어들었다고 한다. 그런 의미에서는 성존 역시 인류에게 공을 세운 셈이 아닐까?

'어디까지나 결과론일 뿐이고 그분이 그런 의도를 갖고 행한 것도 아니니 공을 세웠느니 하는 것도 어처구니없는 노릇이겠지만.'

형운은 그런 생각을 머릿속 한켠에 접어두고는 이현에게 물었다.

"이것으로 무엇을 하는 겁니까?"

"봉인을 풀 거란다."

"그래도 괜찮습니까?"

"물론 안 괜찮지. 안 괜찮으라고 푸는 건데 괜찮으면 그게 더 문제다."

"……."

"그리고 어차피 100년 안에는 풀릴 봉인이었다. 그러니 놈들 잡겠다고 괜한 위험을 터뜨리는 게 아닌가 걱정할 필요는 없다. 이것에 대해서 잘 아는 것이 나밖에 없는 상황이니 내가 죽기 전에는 해결해야 할 일이었지."

그렇게 자신의 행위를 변호한 이현이 설명을 계속했다.

"아무리 뛰어난 능력을 지닌 예지자라도 신의 존재를 들여다볼 수는 없다. 신수의 일족이 그렇듯 신들의 행보는 그들에게 있어서는 예지의 바깥이지. 하지만 이 경우는 어떻겠느냐? 이미 운명의 끝을 맞이한 시신이라면?"

"알 수 있지 않겠습니까?"

"그렇지. 그러니까 푸는 거다. 아마 풀자마자 그 어떤 것보다도 강렬하게 그들의 의식을 강타할 거다. 아마 다른 일에 신경 쓸 여력조차 없이 여기에만 온 신경이 집중될걸?"

"즉……."

형운은 그가 하고자 하는 말을 알아들었다.

"…흑영신교와 광세천교가 이 시신을 손에 넣기 위해 총력을 투입할 것이라는 말씀입니까?"

"그렇다. 이것을 손에 넣는 순간 그들은 자신들이 그토록 바라던 것을 이룰 수 있을 테니까."

바로 세계 그 자체를 변혁시킬 수 있는 초월적인 권능을!

"놈들은 인간의 몸에다 조금이라도 더 많은 신의 권능을 담겠다고 그토록 잔학한 짓을 거듭하고 있지. 하지만 신의 몸을 손에 넣는다면 그럴 필요조차 없다. 인간의 운명을 지닌 신이 세상에 도래하게 된다면 과연 그것을 막을 수 있는 존재가 있겠느냐?"

암해의 신의 경우만 봐도 알 수 있다시피 신수의 일족들은 인간의 운명을 손에 넣은 자에게는 손을 쓸 수 없다. 손을 쓰는 것 자체가 그들의 존재를 파괴하는 금기이기 때문이다.

귀혁이 물었다.

"노리시는 바가 무엇입니까? 설마 놈들이 불에 이끌리는 부나방처럼 달려들면 다 때려잡으면 된다, 뭐 그런 말씀을 하시려는 것은 아니겠지요?"

"바로 그거라네. 그걸 위해 만반의 준비를 갖추지 않았겠나?"

"……."

"농담일세."

귀혁이 표정을 구기자 이현이 씩 웃으며 말을 이었다.

"설마 적 태사가 그런 위험한 떡밥으로만 쓰라고 이걸 나한테 넘겨줬겠는가? 놈들에게 큰 타격을 준다 해도 몰살시키지 못하는 한 이걸 지켜야 하는데?"

"없앨 방법이 있으시다는 거군요."

"난 이것의 봉인을 해제하고 천계로 날려 버릴 걸세. 이 세계에서 완전히 소실시키는 것이지. 그리고 놈들은 그것 말고 또한 가지 치명적인 사실을 알게 될 게야."

"무엇입니까?"

"내가 이것을 소멸시키는 동시에, 이것으로부터 신기를 뽑아냄으로써 놈들의 성지를 찾아낼 수 있는 실마리를 찾을 것임을."

흑영신교와 광세천교의 기나긴 역사 속에서 성지가 발각되어 토벌당한 것은 단 한 번뿐이었다.

그리고 그들이 새롭게 마련한 성지들은 아직까지 전혀 발견할 단서가 없었다. 과연 어디에 숨어 있기에 흔적조차 찾을 수 없는 것일까?

귀혁이 말했다.

"아마 예전과 비슷한 구조로 되어 있겠지요."

"그럴 가능성이 높지. 한판 간파당하기는 했다고 해도 그것은 적 태사가 있기에 가능했던 일, 두 번 찾으라고 하면 불가능하다고 믿을 테니."

이현도 그 추측에 동의했다.

과거 토벌당한 성지는 현계와 마계의 틈새에 자리하고 있었다. 성지는 현계에 존재하기는 하되 그곳으로 통하는 문은 한 장소에 고정되지 않고 넓은 지역 안에서 계속해서 이동했으며,

그러다가 수백 년에 한 번씩 아예 먼 곳으로 옮겨가 버리기까지 하니 도저히 찾을 수가 없었다.

아마 지금의 성지 역시 그런 구조이리라.

"성지를 토벌당했을 때, 광세천과 흑영신은 막대한 힘을 소진했을 것이야. 한 번 더 그런 타격을 입었을 때 과연 또다시 성지를 만들어낼 만한 여력이 남아 있을까? 인간과 신의 거리가 이토록 멀어진 이 시대에?"

흑영신과 광세천이 자신의 사도들에게 내리는 권능의 사슬을 끊는다. 그것만이 그들을 진정으로 파멸시키는 길이다.

흑영신교가 서두르는 것도 그런 초조감에서 비롯되는 일이다. 그들은 자신들이 섬기는 신이 줄 수 있는 권능이 한정되어 있다는 것을, 지난 토벌로 너무 크게 잃었다는 것을 알기에 그동안의 폐쇄적인 원칙을 깨고 혼원교를 비롯한 다른 집단의 힘에도 손을 대기 시작한 것이다.

이현이 말했다.

"놈들이 몰려오면 처음에는 자네들만으로 막아내야 하네."

"원군을 준비해 두신 것 아니었습니까?"

"그 인원을 처음부터 모아두면 아무리 미친놈들이더라도 주춤할 수밖에 없지. 놈들의 예지에서 벗어나 비밀리에 움직이기 위해 소수 정예로 움직였다는 인상을 줄 걸세. 놈들도 곧바로 진입해 오지는 않을 거야. 그럴 수가 없지."

장구한 세월 동안 낙성산의 봉인은 철저하게 비밀로 지켜지고 있었다.

이현이 의도적으로 그 존재를 드러냈다고 하더라도 두 마교의 예지자들에게는 시간이 필요하다.

자신이 접한 예지의 내용을 파악할 시간이, 정확한 위치를 특정할 시간이, 그리고 이곳으로 올 방법을 준비할 시간이, 그들이 충분하다고 판단할 정도로 많은 전력을 모을 시간이.

"아무리 빨라도 하루는 걸린다. 초조해서 미칠 것 같지만 그럼에도 그 이상 서두를 수 없는 공포를 느끼겠지. 이 늙은이의 심술에 놈들이 괴로워할 것을 생각하니 유쾌한 기분이구나."

이현이 웃었다.

그는 오랫동안 이 봉인 공간과 신의 주검을 연구해 왔다. 그리고 이제 그 성과를 총동원할 생각이었다.

"그러니 일단은 기다리면서 이 공간에 대해서 파악해 두게나. 어차피 의식을 진행하기 위해 준비해야 할 것들도 있으니. 먹을 것은 넉넉히 챙겨놨으니 걱정 말고."

"알겠습니다."

편안히 누워서 잠들 만한 공간도 없었지만 일행 모두 그런 환경에서도 전투력을 보존할 능력과 경험이 있는 이들이었다.

그들은 이현이 의식을 준비하는 동안 무한의 공간 속을 돌아다니면서 전투가 벌어졌을 때 써먹을 수 있는 요소들을 파악해 두었다.

예상 밖의 사태가 벌어진 것은 그로부터 약 아홉 시진(18시간)이 지난 시점이었다.

드드드드드!

공간이 진동하더니 사방에 떠 있는 붉은 결정들이 괴물로 변하는 게 아닌가?

"음?"

의식에 집중하고 있던 이현의 표정이 변했다.

이자령이 눈살을 찌푸리며 물었다.

"설마 이건 예상치 못한 사태입니까?"

"아니, 예상은 했네만 시점이 좀 다르군."

"구체적으로 설명해 주시면 좋겠군요."

"신의 주검을 어느 정도 파괴한 시점에서 그 여파로 나타나는 뭔가와 싸우게 될 것이라고는 예상했네만, 봉인을 해제하기 시작하는 시점에서 변질된 신의 피로부터 괴물들이 나타날 줄은 몰랐군. 그리고 대충 마교 놈들이 나타나서 우리를 공격하는 시점에서 놈들의 허를 찌르게 될 것이라고 기대했건만……."

"즉……."

귀혁이 말했다.

"마존께서 술법을 진행하시는 동안 저것들을 상대하다가 마교 놈들을 맞이하면 되는 겁니까?"

"그렇다네. 최대한 힘을 아끼면서 싸워야겠지."

"뭐든지 말로 하기는 참 쉬운 법이군요."

귀혁이 혀를 찼다.

그리고 사방에서 무수한 괴물들이 접근해 왔다. 그것들은 모두가 인간을 기괴하게 비틀어서 곱절은 거대하게 만들어둔 것 같은 모습을 하고 있었다. 기본적인 모습은 비슷하지만 어떤 놈은 날개가 있고, 어떤 놈은 팔이 네 개나 달렸고, 어떤 놈은 꼬리가 달리기도 하는 등 개체별로 차이점도 있었다.

허공을 날아서 달려드는 그들을 보며 귀혁이 아래를 바라보

왔다.

"역시."

어느새 일행이 딛고 있던 붉은 결정까지도 괴물로 변하고 있었다.

꽈앙!

귀혁이 발을 한번 구르자 폭음이 울리며 일행이 딛고 있던 붉은 결정이 박살 났다.

모두가 허공으로 솟구치자 귀혁이 형운에게 말했다.

"발판을 부탁하마."

"네."

형운은 곧바로 큼지막한 얼음조각들을 형성해서 사방에 뿌려 두었다.

이현이 말했다.

"1단계 작업이 끝나는 대로 공간을 땅이 있는 곳으로 바꿔주 겠네. 그때까지는 버티게."

"원래 사람은 하늘을 날 수 없다는 건 알고 하시는 말씀입니 까?"

귀혁은 공간을 바꿔준다는 부분은 쏙 빼놓고 비아냥거렸다.

그리고 몰려드는 괴물과 그들의 격전이 시작되었다.

4

가장 먼저 움직인 것은 귀혁이었다. 광풍혼을 휘감은 그가 유 성혼을 소나기처럼 쏘아냈다.

파파파파파!

그러나 괴물들의 수가 수백을 넘었기에 귀혁이 쏘아낸 유성혼도 그만큼 넓은 범위를 타격했다. 자연스럽게 타격 밀도가 낮아졌고 괴물들은 쉽게 그것을 뚫고 전진해 왔다.

"내구도가 제법 높군."

귀혁은 개의치 않았다. 유성혼 난사는 적에게 타격을 입히기 위한 것이 아니라 그들의 방어력과 회피 능력을 보기 위한 것이었으니까.

가볍게 난사했다고는 해도 9심 내공을 지닌 그가 나선회전의 묘리를 더해 날린 유성혼은 한 발 한 발이 커다란 바위도 박살 낼 위력을 지니고 있다. 그런데 괴물들은 몸으로 버티면서 화망을 돌파했다.

하지만 모든 괴물이 그런 것은 아니었다.

쾅!

"크아악!"

비명이 울려 퍼졌다. 귀혁이 난사한 유성혼 속에 숨겨둔, 훨씬 큰 위력을 지닌 한 방에 당첨된 녀석이었다.

"뽑기 운이 좋은 녀석이구나."

귀혁이 싸늘하게 웃으며 그쪽으로 주먹을 내질렀다.

─유성추(流星錐)!

빨랫줄처럼 가늘고 곧은 일직선 궤도를 그리는 섬광 한 줄기가 공간을 관통했다.

30장(약 90미터) 거리에서도 그 한 줄기가 괴물의 심장을 관통, 그 뒤에 있던 놈들 셋까지 관통하고서야 힘이 다했다. 유성혼을 극한까지 압축시켜 관통력을 높인 기술이었다.

"심장이 없나?"

하지만 심장이 꿰뚫린 놈은 잠시 주춤했을 뿐, 금세 상처 부위를 메우면서 움직이기 시작했다.

쾅!

그리고 그 직후 이번에는 유성추가 그놈의 머리통을 관통해서 손가락만 한 구멍을 뚫어놓았다.

"크아, 악……!"

뇌에 구멍이 난 놈이 흐느적거리면서 추락하기 시작했다.

귀혁이 흡족하게 웃었다.

"다들 머리를 노려라. 심장은 없거나 아니면 다른 위치에 있는 모양이니까."

그리고 재차 유성혼을 소나기처럼 쏘아내는데 이번에는 화망의 범위를 좁혀서 타격 밀도를 높이니 그 구역에 속하는 놈들은 쉽게 전진하지 못했다. 귀혁은 여기에 군데군데 유성추를 섞어서 놈들의 머리통을 부수기 시작했다.

그것을 보던 이자령이 말했다.

"선검, 접근해 오는 놈들을 맡기지."

평생 검을 연마해 온 오른팔을 잃은 기영준의 실력을 조금도 의심하지 않는 말이었다.

기영준이 빙긋 웃었다.

"알겠습니다."

"선풍권룡, 우리가 광역을 책임진다. 할 수 있겠지?"

"마치 형운이 자기 제자라도 되는 양 명령하시는군."

귀혁이 한마디 비아냥거렸지만 굳이 그녀의 행동을 제지하지는 않았다.

형운이 고개를 끄덕였다.

"물론입니다."

형운의 주변에 무수한 얼음결정이, 이자령의 주변에 무수한 얼음검들이 떠오르기 시작했다. 둘이 일으키는 한기는, 지난번에 대결을 펼쳤을 때와는 달리 서로 융합하면서 무시무시한 상승효과를 일으키며 폭증해 갔다.

후우우우우우!

순식간에 무한의 어둠 속에 눈보라가 휘몰아친다. 괴물들이 그 속으로 뛰어드는 순간, 날카로운 얼음조각들이 고속으로 날아들어서 그들을 때리고 냉기의 기공파가 작렬했다.

울려 퍼지는 폭음 속에서 검후가 말했다.

"수기(水氣)는 충분한 곳이라 다행이야. 안 그랬으면 저놈들의 피를 일일이 쥐어짜 내서 써야 해서 영 효율이 별로였을 텐데."

"……."

형운이 황당해하며 그녀를 바라보았다.

하지만 틀린 말은 아니었다. 세상에는 냉기로 얼릴 수 있는 수분 그 자체가 적은 곳도 있다. 그런 곳이 전장이라면 천하의 빙백설야공도 위력이 반감되고 말리라.

'그렇다고 해도 괴물들의 피를 쥐어짜 내서 쓰겠다니, 이미 산전수전 다 겪어봤기에 나올 수 있는 발상인가?'

그런 생각을 하면서도 형운은 그녀와의 상승효과로 얻은 냉기를 이용, 괴물들을 폭격했다. 마치 허공에서 발생하기라도 하듯 꾸역꾸역 생성되어서 달려드는 괴물들 중 열에 일곱은 둘과 귀혁의 공격을 뚫지 못하고 추락하고 있었다.

하지만 열에 일곱이라는 것은 3할이 이 압도적인 화망을 뚫고 접근해 온다는 뜻이다.

귀혁이 말했다.

"가까이 오는 놈들은 신경 쓰지 마라. 타격하던 지점에만 집중해."

"네."

그것은 굉장히 어려운 주문이었다. 당장 적들이 자신이 펼친 화망을 뚫고 당장에라도 육탄전을 벌일 것 같은 거리까지 쇄도해 오는 것을 지켜보기만 하라는 것이니까.

당연히 형운도 불안과 두려움을 느꼈다. 하지만 형운은 다른 감정을 이용해서 그 감정들을 물리쳤다.

그것은 바로 동료에 대한 믿음이었다.

"이제야 우리 차례가 오는군. 되도록 나와 너무 가까이 붙지 말게. 본의 아니게 자네들을 방해할 수도 있으니까."

기영준이 말했다.

형운과 이자령이 일차적으로 적을 걸러내고, 남은 적의 일부를 귀혁이 처리하고, 그러고도 남아서 접근해 오는 적들을 처치하는 것이 그와 천유하, 가려의 일이었다.

천유하가 말했다.

"알겠습니다."

전방을 노려보는 천유하의 두 눈이 약간 다른 빛을 띠기 시작했다.

일야신공이 일면서 그의 사고가 두 개로 분할된다. 하나의 마음이 일곱 기심으로부터 비롯된 기운을 첫 번째로 가져다 쓰고, 또 하나의 마음이 그러고서 남은 기운을 모아서 쓰는 형태로 보조한다.

그것으로 천유하는 진기의 운용에 있어 이전의 자신을 훨씬 넘어서는 최적의 효율성을 얻었다.

양의를 일으키는 과정 역시 자연스러웠다. 천유하는 그 짧은 시간 동안 일야신공의 진체(眞體)를 조검문의 무공과 융화시키는 데 성공한 것이다.

'그런데도 가 소저의 기척이 사라지는 것을 붙잡지 못했다. 아군이 아니었다면 정말 공포였겠군.'

그는 자신의 옆에 있던 가려가 은신하는 과정을 포착하지 못했다. 그녀는 천유하가 잠시 진기 운행에 집중하는 아주 짧은 틈에 사라져 버린 것이다.

기영준 역시 놀란 표정이었다.

"…혹시나 해서 묻는 것인데, 암야살에 선배님께서 변신하신 모습은 아니시겠지요?"

"아닙니다."

허공에서 가려의 퉁명스러운 목소리가 들려왔다. 두 사람은 그것으로 잠시 가려의 기척을 포착했지만 그뿐, 그것조차도 가려가 의도적으로 잘못된 지점을 보도록 조작했다는 사실을 깨닫고는 놀람을 금치 못했다.

'맙소사. 이제는 움직이지 않으면 찾아낼 수 없는 경지를 넘어서 움직임조차도 자신을 감추는 도구로 쓰는 경지에 이르렀단 말인가?

이쯤 되면 경악을 넘어서 경이로울 지경이었다. 천유하는 어려서부터 귀에 딱지가 앉도록 재주 많단 소리를 들어온 사람이다. 무공뿐만 아니라 인간이 몸으로 행하는 대부분의 재주를 한 번만 봐도 흉내 낼 수 있는데 가려의 은신술은 그럴 엄두조차 못 내겠다.

그렇게 두 사람이 놀라는 동안 괴물들이 접근해 왔다.

키야아아악!

팔이 네 개 달린 괴물이 입에서 불을 뿜었다.

펑!

순간, 천유하가 전광석화처럼 검을 휘둘렀다. 그러자 괴물의 입에서 뿜어지는 불이 역류하면서 안쪽에서 폭발, 머리통이 날아가 버렸다.

그야말로 신기에 가까운 반격이었다. 천유하는 거기서 그치지 않고 현란하게 검을 휘둘렀다.

"호오."

이자령의 눈이 이채를 띠었다.

그만큼 천유하의 검술이 놀라웠다. 무시무시한 속도로 연격을 펼치고 있는데 검세의 질이 매번 달랐다. 어떤 검은 중후하고, 어떤 검은 유연하며, 어떤 검은 날카롭고, 어떤 검은 낭창거렸다. 분명 몇 개의 동작을 순서를 바꿔가면서 다양한 조합으로 펼치고 있을 뿐인데도 매번 동작 하나하나가 다른 사람이 펼치는 것처럼 개성적인 얼굴을 보여주었다.

그리고 그 변화는 검이 공간을 가르는 데 그치지 않았다. 거기서 발출되는 검기까지도 천변만화하며 적들을 갈라 버렸다.

"대단하군. 이미 대가의 영역에 달했어."

기영준이 허허 웃었다.

천유하가 같은 무공을 다채롭게 해석해서 일검으로 수십의 얼굴을 보여준다면, 그의 검은 한결같았다.

가장 앞서 달려들던 괴물이 그가 발한 검기에 휘말렸다. 순백의 검기가 괴물을 태극검의 원운동으로 감싸더니 그대로 머리를 베어버렸다.

파학!

그리고 물 흐르듯이 이어지는 움직임이 태극검의 원을 확장해 간다.

파파파파파!

입체감을 파악할 수 없는 원형의 검기가 괴물들을 베고 지나갔다.

괴물들은 인간보다 훨씬 상처와 고통에 강할 것이다. 그런데 기영준의 공격에 가볍게 베이는 것만으로도 비명을 질렀다.

캬아아아악!

도가 무공의 특성 때문이었다. 선기가 발휘하는 정화력은 이 괴물들에게도 맹독이나 다름없었다.

형운이 감탄했다.

'정말로 자연스럽게 좌수검을 쓰시는군.'

평생 동안 검을 연마한 오른팔을 잃은 기영준은 3년 만에 좌수검을 능숙하게 쓰는 경지에 이르러 있었다.

하지만 엄밀히 따지면 검술의 예리함은 예전만 못한 것 같았다. 한 팔을 잃었으니 격투전 능력이 이전보다 저하된 것은 어쩔 수 없는 문제였다.

'변수라면 기공이겠지.'

기공을 예전보다 갈고닦았다면 그런 부족함을 메울 수 있으리라.

그렇지만 예전에도 기영준은 기공을 손발처럼 다루는 경지에 도달해 있었다. 과연 거기서 더 나아갈 수 있을까?

기영준은 일찌감치 그 대답을 보여주었다.

"잠시 나가겠네."

그 말과 함께 그가 괴물들 사이로 뛰어들었다. 첫 괴물의 공격을 흘리면서 그 뒤로 파고들더니 연이어 괴물들을 제치고 더 깊숙이 파고든다.

위험하기 짝이 없어 보였지만 아무도 제지하지 않았다. 단순히 그의 실력을 믿어서가 아니었다.

'맙소사.'

기영준이 지나간 곳마다 괴물들이 태극검의 원에 휘말려서 방향감각을 상실하고 혼란에 빠져 있었다. 그리고 그들을 감싸고 흐르는 정화의 검기가 기영준의 검에 띠처럼 이어진 채로 허공에다 선명한 궤적을 그려낸다.

눈 몇 번 깜짝할 시간이 지났을 뿐인데, 기영준은 정신없이 앞만 보고 돌진해 오던 괴물 수십의 방향을 틀어서 우왕좌왕하게 만들었다. 그리고 그로부터 일어난 나선의 원이 조용히 그들 사이를 흐르며 확장되어 갔다.

그 원의 중심에서 기영준이 마치 검무를 추듯 유려한 동작으로 검을 휘둘렀다.

—일진광풍(一陣狂風)!

그리고 검으로 그려낸 원을 타고 달리던 정화의 섬광이 거대한 격류가 되어 원 안에 있던 괴물들을 휩쓸었다.

화아아아악!

괴물들은 비명조차 지르지 못했다.

그 광경은 실로 기괴했다.

추락하는 괴물들 속에서 능공허도로 허공을 걷는 기영준의 모습은 평온해 보였다. 그러나 그의 주변에서는 오로지 머리만을 잃은 수십의 괴물들이 피를 흩뿌리면서 추락해 가고 있었다.

형운도, 천유하도 전율했다.

'이것이 태극의 조화.'

자신의 심상에 그린, 자신과 상대가 조화를 이루는 형태를 현실에 강제한다.

어떤 의미에서 태극문의 무공이 목표로 하는 태극의 조화는 궁극의 폭력이 될 수도 있었다. 두 사람은 기영준의 한 수로 그 사실을 실감했다.

가려는 천유하와 유기적으로 움직였다. 기영준이 발하는 정화의 기운이 그녀의 은신술에도 좋지 못하게 작용했기 때문이었다.

키에에에엑!

접근해 오는 괴물들을 천유하가 검기와 기공파로 요격하는 사이 가려가 그들 사이로 숨어들어 가서 혼란을 일으킨다. 내부로부터 공격받은 그들은 당황해서 주변을 살피지만 가려는 그들의 감각을 자유자재로 농락했다.

서걱.

조용히, 한 줄기 은밀한 검기가 괴물의 머리를 비스듬하게 갈라놓았다.

다른 괴물이 가려의 위치를 포착하고 고개를 돌리는 순간, 강맹한 발차기가 날아들었다.

쾅!

폭음이 울리며 괴물의 머리통이 날아갔다.

그 반동으로 아래로 꺼진 가려가 괴물 중 하나의 발목을 붙잡는다. 그리고 갑작스럽게 체중이 실린 괴물이 휘청하는 순간, 혼란의 틈을 뚫고 날아간 기공파가 그 머리통을 꿰뚫었다.

흐느적거리며 추락하는 괴물의 몸통이 뒤집어지면서 허공에 한 줄기 섬광이 내달렸다. 잠깐 거기에 시선이 사로잡혔을 때 가려는 어둠 속으로 녹아들어서 사라진 후였다.

'발판이 얼마 있지도 않은 상황인데.'

천유하가 혀를 내둘렀다.

바닥도 없는 곳에서, 한곳에 뭉쳐 있지도 않은 적들을 입체적으로 농락하는 것을 보니 기가 막힌다. 그녀가 적들 사이로 뛰어든 후부터는 적들을 막는다는 개념이 아니라 너무 쉽게 유린하는 형태가 되어서 이래도 되나 싶을 정도였다.

그렇게 방어전이라기보다는 학살전에 가까운 전투를 이어나가고 있을 때, 이현이 말했다.

"오호, 놈들이 오는 것 같군. 어느 쪽이 먼저일까?"

구구구구……!

공간 한구석이 요동치면서 선명한 빛이 쏟아져 들어오기 시작했다.

5

광세천교의 그림자 교주 만상경은 굳은 표정으로 축지문을 바라보았다.

'외통수다.'

광세천의 은총을 받아 예지력을 각성한 후, 그는 늘 미래에 대한 선택권을 쥐고 있었다. 다른 누군가에게 선택을 강요할지 언정 자신이 강요당할 일은 없을 것이라 여겼다.

하지만 지금, 그는 운명을 잘 알면서도 파멸의 구렁텅이로 걸어 들어가는 교도들을 보고 있었다.

어느 순간, 압도적인 예지가 그를 덮쳤다.

'고대에 지상에 떨어진 신의 유해, 그것을 손에 넣는다면 광세천께서 이 땅에 강림하시는 것조차 가능할 것이다.'

이현이 드러낸 신의 유해의 존재는 그에게서 다른 선택권을 앗아 가버렸다.

그곳에 파멸적인 위험이 기다리고 있음을 잘 안다.

하지만 위험하다고 해서 가지 않는다면?

'흑영신교가 손에 넣는다면 연옥은 흑영신의 뜻대로 재편될 것이다. 흑영신교가 손에 넣지 못한다 하더라도 우리에게는 파멸의 씨앗이 남을 것이다.'

왜 파멸의 씨앗이 남는 것인지는 모른다. 하지만 만상경은 절 망적인 예지를 느꼈다.

가야만 한다. 파멸을 이겨내고 쟁취하는 것만이 그들에게 남은 선택지였다.

"부디 살아서 쟁취하십시오."

만상경은 축지문으로 들어가는 혼살권 유단과 염마도 구윤의 뒷모습을 보며 중얼거렸다.

6

광세천교가 먼저 신의 유해가 봉인된 공간에 도착했다. 성지에서 교주가 행한 대술법으로 축지문이 연결되었고, 그것을 통해 광세천교도들이 진입했다.

"으아아아아아악!"

그리고 선두에 선 광세천교도들이 비명을 지르며 추락했다. 무한의 공간에는 발판이 존재하지 않으니 당연한 일이었다.

"이런!"

그 뒤에 있던 이들이 몸을 날려서 그들을 잡았다. 그리고 다시 그 뒤에 있던 이들이 그들의 발목을 잡는 식으로 추락사를 막을 수 있었다.

"큰일 날 뻔했······."

하지만 안도하기에는 일렀다.

콰콰콰콱!

저편으로부터 날아온 얼음검들이 그들을 꿰뚫었다.

"크아아악!"

제대로 진입하기도 전에 이자령이 괴물들을 학살하다 남는 얼음검을 날려서 그들을 공격한 것이다. 대롱대롱 매달려 있느라 공격에 취약해졌던 이들은 그대로 얼음검에 찔려 즉사했다.

하지만 이자령의 공격은 그것으로 끝나지 않았다.

퍼퍼퍼펑!

얼음검에 찔린 광세천교도들의 몸이 폭발하면서 냉기가 축지문 안쪽까지 공격했다. 거기에 당한 광세천교도들이 비명을 지르면서 아수라장이 펼쳐졌다.

"이 악독한 년!"

그 혼란을 뚫고 진입한 것은 기골이 장대한, 아니, 그 정도를 넘어서 키가 1장(약 3미터)을 넘는 창백하고 바위 같은 질감의 피부를 지닌 거인이었다.

키가 클 뿐 신체 비율은 늘씬한 균형감을 자랑하는 그는 백색의 장포를 펄럭이며 이자령의 공격을 막아냈다.

기영준이 그를 알아보았다.

"혈산군(血山君)이군."

예전 기영준과 싸운 적이 있는 칠왕 중 하나였다. 30여 년 전의 토벌 이후 광세천교가 육성해 낸 무인으로 그 거구에서 뿜어져 나오는 압도적인 힘과 패도적인 무공으로 여러 번 혈겁을 일으켜 왔다. 항상 백색 옷을 입고 나타나지만 싸움이 끝난 후에는 온통 피로 붉게 물든 거구가 마치 피의 산처럼 보인다고 해서 혈산군이라는 별호를 얻었다.

"술사들, 발판을 만들어라! 비행 가능한 자만 앞장서도록!"

혈산군이 앞장서서 이자령의 공격을 막아내면서 외쳤다.

광세천교도들이 퍼뜩 정신을 차리고 행동에 나섰다. 경공이 능공허도의 경지에 이른 자들, 그리고 사령인이거나 술법에 능해서 비행 가능한 자들이 앞장서서 공간을 확보하는 동안 기환술사들이 술법으로 발판을 만들어내기 시작했다.

"쯧."

그 모습을 보며 이자령이 혀를 찼다. 진입하기 전에 크게 피해를 입히고 싶었는데 괴물들을 상대하느라 정신이 없는 처지다 보니 쉽지 않았다.

"슬슬 보충해 두는 게 좋겠군."

문득 귀혁이 품에서 작은 병들을 꺼내서 다른 이들에게 던져주었다.

이자령이 물었다.

"뭐지?"

"특제 내력 회복제다. 먹어두시게나."

"흠……."

힘 조절을 하고 있었다고는 해도 광범위한 타격으로 학살전을 벌이고 있었던 만큼 내력 소모는 무시하지 못하는 수준이었다. 모두들 군말 없이 내력 회복제를 마시고, 여전히 하던 행동을 유지하면서 진기를 돌려서 그 효력을 흡수했다.

그 효력은 놀라운 수준이었다. 이자령이 그것을 실감하면서 투덜거렸다.

"이 정도면 같은 부피의 금보다도 비싸겠군. 돈이 썩어 넘치는 집단이라는 것을 과시하고 싶은 건가?"

실제로도 그 정도 값어치가 있는 약이었다. 딱히 운기도 하지 않고 계속 진기를 소모하고 있는데도 기심과 기맥이 충만해지는 게 느껴질 정도였으니까.

귀혁은 곧바로 하나를 더 던져 주며 말했다.

"과시는 아직 시작하지도 않았네만?"

"……."

혀를 차던 그녀는 문득 천유하와 가려에게 눈길을 주었다.

'그나저나 어린것들이 대단하군. 마존께서 왜 이 일에 끼웠는가 했더니 확실히 도움이 되고 있어.'

특히 천유하와 가려의 내공이 충격적이었다. 진예가 일월성단―달을 취하여 7심을 이룬 지금, 같은 또래에서는 형운과 서하령을 제외하면 적수가 없으리라 생각했는데 완전히 착각이었다.

'이번 세대는 대체 어떻게 생겨먹은 건지…….'

그녀가 혀를 내두를 때, 형운이 말했다.

"놈들이 진용을 갖추고 있습니다. 지켜보기만 하면 안 될 것 같은데요?"

광세천교도들은 결코 서두르지 않았다. 형운 일행이 몰려드는 괴물들을 상대하는 동안 느긋하게 술법으로 발판을 구축, 인원을 진입시키고 술법의 효과를 극대화하기 위한 시설물을 설치하면서 전투 준비를 갖추고 있었다.

이쪽은 열심히 괴물과 싸우는 동안에 너무 느긋하고 착실하게 전투 준비를 갖추는 모습을 보니 짜증이 났다. 하지만 이자령이 고개를 저었다.

"지금은 놔두거라. 어차피 견제하는 것 말고는 방법이 없으니."

"흠……."

형운이 눈살을 찌푸렸지만 반박할 말이 떠오르지 않았다. 괴물들 너머에 자리한 광세천교를 상대로 일행이 동원할 수 있는 공격 수단은 제한적이다. 그리고 칠왕들이 선두에 포진해서 방어에 전념하는 한 원거리에서 그것을 뚫을 방법이 없었다.

"뭐 잠시만 기다리게들."

그때 입 다물고 술법에 전념하던 이현이 히죽 웃었다.

"곧 놈들은 서두르지 않은 것을 후회하게 될 테니까."

7

광세천교에는 30여 년 전의 토벌로부터 살아남은 거물이 셋 있었다.

당시 그림자교주였던 현 광세천교주, 그리고 칠왕 중에서 광마와 염마도 구윤이 바로 그들이었다.

이번 일에 광세천교는 그들 중 구윤을 투입하는 강수를 두었다.

교주는 성지에서 낙성산의 봉인 공간까지 이어지는 축지문을 여는 대술법을 행해야 했다. 그리고 광마는 구윤과 달리 국지전이 투입되는 무인으로서의 역할만이 아니라 총사령관의 역할도 맡고 있다는 점을 감안할 때, 광세천교는 동원 가능한 최강의 전력을 투입했다고 봐도 과언이 아니었다.

흑영신교의 흑천령과 달리 구윤은 지금이 무인으로서 최전성기였다. 교내에서 칠왕 중 최강을 논할 때면 당연히 그와 광마를 비교했지 다른 이들이 감히 경쟁자로 거론되는 경우가 없을 정도로 위상이 높았다.

그러나 이번 작전에서 지휘권을 쥐고 있는 것은 그가 아니라 혼살권 유단이었다.

"그림자 교주께서 워낙 엄중하게 경고를 하셔서 걱정했는데, 생각 외로 상황이 유리하군요. 하지만 그렇다는 것은……."

"곧 우리에게 불리한 변수가 발생한다는 의미겠지. 신의 주검을 손에 넣는 데 인간만이 장벽일 것 같지는 않군. 과연 저 괴물들이 끝일까?"

구윤이 말을 받았다. 유단이 고개를 끄덕였다.

"그러니까 더 신중하게 갈 것이오. 놈들의 힘도 뺄 겸, 괴물의 수도 줄일 겸……."

"난 지금 공격해야 한다고 본다. 시간을 끌면 분명 흑영신의 주구들이 올 것이다."

"오히려 그때를 생각해서 저놈들을 살려둬야 하지 않겠소? 놈들과 싸우느라 힘을 뺀 상태에서 흑영신의 주구들이 오면 어부지리를 선물하는 셈이오."

유단과 구윤의 의견이 충돌했다.

하지만 지휘권은 유단에게 있었다. 구윤이 폭급한 것으로 유명한 데 비해 유단은 영감이 뛰어나고 차분한 성격의 소유자였다. 구윤조차도 그가 지휘권을 잡는 것에는 반대하지 않았다.

쿠구구구궁……!

말이 씨가 된다고 했던가?

그들이 흑영신교에 대해서 언급하자 공간 한쪽이 뒤흔들리면서 축지문이 열리기 시작했다. 열린 축지문이 이 공간의 빛을 빨아들이는 어둠으로 가득한 것을 보니 그 너머에 있는 것이 누구인지는 볼 것도 없었다.

구윤이 말했다.

"벌써 왔군. 어쩔 건가?"

"일단은 방치하겠소."

"어째서지?"

"우리가 더없이 유리한 상황이오. 놈들을 어느 정도 끌어들인 다음 진입로를 끊어버리면 놈들의 힘을 줄일 수 있을 것이오."

이미 광세천교는 칠왕 중 넷에 구영 셋, 거기에 십육귀 중 일곱 명이 진입했고 뒤쪽에도 착실하게 정예들이 전열을 갖추고 있었다. 흑영신교가 이만한 전력을 투입하려면 상당한 시간이 걸릴 것이고, 광세천교는 그것을 적절한 시점에서 끊어주기만 해도 된다.

그러나 구윤은 회의적이었다.

"그렇게 잘 풀릴 거라면 그림자 교주께서 경고하실 일도 없었을 것이다."

유단은 대답 대신 흑영신교의 축지문을 바라보았다.

그들의 진입 시도는 광세천교보다 수월했다. 처음부터 곧바로 진입하는 대신 기환술사가 술법을 펼쳐서 상황을 살폈기 때문이다.

그들은 먼저 발판을 만드는 술법부터 펼쳤으나 이자령이 공격을 가해서 그것을 부숴 버렸다. 그러자 광세천교처럼 방패 노릇을 할 인물들이 먼저 진입해 왔다.

잿빛의 기운을 두른 험악한 인상의 남자, 한때는 암월령이었다가 지금은 암서령의 직위를 맡고 있는 자였다.

게다가 그는 혼자서 진입하지도 않았다.

크허허헝!

그의 뒤쪽에서 무시무시한 울음소리가 울려 퍼졌다.

늑대를 닮았으나 훨씬 흉악한 악귀의 얼굴을 가졌으며, 털은 짙은 검회색에 붉게 타오르는 거대한 마수가 허공을 딛고 진입해 왔다.

설산에서 한서우와 싸운 적도 있는 흑영신교의 수호마수 흑염랑이었다.

"저건……."

문득 구윤이 놀랐다. 흑염랑이 아니라 그 등 위에 올라탄 존재 때문이었다.

"흑암검수까지 투입하다니, 지상에 내려온 것은 암익신조만이 아니었는가?"

멀리서 윤곽만을 보면 검은 두건을 눌러쓴 인간처럼 보이는 존재였다.

그러나 새카만 금속질의 투구 같은 얼굴에는 양쪽에 두 개씩, 그리고 이마에 하나까지 총 다섯 개의 붉은 눈이 빛을 발하고 있었고 역시 새카만 전신은 생명체와 금속이 융합되어 있는 것 같은 기묘한 질감을 자랑했다.

흑암검수(黑暗劍獸).

흑영신교의 수호마수 중에서도 가장 격이 높은 존재 중에 하나로, 암익신조와 필적하는 힘의 소유자로 평가되고 있었다.

검수(劍獸)란 현계가 아니라 마계의 생명체로 무기의 형상을 한 짐승, 병기수(兵器獸) 중에 검의 형상을 띤 존재다. 그들 중에 영격을 높여 지성을 확립한 존재는 마수가 되는데 흑암검수는 그중에서도 높은 영격을 지닌 대마수였다.

마계의 존재이니만큼 현계의 활동은 암익신조 이상으로 제약이 심하며, 소환자의 실력에 따라서 발휘할 수 있는 전력도 천차만별이다. 그러나 소환된 시점에서 흑영신교 최전성기의 팔대호법 이상의 존재라는 것은 의심의 여지가 없었다.

"흑영신교주, 벌써 술사로서 저런 경지에 도달했을 줄이야. 성운의 기재는 정말 짜증 나는군."

구윤은 흑영신교주가 술법에 있어서는 이미 광세천교주와 필적하거나 그 이상의 경지에 올랐음을 알고 전율했다. 아무리 흑영신의 화신이고 성운의 기재로 태어났다지만 성장이 빨라도 너무 빠르다.

유단이 말했다.

"지금 공격하는 게 좋겠군."

"아니. 혼살권, 자네는 저놈과 싸워본 적이 없지. 흑암검수가 나온 시점에서 늦었다. 초반에 공격하지 말자는 당신의 의견이 옳았어."

쉬쉬쉬쉬쉬……!

흑암검수의 몸 표면이 이쑤시개만 한 조각들로 분리되어 허공을 날았다. 그리고 그것들이 급속도로 커져가면서 무수한 흑검의 형상으로 화하는 것이 아닌가?

투학! 투하하하학!

이자령이 날린 빙백검들이 흑암검수가 전개한 흑검들에 가로막혔다.

흑암검수가 흑염랑과 함께 전진하며 흑영신교도들이 진입할 공간을 확보하는 동시에 손을 들었다.

쉬리리릭!

허공에 전개된 수백 자루의 흑검이 여섯 개씩 뭉치더니 흑염랑의 머리 앞부터 시작해서 이자령과 형운이 둘러친 빙설의 장막 앞까지 허공의 길을 만들듯이 배치되었다.

그리고 흑염랑이 포효했다.

크허허허헝!

흑염랑이 입에서 검붉은 화염을 뿜었다. 그런데 그것이 흑검의 문을 통과하는 순간, 정결하게 압축된 섬광으로 화하며 뻗어나가는 것이 아닌가?

검붉은 섬광은 흑검의 문을 통과할 때마다 위력이 증폭되고 궤도가 꺾이더니 그대로 빙설의 장막을 뚫고 형운 일행에게 날아들었다.

"큭!"

형운이 기겁했다.

처음 발사될 때는 충분히 받아낼 수 있는 수준이었는데 흑검의 문을 여러 번 통과한 지금은 일격으로 능히 백 장(약 300미터)를 초토화시킬 정도로 위력이 높아져 있었다. 형운이 막 진기를 끌어 올려서 받아치려는 순간이었다.

"힘을 아껴라."

이자령이 형운의 진기 흐름을 읽고 제지했다. 그리고 냉기를 뿜어내는 그녀의 검이 섬광으로 화했다.

―빙백무극검(氷白無極劍)!

한 번이 아니다. 검을 한 번 휘두르는 동안 세 번의 섬광이 순차적으로 일어났다.

첫 번째 심검이 검붉은 섬광의 첨단을 집어삼켜 없애 버렸다. 그리고 두 번째 심검이 그리고도 남은 섬광까지 집어삼켜 없애 버리며 한 지점으로 집결했다.

―백결(百結)!

세 번째 심검이 장막 너머의 흑암검수를 쳤다.

"음……!"

흑암검수의 몸 주변을 휘감고 있던 어둠의 기운이 강하게 진동했다. 그리고 그것으로 끝도 아니었다.

검붉은 섬광이 그들 사이에 자리하는 괴물들을 관통하면서 흑암검수에게로 되돌아오는 게 아닌가?

쿠과아아아……!

흑암검수는 당황하지 않았다. 검붉은 섬광 앞에다 흑검의 문들을 배치해서 궤도를 꺾어버렸다.

이자령이 탄성을 흘렸다.

"호오, 제법 재활용을 잘하는군."

그렇게 궤도가 꺾인 검붉은 섬광이 광세천교도들을 노렸기 때문이다.

"이놈! 감히!"

구윤이 격노했다. 그가 쌍장으로 화염을 휘감은 황백색 섬광을 쏴서 검붉은 섬광을 요격했다.

화아아아악!

허공에서 폭염의 격류가 일어나면서 검붉은 섬광의 궤도가 하늘로 꺾였다. 그리고 충돌 지점의 열기를 자신의 것으로 장악한 구윤이 흑암검수를 향해 재차 폭염의 기공파를 날렸다.

"되갚아주마! 짐승!"

─화룡노호(火龍怒號)!

소용돌이치는 폭염이 마치 분노한 화룡처럼 흑영신교도들을 덮쳤다. 일격에 수백 명을 불태워 죽일 수 있는 압도적인 화력이었다.

"흥! 전대 거마라고 불리니 오만이 하늘을 찌르는구나!"

흑암검수는 나서지도 않았다. 대신 다른 이들이 발한 기공파가 화룡의 측면을 때려서 궤도를 바꿔 버렸다.

"이놈들……!"

구윤이 으르렁거렸다.

어느새 흑암검수 앞에 세 명의 팔대호법이 나타나 그를 노려보고 있었다.

시체처럼 창백한 얼굴에 긴 검은 머리칼을 지닌 중년의 검수, 흑운령.

기골이 장대하고 시체처럼 창백하고 음울한 중년의 여성, 한때는 귀검마녀라는 흉명으로 불리며 수많은 이들을 공포에 떨게 했던 흑월령.

그리고 처음 진입한 암서령까지 모두들 만만치 않은 기세를 지닌 자들이었다.

유단이 눈살을 찌푸렸다.

'흑서령과 암운령 두 자리는 아직도 공석으로 남겨둔 건가? 하긴, 암익신조를 유지하면서 흑암검수까지 투입한 것은 그런 전력 공백을 메우기 위해서일 터.'

토벌 이후, 오랜 침묵을 깨고 다시 활동한 이래 흑영신교는 광세천교와는 비교할 수 없을 정도로 많은 전력 손실을 겪었다. 몸을 사리면서 활동한 광세천교는 설령 칠왕이 죽더라도 바로바로 빈자리를 채울 인재들이 충분한 데 비해 흑영신교는 슬슬 죽은 팔대호법의 자리를 공석으로 남겨두는 기간이 길어지고 있다.

'설마 아무 생각 없이 전력을 아끼진 않을 테니 더 준비한 게 있겠지. 흑암검수까지는 그렇다 쳐도 암익신조까지 투입하면 골치 아파진다.'

광세천교 역시 이번에 투입할 수 있는 전력에는 한계가 있었다. 대륙 각지에서 행하는 활동 중에서 중요도가 너무 높아서 도저히 포기할 수 없는 것들이 있기 때문이다. 예를 들면 풍령국 윤극성에 관련된 활동 같은 것이 그랬다.

하지만 그렇다고 해도 여력에서는 흑영신교를 압도하리라 자신했다. 그리고 강대한 수호마수를 지닌 것은 흑영신교만이 아니다.

우우우우우……!

공기가 진동하면서 빛의 파문이 퍼져 나갔다.

인간의 몸에 독수리의 머리와 날개를 붙여놓은 새인간이었다. 빛을 발하는 백금색 깃털과 황금색 눈동자, 그리고 머리 뒤의 후광이 압도적인 존재감을 발했다.

광세천교의 수호마수 중에서도 손꼽힐 정도로 격이 높은 존재, 태양명(太陽鳴)이었다.

대마수로 불리지만 흑암검수와 달리 전투적인 측면에서 이름 높은 존재는 아니다. 그러나 지닌 권능이 자연재해와도 같으며 광세천교도들을 도울 때는 천군만마와도 같은 힘을 자랑한다고 하는 대마수.

귀혁이 중얼거렸다.

"토벌 때만큼이나 더 화려한 면면이군. 눈요기가 되는걸."

그는 예전의 기억을 떠올리며 웃었다. 진한 살기가 묻어나는 미소였다.

문득 그가 천유하를 돌아보며 말했다.

"유성검룡."

"네?"

막 접근해 온 괴물 한 마리를 베어버린 천유하가, 다음 괴물의 공격을 피해 그놈의 어깨 위에 올라타면서 대답했다.

"넌 역시 행운아로구나."

"죄송하지만 무슨 말씀이신지……."

천유하는 말하면서도 성실하게 괴물을 베어 넘기고 있었다. 의아해하는 동안 가려와 연계해서 두 마리를 추가로 쓰러뜨렸다.

귀혁이 껄껄 웃었다.

"마침 풍마창이 은퇴해서 팔객의 한 자리가 비었지 않느냐? 여기서 저기 죽여달라고 목을 내밀고 있는 마두들 몇 놈만 베어 넘기면 그 자리는 바로 네 것이 될 것이다. 그리 생각하면 그야 말로 너를 위해 준비된 만찬이지."

"……."

천유하는 뭐라고 대답해야 할지 몰라서 힘없이 웃기만 했다.

그때였다.

"자, 이제 1단계 끝일세."

이현이 말하는 것과 동시에 신의 주검으로부터 눈부신 빛이 솟구치더니 공간이 뒤흔들렸다.

쿠구구구궁……!

그리고 광세천교도들과 흑영신교도들이 경악했다.

"이런!"

그들이 있는 공간이 변하기 시작했기 때문이었다.

제102장
집결

성운을 먹는 자

1

흑영신교주는 성지의 중심에서 어둠만이 가득한 하늘을 올려다보고 있었다.

지금 이 순간에도 그는 대술법을 펼치고 있다. 성지에서 신녀의 예지가 포착한, 신의 주검이 있는 봉인 공간으로 통하는 축지문을 열고 수호마수인 흑암검수가 현계에서 활동하기 위한 힘을 부여하는 것은 물론이고 전투에 참가한 교도들에게 흑영신의 가호를 불어넣었다.

그의 술법은 이미 선대 흑영신교주를 능가하는 경지에 이르렀다. 연구자로서의 역량은 없이 사용자로서의 면모에 한정되기는 하지만 한정된 시간 동안 무공과 술법, 양쪽을 극한까지 연마해야 하는 입장에서는 이것만으로도 기절초풍할 성과다.

"보아서는 안 되는 것들이 너무 많구나."

흑영신교주는 축지문 너머의 정보를 파악하다가 탄식했다.

목숨을 걸고 전장에 진입한 교도들을 지원하기 위해서는 저 너머에 있는 모든 것의 정보를 파악해야 한다. 하지만 문제는 저곳에 형운이 있다는 점이었다.

'내가 그를 보면 그도 나를 본다.'

만약 그런 일이 벌어질 경우, 저곳에서 형운을 처치하지 못한다면 흑영신교는 대재앙을 맞이하게 될 것이다. 어쩌면 성지의 위치까지 발각당할지도 모르니까.

그런 위험 부담을 생각하면 이번 일은 피했어야 하는지도 모른다. 하지만 신녀의 예지가 그런 선택을 막아버렸다.

'그것은 지고의 보물입니다. 우리가 그것을 손에 넣는다면, 우리는 흑영신의 권능으로 연옥을 구원할 수 있습니다.'

'하지만 그만큼 위험 부담도 크겠지. 만약 포기한다면 어떻게 되겠는가?'

'우리에게 있어서 두 가지 파국이 있습니다. 하나는 광세천교가 그것을 손에 넣는 것.'

'또 하나는?'

'환예마존 이현이 그것을 소멸시킴과 동시에, 그 힘의 일부를 이용해서 우리를 찾아낼 방법을 얻을 것입니다.'

이런 예지가 나온 시점에서 흑영신교에게는 불에 달려드는 부나방처럼 달려가서 쟁취하는 것 외에 다른 선택지는 없어졌다.

"쟁취하거나, 아무도 손에 넣지 못하게 파괴하거나. 어느 쪽이든 막대한 출혈을 감수해야겠지. 환예마존, 이런 한 수를 준비하고 있었다니 정말 대단한 자로다."

교주가 탄식할 때였다.

구구구구궁!

축지문 안쪽에서 강한 진동이 전해져 왔다. 그리고…….

"이런! 아무리 시공의 비밀을 엿본 자라고 하더라도 혼자서 성지의 힘이 집결된 술법을 막아낼 수 있단 말인가?"

교주가 경악했다.

흑영신교의 축지문이 신의 주검이 봉인된 공간이 아닌 엉뚱한 장소로 연결되었다. 이현이 의식의 1단계를 마치면서 무한의 공간을 형성한 봉인의 제어권을 장악, 교주의 술법을 막아낸 것이다.

이 사실이 의미하는 바는 간단했다.

아직 준비한 전력을 다 투입하지도 못한 시점에서, 팔대호법 셋을 비롯한 핵심 전력이 전장에 고립되고 말았다.

"큭! 이런 함정을 준비하고 있었군. 하지만 너무 얕보지 마라."

교주는 곧바로 자신에게 주어진 거대한 힘을 이용해서 길을 뚫으려고 시도했다.

처음에는 봉인 공간으로 직접, 그리고 여러 번 시도가 실패한 뒤에는 최대한 가까운 지점으로 축지문을 여는 시도를 한다.

"이런…….''

하지만 아무리 시도해도 엉뚱한 곳으로만 이어졌다.

가깝고 멀고의 문제가 아니라 망망대해 한복판이나 북방 설산 깊숙한 협곡, 아니면 하운국 제도 코앞 같은 위험한 곳으로만 이어지니 기겁할 수밖에 없었다.

"이미 봉인 공간을 유지하는 힘을 완전히 장악하고 있단 말인가?"

시공을 다루는 술법을, 그것도 대규모로 다루기 위해서는 일반인은 상상도 할 수 없는 기운을 필요로 한다.

이현은 시공의 비밀을 엿본 현자로 불리는 인물이니 축지 술법에서 압도당하는 것은 납득할 수 있다. 하지만 성지가 부여하는 막대한 기운을 이용, 다각도로 밀어붙여서 소모전을 강요하는데도 전혀 틈이 안 보이는 것에는 암담함을 느낄 수밖에 없었다.

─교주시여.

그때 신녀의 정신파가 전달되어 왔다.

─그가 구축한 성벽은 대륙 곳곳과 얽힌 시공의 미로입니다. 그 구성을 알아내기 전까지는 봉인 지점을 중심으로 천 리(400킬로미터) 안쪽으로 축지문을 연결하는 것은 불가능합니다.

"터무니없군. 환예마존, 이미 신들과 재주를 겨룰 정도가 아닌가……."

흑영신교주가 신음했다.

하긴 생각해 보면 그는 별의 수호자 총단이나 윤극성, 금룡상단 총단처럼 이미 신수의 일족조차 축지로 뛰어넘을 수 없는 결계를 구축해 온 인물이다. 그 술법을 발휘하기 위한 힘만 주어진다면 이런 위용을 보이는 것은 당연하리라.

"하지만 너무 얕보지 마라. 그곳이 어디인지는 파악했으니."

교주는 신녀의 인도를 따라서 최대한 가까운 지점에 축지문을 열고 교도들을 투입하기 시작했다.

2

공간이 바뀐다.

하늘의 모습이 변하고, 호흡하는 공기의 향이 변하고, 몸을 둘러싸고 흐르는 기운조차 변한다. 이윽고 발 딛고 설 땅조차 없었던 곳이 얼어붙은 숲 한복판으로 변해 있었다.

"맙소사."

형운이 신음했다.

말이 안 나올 정도로 놀라운 이적이었다. 괴물들을 제외하고도 천 명을 넘는 인원은 그대로 둔 채 그들을 둘러싼 공간만을 바꿔 버린 것이니까.

하지만 귀혁은 이 놀라운 이적을 펼친 이현에게 경의를 표하는 대신 퉁명스럽게 물었다.

"…왜 하필이면 이런 곳입니까?"

"바꿔치기할 수 있는 환경 중에서 가장 적합해서였네. 이만큼 엄청난 규모의 공간 바꿔치기를 할 때 따져야 할 게 얼마나 많은 줄 아나? 어떤 곳을 바란다고 척척 할 수 있는 게 아니란 말일세. 게다가 이 공간은 자네 제자와 검후에게 유리하지 않은가? 이만한 전장을 마련해 줬으면 존경과 감사를 표하진 못할지

언정……."

"놈이 태울 땔감들이 저렇게나 많이 있단 말입니다. 그게 뭘 의미하는지 모르시지 않을 텐데요?"

귀혁이 말하는 순간이었다.

화아아아악!

침엽수들이 불타기 시작했다.

마치 기름을 붓고 태운 것처럼 끈적한 불길들이 나무들을 휘감아 발화시키더니 순식간에 규모를 키워 나간다. 앗 하는 순간 수십 그루의 나무들이 불길에 휩싸이면서 장대한 화마가 일었다.

염마도 구윤이었다. 전신에 불꽃을 두른 그가 침엽수림을 불태우면서 걷기 시작했다.

광세천교도들이 재빨리 그에게서 멀어지는 동안 그는 불길 속을 산책이라도 하듯이 걷는다. 주변의 공기가 후끈하게 달아오르면서 눈과 얼음이 승화, 수증기가 자욱하게 일어났다.

"쯧!"

귀혁이 혀를 찼다.

불탈 것이 많은 숲이야말로 구윤이 진정한 힘을 발휘할 수 있는 장소다. 설산과 흡사한 혹한의 대지라는 점을 감안하더라도 그의 전투 능력은 다른 곳에서 맞붙었을 때와는 비교도 안 될 것이다.

빙백설야공이 적합한 환경에서 본신 내공을 초월한 힘을 발휘하듯 일양신화공 역시 마찬가지였다.

저 화마가 커지게 놔둔다면 구윤의 힘은 8심이라는 내공 수

위로는 짐작조차 할 수 없는 수준까지 폭증, 대마수급에 도달할 것이다. 그런 힘을 지닌 자가 심상경의 무인이기까지 하다면?

귀혁이 하늘을 올려다보며 말했다.

"그나마 날이 흐리다는 건 다행이군."

이현은 절묘한 전장을 골랐다.

눈과 얼음이 넘치는 숲이기 때문에 형운과 이자령의 힘이 극대화된다. 또한 일행은 완만한 경사 위에, 뒤쪽으로는 낭떠러지와 얼음장 같은 바다가 펼쳐진 곳을 등지고 있어서 적들이 우회해서 뒤를 칠 것을 걱정할 필요가 없다.

또한 날은 흐리기는 해도 밤은 아니다. 그것은 광세천교와 흑영신교 양쪽 다 특성이 극대화될 수 없다는 이야기였다.

이자령이 차갑게 웃으며 비아냥거렸다.

"천하의 귀혁이 겁쟁이가 다 되셨군그래."

"냉정하게 분석하고 있는 것뿐이네만?"

"그럼 이쪽이 어떤 장점을 취하는지도 논해야 할 것 아닌가? 나무 좀 불태워서 힘을 얻는다? 가소롭구나."

어느새 그녀의 주변을 날고 있는 빙백검의 수가 두 배 이상으로 급증해 있었다.

"놈이 이 숲의 나무를 전부 태워서 화마를 일으킨다 한들 이 거대한 공간을 가득 채운 수기(水氣)와 한기(寒氣) 앞에서 촛불과도 같다."

무수한 검들이 그녀를 중심으로 배치되어 서서히 회전하는 모습은 그 자체로 홀릴 듯이 아름다웠다. 그녀가 형운을 보며 말했다.

"선풍권룡, 준비는 되었겠지? 괴물들부터 치우고 놈들을 맞이한다."

"알겠습니다."

이 전장이 무서운 것은 형운과 이자령, 두 사람이 극음지기를 다루는 권능을 극대화할 수 있다는 사실만이 아니다.

서로 상승효과를 극대화할 수 있는, 빙백설야공의 무극에 이른 두 사람이 이곳에 모여 있다는 것이야말로 두 마교가 진정 두려워해야 할 사태였다.

후우우우우!

한풍이 휘몰아치면서 이자령을 둘러싼 빙백검의 수가, 형운을 둘러싼 얼음결정의 수가 폭증한다.

아까 전까지와는 비교도 할 수 없는 공세가 괴물들을 쓸어버렸다. 괴물들이 생성되는 속도보다 형운과 이자령이 괴물들을 얼리고 부숴 버리는 속도가 월등히 빨랐다.

"음……!"

그 광경을 본 유단이 신음했다.

이자령 혼자였다면 구윤이 충분히 대적 가능했을 것이다. 아무리 주변에 수기와 냉기가 가득한 환경이더라도 숲을 전장으로 삼은 구윤의 폭발력은 상상을 초월하니까.

하지만 형운과 이자령, 두 사람의 힘이 상승효과를 일으키자 그들이 다루는 기운의 규모는 두려울 정도였다. 마치 눈앞에서 화산이 터지고 폭풍우가 몰려오는 것을 보는 기분이다.

"호랑이 새끼는 호랑이라는 건가? 제자마저 저토록 무서운 존재로 키워내다니……."

형운과 이자령의 조합은 다수를 상대하기에 최적화된 재앙이라고 불러야 마땅했다. 지휘관 입장에서는 일대일로 상대할 수 있는 대항마를 맞붙여서 전장에 미칠 영향력을 최소화해야 한다.

　―흉왕은 내가 상대하겠다.

　유단이 결단을 내리기 전에, 화마 속에서 구윤의 선언이 울렸다.

　"구윤 공! 잠깐!"

　―방해하지 마라. 아니, 정정하지. 접근하지 마라. 접근하는 것만으로도 죽을 것이니!

　구윤은 유단의 말을 자르며 선언했다. 숲을 불태우며 산처럼 덩치를 키운 화마가 소용돌이친다.

　화아아아악!

　구윤의 호언장담처럼 누구도 그에게 접근하지 못했다. 용오름처럼 하늘로 솟구치는 불의 소용돌이는 마치 성난 화룡처럼 보였다. 저 불길에 닿지 않아도 거기서 발생하는 열기 때문에 다가가는 것만으로도 불타 죽을 것이다.

　"큭……!"

　멀찍이 떨어져 있던 광세천교도들조차도 진기로 몸을 지키고, 술법의 가호를 받지 않으면 죽을 판이었다.

　―오라, 흉왕! 안 그러면 네 제자가 나와 싸우게 될 것이다!

　"흠. 땔감을 얻고 나니 아주 기고만장했구나. 제자들의 원한보다는 스승의 원한을 우선시하기로 했느냐?"

　귀혁이 싸늘하게 웃으며 말했다. 그리고 광풍혼을 휘감은 채로 하늘을 날았다.

"소원대로 해주지. 다만……."

귀혁이 산 저편을 가리키며 말했다.

"장소를 옮기지. 네놈에게도 그쪽이 나을 텐데?"

지금 그가 일으킨 불꽃의 기세가 너무 엄청나서 광세천교도들조차 전진하지 못하고 있었다. 다수의 이점을 최대한 활용해야 함을 생각하면 귀혁의 제안은 오히려 그에게 이득이었다.

―흥. 여전히 광오하군. 곧 후회하게 될 것이다.

"네놈 사부도 내게 그런 소리를 했었다. 그다음에 어떤 꼴을 당했는지 굳이 설명해 줘야 하나?"

귀혁이 씩 웃으며 땅을 박차고 날아올랐다.

뒤이어 구윤이 날아오르자 불의 소용돌이가 그를 따라서 하늘에 불꽃의 궤적을 그려내었다. 그저 산 저편으로 날아갔을 뿐인데도 그 여파로 열풍이 휘몰아친다.

그것을 본 유단은 경계했다.

'무슨 꿍꿍이지? 아무리 흉왕이 오만하다고 하더라도…….'

귀혁의 오만함은 정평이 나 있었다. 그러나 그렇다고 하더라도 그가 이곳에 있는 목적을 생각하면 저런 행동을 해서는 안되었다. 차라리 처음 구윤이 자리 잡은 곳에서 치고받으면서 광세천교와 흑영신교 양쪽의 접근을 막아버리는 쪽이 목적에 부합하는 행동 아닌가?

그런데 왜 굳이 구윤을 이끌고 전장을 이탈했을까?

'뭔가 함정이 있다. 지금 이 상황만 봐도 그렇지. 아무 대책도 없이 자리를 비웠을 리가 없어.'

형운 일행이 귀혁의 이탈에 당황하지 않는 것만 봐도 알 수 있지 않은가?

하지만 느긋하게 생각할 시간은 없었다.

흑영신교가 먼저 움직였기 때문이다.

3

짐승의 모습이지만 인간 이상으로 높은 영격을 지닌 존재를 가리켜 영수라 한다.

그렇다면 마수란 무엇인가?

그것은 특정한 무공이 마공이라 불리는 이유와 같다. 현계의 기준으로는 높은 영격을 지녔으면서도 천륜을 거스르고 타락한 자들, 그로써 마기를 지니게 된 영수를 가리켜 마수라 부른다.

그러나 흑암검수는 거기에 속하지 않는다.

그는 현계의 생명체가 아니라 마계에서 태어난 존재다. 마계에서 태어난 존재가 영격을 높였을 때 도달하는 곳은 당연히 마수였다.

병기수로 태어나 마계의 주민들과 계약을 맺고 전쟁 병기로 휘둘러지던 그는 다른 존재들의 살을 찢고 그 피를 포식하는 과정에서 영격을 높여 마수가 되었다. 시간이 흐르면서 마계에서도 많은 이들이 계약을 바라는 고위 마수로 성장했을 무렵, 흑영신의 눈에 들어서 흑영신교의 수호마수가 될 수 있었다.

영격이 높아져 대마수가 된 그는 이미 누군가의 손에 들려 휘둘러지는 무기의 틀을 초월했다. 무수한 검이 뭉쳐 그를 들고 휘두르던 존재들을 닮은 모습을 취했으며, 몸을 이루는 검들로 장구한 세월 동안 경험한 모든 검술을 구현할 수 있었다.

즉 그는 혼자이면서도 일만의 검병 군단과도 같다.

"음……!"

이자령이 신음했다.

흑영신교가 흑암검수를 선두에 세운 채로 치고 들어왔다.

상대가 대마수라 하나 수기와 한기가 가득한 전장에서 그녀는 무신이나 다름없다. 흑암검수가 전개한 흑검보다 두 배는 많은 빙백검을 날려서 몰아붙였다.

파파파파파……!

그런데 흑암검수가 그 압도적인 물량 공세를 뚫고 전진해 온다.

수백의 흑검들이 마치 물고기 떼처럼 춤을 추며 빙백검들을 막아내었다. 명장의 지휘를 받는 정병들처럼 정밀하게 진을 짜서 대응하니 빙백검들이 그 방어를 뚫지 못하고 있었다.

검을 다루는 효율성이 다르다.

이자령이 수백의 빙백검을 다룬다고 하지만 하나하나를 전부 정밀하게 다룰 수는 없다. 규모가 커지면 커질수록 특정 숫자를 하나의 덩어리로 묶어서 다루게 된다.

그에 비해 흑암검수의 검은 하나하나가 의지를 갖고 움직이는 것처럼 정묘했다. 물고기 떼처럼 몰려들면서도 서로 정밀하게 연계하니 그 효율이 무시무시했다.

'그야말로 일인군단, 단신으로도 일만의 검병과도 같다는 전설이 조금도 과장이 아니었군.'

과연 검수(劍獸)로 태어나 대마수가 된 존재다운 능력이었다. 저것은 인간의 정신 구조로는 도저히 흉내 낼 수 없는 재주다.

이자령은 곧바로 방법을 바꿨다.

―빙백동령파!

빙백검들이 곳곳에서 뭉쳐서 거대한 얼음기둥들로 화하더니 폭발, 새하얀 서리의 해일로 화해서 흑암검수를 덮쳤다. 빙백검의 난무는 효율적인 검진으로 막아냈지만 자연재해라면 어떨까?

순간 순백의 해일을 뚫고 새카만 검 한 자루가 솟아났다.

검기가 아니라 흑검이 수백 배로 확대된 모습이었다. 길이가 100장(약 300미터)에 달하는 흑검으로부터 일어난 기파가 서리 해일을 양옆으로 갈라 버렸다.

"이런 것도 가능한가?"

이자령도 깜짝 놀라서 눈을 크게 떴다.

수백수천 자루의 흑검을 하나로 합쳐서 거대한 흑검을 만들어내다니, 기절초풍할 노릇이었다.

흑암검수가 거대한 흑검의 끄트머리에 서서 이자령을 굽어보았다. 그가 칼날을 디딘 발을 털자 날 길이 100장에 달하는 흑검이 가속하면서 일행에게로 떨어져 내렸다. 너무 커서 느릿느릿해 보이지만 실제 속도는 무인이 검을 내려치는 것만큼이나 빨랐다.

"맙소사."

일행이 다들 경악했다. 그냥 내려치는 것만으로도 산을 갈라 버릴 공격이었다. 일행의 실력을 생각하면 피할 수는 있겠지만,

문제는 그들이 이 자리를 지켜야 하는 입장이라는 것이다.

"이름값 하는군, 정말!"

순간 형운의 모습이 사라졌다가 흑검의 옆쪽에 나타났다.

쨍!

흑검의 검면에서 폭음이 울려 퍼졌다. 그것도 한 방으로 끝이 아니었다.

꽈과과광!

형운이 운화로 따라가면서 연타를 날린 것이다.

아무리 거대하다 해도 검의 형태를 취하고 일정 궤도로 휘둘러지는 이상 측면에서의 타격에는 약할 수밖에 없다. 형운이 성벽도 박살 낼 파괴력을 지닌 연타를 날리자 흑검의 궤도가 꺾여서 광세천교도들에게로 날았다.

"바쁜 사람한테 달라붙지 말고 너희들끼리 놀아라!"

형운은 흑암검수가 날린 흑검들을 피해서 이탈하면서 씩 웃었다.

파라라락!

그러나 흑암검수는 그 의도에 넘어가 주지 않았다.

궤도가 바뀐 시점에서 거대 흑검이 수천 자루의 흑검으로 분리, 하나하나의 크기가 이쑤시개만큼 작게 줄어들면서 흑암검수의 몸으로 빨려 들어갔다.

그 순간이었다.

콰아아아아아아……!

붉은 기공파 한 줄기가 형운에게 작렬했다.

"큭……!"

형운은 아슬아슬하게 그것을 받아냈다.

그야말로 섬전 같은 속도의 기공파였다. 흑검의 궤도를 바꾼 직후, 소리가 울려 퍼지는 것보다도 몇 배는 빠르게 날아들어서 하마터면 정통으로 맞을 뻔했다.

게다가 광풍혼으로 받아냈는데도 느껴지는 압력이 엄청났다. 저항할 새도 없이 하늘 높이 밀려 올라가고 있었다.

'흘려보낼 수도 없고, 받아칠 수도 없다니, 젠장. 뭐 이런 기공파가……!'

형운이 식은땀을 흘렸다.

막 최대치로 힘을 발출한 직후에 공격을 받아서 진기를 끌어 올릴 틈이 없었다. 이 기공파는 전광석화처럼 빠른 것은 물론이고 마치 끈끈이처럼 한 지점에 달라붙어서 뿌리칠 수도 없이 그 압력에 저항하는 것을 강요받았다. 80장(약 240미터) 거리를 두고 이런 공격을 하다니, 실로 놀라운 기교였다.

'혼살권 유단!'

형운은 한 박자 늦게 자신을 공격한 자가 누군지 알아보았다.

"방심한 대가를 치러라, 선풍권룡!"

눈에서 섬뜩한 붉은빛을 발하는 야수 같은 인상을 가진 중년의 남자, 유단이 형운을 노려보며 진기를 더더욱 끌어 올렸다.

지금 형운을 밀어 올리는 것은 그 혼자의 힘이 아니다. 광세천교도들이 기환진을 형성, 그에게 힘을 모아주고 있었다.

형운이 대응하기 전, 그의 눈이 발하는 붉은빛이 한층 더 강해졌다.

─혼살(魂殺)!

무극의 권을 전개한 유단이 붉은 섬광으로 화해 형운을 관통했다. 주인에게 추월당한 기공파가 뒤늦게 그 여파로 폭발하면서 상공의 구름을 갈가리 찢었다.

콰아아아아아!

다음 순간 다시 제자리로 돌아온 유단이 폭발 지점을 보며 눈살을 찌푸렸다.

"…이미 애송이가 아니로군."

그가 무극의 권에 담은 심상, 혼살은 그 이름대로 물질보다는 영적 파괴를 우선시하는 공격이었다. 심상경에 든 지 얼마 안 되는 미숙자라면 방어 자체가 어려운 공격에 기공파를 교차시켜서 물리적 파괴력까지 동반시켰는데……

'오히려 역습을 당하다니.'

그런데 오히려 형운에게 역습당했다. 그 결과 유단은 오른팔에 침투한 강력한 음기를 해소하기 위해 진기를 집중하고 있었다.

"흠."

다시 지상으로 내려온 형운이 왼팔을 한번 털었다. 그러자 왼팔 기맥에 침투했던 유단의 기운이 흩어져 버렸다. 기공을 보면 유단이 한 수 위라고 하더라도 내공 면에서, 그리고 진기의 질적인 면에서 형운이 압도하다 보니 이번 겨룸에서는 형운이 우위를 점했다.

형운이 다시 일행과 함께 두 마교의 원거리 공세를 받아치면서 그들의 전진을 지연시키고 있을 때, 이현이 히죽 웃었다.

쿠구구구궁……!

또다시 신의 주검으로부터 빛이 솟구치며 공간이 뒤흔들렸다.

"다들 잘 버텨주었다. 그럼 이제 2단계 마무리로 들어가도록 하지."

순간 모두의 시선이 전장 한구석으로 향했다. 그곳에 물결 같은 파문이 일어나면서 두 사람이 모습을 드러냈기 때문이다.

"오호, 한창이군."

"그렇군. 적절한 때 불려온 모양이야."

"혼마! 암야살예!"

흑영신교 쪽에서 경악성을 토했다.

나타난 것은 긴 검은 머리칼을 휘날리는 청년, 혼마 한서우와 여우 가면을 쓰고 몸에 착 달라붙는 새카만 가죽옷을 입은 여성, 암야살예 자혼이었다.

이자령이 한창 정신없이 싸우던 와중에도 이현을 노려보았다.

"마인과 자객까지 부르셨습니까?"

"말했지 않나. 내 총력을 동원할 거라고."

이현이 짓궂게 웃었다.

"자, 이걸로 이존팔객 중 일곱이 모였지. 그리고 이게 끝이 아니라네."

한서우와 자혼이 있는 곳 근처에서 또다시 물결 같은 파문이 일었다.

다음 순간 모습을 드러낸 초로의 사내는 키가 7척(약 2미터 10센티미터)에 달하는 바위 같은 근육질의 거구였다.

"기다리다 목이 빠지는 줄 알았습니다. 혹시 장난치신 건가 했는데 그건 아니었군요."

"자네는 내 장난기를 너무 높이 평가하는 것 아닌가?"

두꺼운 목을 꺾으며 말하는 남자에게 이현이 능글맞게 물었다.

그를 알아본 이자령이 탄식했다.

"맙소사. 마인에 자객 나부랭이로도 모자라서 해적까지……."

"검후, 전에도 우리는 해적 아니라는 소리를 했던 것 같소만. 너무 오래되어서 잊으셨나?"

그렇게 말하며 씩 웃는 것은 청해용왕 진본해였다.

4

잇달아 등장하는 적들의 존재에 유단이 경악했다.

아무리 이현의 능력이 대단하다지만 이 정도였단 말인가? 이곳에서 저 머나먼 청해군도에 있는 인물을 축지로 불러오다니, 그것도 두 마교의 예지 능력자들에게 철저하게 계획을 감추면서!

다만 청해군도에서 이곳으로 불러 온 것은 진본해 혼자뿐이었다.

예지자들의 눈길을 피해서 비밀을 유지하는 것, 그리고 머나먼 청해군도에서 이곳까지 불러오는 것 두 가지 조건 때문에 그 혼자만을 불러오는 게 한계였다. 아무리 이현이 금기를 범하고 있더라도 대륙 곳곳에서 인원을 불러올 때마다 대인원을 옮길 수 있는 축지문을 열 수는 없었던 것이다.

"그래봤자 고작 아홉 명이다."

동요했던 유단이 곧 냉정함을 되찾았다.

귀혁이 구윤과 전장을 벗어난 곳에서 일대일로 자웅을 겨루는 지금, 그들이 상대해야 할 것은 아홉 명뿐이다.

형운, 이현, 이자령, 기영준, 한서우, 자혼, 진본해, 천유하, 가려……

하나같이 대단한 무인들이기는 하지만 두 마교는 연계를 통해 힘이 극대화되는 정예만 천 명 이상, 게다가 능히 일대일로 저들을 대적 가능한 강자들까지 포함되어 있다. 전력 차는 압도적이었다.

"그대들 하나하나가 경천동지할 무인들이라 하더라도, 결국은 아홉 명일 뿐이다."

실제로 두 마교 모두 초기에 진입할 때를 제외하면 아직 전사자가 발생하지 않았다.

형운과 이자령의 연계로 인한 대규모 한기폭풍조차도 그들의 전진을 방해하는 것에 그쳤다. 하나하나는 일수에 격살할 수 있는 존재들이라 할지라도 서로 힘을 모아 진을 형성, 힘을 극대화하니 개인의 힘으로는 쉽게 해치울 수가 없는 것이다.

자혼이 여우 가면을 쓴 채로 고개를 끄덕였다.

"틀린 말은 아니지."

고수 아홉 명이 모였다고 해서 정예 천 명을 압살할 수 있다면 인간 사회는 지금과는 전혀 다른 형태를 띠고 있었을 것이다.

그저 개개인이 뭉쳐서 싸우는 게 고작이었던 고대라면 모를까 무공이, 술법이, 단체의 힘을 극대화시키는 기술들이 발달한 지금은 아무리 초인적인 무위의 소유자라도 한계가 있었다. 이시대에 고수들의 존재는 오히려 그것을 받쳐주는 단체 속에 있을 때 가장 빛을 발한다.

"하지만 난 그렇게 잘난 척하는 것들 뒤통수로 다가가서 푹 찔러주는 게 재미있더라."

"나도 그렇더군. 소수로 다수를 박살 내는 게 취향에 맞아."

진본해가 대꾸하며 활을 들었다. 양진아가 쓰는 것과 마찬가지로 거대한 대궁에 화살을 걸더니 하늘로 쏘아 올린다.

─해룡시(海龍矢)!

광풍을 일으키며 하늘 높이 날아오른 화살이 어느 순간 궤도가 직각으로 꺾이며 떨어졌다. 게다가 자신이 일으킨 광풍조차 따라갈 수 없을 정도로 무시무시하게 가속, 그대로 광세천교도들을 강타하는 게 아닌가?

쫘아아아앙!

충격이 폭발하면서 광세천교도들이 힘을 합쳐 펼치고 있던 군진이 뒤흔들렸다. 충격으로 상대적으로 내공이 약한 몇몇이 무릎을 꿇기까지 했다.

단 한 발의 화살이라고 하기에는 너무나도 어마어마한 파괴력이었다.

게다가 진기 소모가 말도 안 되게 적다. 같은 위력을 기공파로 내려면 적어도 스무 배 이상의 진기를 소모해야 할 것이다.

"화살은 넉넉히 챙겨 왔지. 내가 화살 다 쓸 때까지 버틸 수

있나 시험해 볼까?'

"이놈!"

칠왕 중 하나, 혈산군이 격노해서 뛰쳐나갔다.

생각 없이 나간 것은 아니었다. 진본해가 형운 일행과 합류하기 전에 갈라놓을 의도였다.

그러나 순간 섬광 한 줄기가 그를 관통했다.

ㅡ무극해룡시(無極海龍矢)!

진본해가 심즉동으로 심궁(心弓)을 발한 것이다.

혈산군 역시 심상경의 무인이었지만 방어진에서 벗어나는 그 순간, 완전히 허를 찔리고 말았다.

"이런!"

그는 심상경의 절예를 방어하는 호부를 갖추고 있었다. 공격을 인식하는 게 늦었음에도 몸이 육화하는 대신 호부가 불타 버렸다.

하지만 진본해는 그러거나 말거나 상관없다는 듯 곧바로 또 무극해룡시를 전개해서 그를 관통했다.

'시, 심즉동의 경지인가!'

빨라도 너무 빨랐다. 궁수가 속사하는 것처럼 거의 틈이 없이 연격으로 날아들고 있다.

그래도 첫 공격을 호부가 막아준 덕분에 혈산군도 정신 차리고 대처할 수 있었다. 그는 진기 손실을 최소화하면서 육화하려고 했다.

그 순간 또 한 발의 무극해룡시가 그를 관통했다.

빨라도 너무 빠르다. 마치 기다렸다는 듯 3연속으로 심상경의 절예를 날리다니. 게다가 세 번째 심상이 두 번째와 달라서 대처가 더더욱 어려웠다.

'크…… 악……!'

이 상태에서 한 발만 더 맞으면 끝장이다. 칠왕의 일좌를 차지한 그가 어이없이 죽게 생겼다.

우우우우우!

그를 구해준 것은 투명한 황금빛의 파문이었다.

대마수 태양명이 발한, 영적 권능이 실린 빛의 파동이 결계를 구축하면서 진본해가 쏜 세 번째 무극해룡시를 막아냈다.

"헉, 허억……."

간발의 차이로 목숨을 보전한 혈산군이 숨을 몰아쉬었다. 진기의 태반을 잃어버린 그의 몸에서 땀이 비 오듯 흘러내렸다.

라아아아아!

그리고 광세천교도들을 감쌌던 태양명의 광파가 한 방향으로 집중, 진본해를 노렸다.

"쯧. 기습으로 하나 보내나 했더니 그렇게까지 만만하지는 않나?"

진본해는 활 대신 창을 들고 광풍을 일으켜 그것을 막아내면서 형운 일행에게로 몸을 날렸다. 그가 주목을 끄는 사이 한서우와 자혼은 이미 합류해 있었다.

한서우가 쓴웃음을 지으며 말했다.

"여기서는 같이 등을 맡기고 싸워야 할 처지인데 살기는 좀 거둬주시지, 검후?"

이자령이 내면의 갈등이 폭풍처럼 휘몰아치는 표정으로 그를 노려보고 있었기 때문이다. 그녀는 이를 갈며 시선을 돌려 버렸다.

기영준이 허허 웃었다.

"이거 참. 상상도 못 한 일을 겪게 되는군요. 이 면면들이 같이 싸우는 날이 오다니."

"뭐, 예전 토벌 때는 비슷한 일이 있었지. 하지만 감회가 새롭군. 선검, 당신하고 함께 싸우는 건 처음이기도 하고."

"그러게 말입니다."

기영준이 빙긋 웃었다.

못마땅한 듯 코웃음을 치는 이자령에게 어깨를 으쓱한 한서우가 말했다.

"이대로라면 반각 안에 접근전 상황까지 갈 거고, 그동안 놈들의 피해는 거의 없을 거야. 그렇게 되면 우리의 패배지."

예측이 아니라 예지에 근거한 말이었다. 다들 위기감을 느낄 수밖에 없었다.

자혼이 물었다.

"대책은?"

"왜 그걸 나한테 묻나?"

"하긴 그렇군. 어르신, 대책은? 대금 치르셨다고 사람 목숨을 사지로 막 던지시면 곤란한데요?"

자혼이 묻자 이현이 말했다.

"자꾸 말 시키지 말게. 대답할 때마다 그 열 배만큼 늦어진다고 생각해."

"비밀주의 참 끝내주시네요. 목숨 걸고 도와주러 온 사람들한테는 좀 미리미리 말해주시면 안 되나요?"

"그러게 말이지. 이 단계에 이르면 이제 아는 사람이 적을수록 예지를 피하기 쉽고 어쩌고 하는 것도 없을 텐데……."

자혼이 투덜거리자 진본해가 백번 동감한다는 듯 고개를 끄덕였다.

하지만 이현은 싹 무시했다.

형운과 이자령이 냉기폭풍과 서리해일, 얼음검과 얼음결정의 폭격으로 두 마교의 진군을 지연시킨다.

진본해가 궁시로 그들을 지원, 마교의 방어막을 뒤흔들어 놓는다.

그리고 나머지 인원들은 두 마교의 원거리 공격을 막는 데만 전념했다. 거리가 가까워지면 몰라도 거리가 있는 상황에서는 이것이 최선의 형태였다.

두 마교가 야금야금 전진해서 거리가 40장(약 120미터)까지 줄어든 시점이었다.

"후우! 됐다. 보채던 대책 첫 번째일세!"

일행의 옆쪽에서 축지문이 열렸다. 앞서 세 사람을 불러올 때와는 달리 아예 축지문을 열어버린 것이다.

그곳을 통해서 형운이 익히 아는 인물들이 모습을 드러내었다.

"맙소사. 저희 장로회랑도 이야기가 되셨던 거예요?"

"당연하지. 별의 수호자 총단만큼 예지 피해서 일 꾸미기 좋은 곳이 어디 있다고 그러느냐?"

게다가 다른 곳과는 달리 노골적으로 대인원을 옮기기 위한 축지문을 열 술법을 준비해 둘 수도 있었다. 이현이 신호를 받은 별의 수호자의 기환술사들이 미리 준비해 둔 기환진을 발동해서 문을 연 것이다.

맨 처음 진입한 것은 풍성 초후적이었다.

그리고 그 뒤로 그의 제자인 정무격을 비롯해서 오량, 마곡정에 백건익 등등 별의 수호자 내에서 이름을 날리는 강력한 무인들이 줄줄이 진입해 왔다.

—형운! 살아 있냐? 나도 왔다!

마곡정이 사부의 눈치를 보느라 육성으로 말하진 못하고 전음을 보내왔다. 형운도 샘솟는 반가움에 웃어주었다.

'화성도 오셨군.'

풍성 초후적만이 아니라 화성 하성지도 진입한 것을 본 형운은 놀람을 금치 못했다. 장로회가 이번 일에 오성을 셋이나 투입하기로 결단했을 줄이야.

"한계로군."

별의 수호자 무인들이 300명가량 진입한 시점에서 이현이 휘청거렸다.

형운이 깜짝 놀라서 그를 붙잡는 순간, 안색이 창백해진 그의 몸이 한순간 환영처럼 투명해지며 흩어지다가 다시 원래대로 돌아왔다.

그리고 별의 수호자 총단으로 이어졌던 축지문이 소멸했다.

왜 별의 수호자 무인들이 서둘러서 진입했는지 알 수 있는 부분이었다. 처음부터 제한 시간이 얼마인지 모르니 최대한 많은 인원이 진입해야 한다는 사실을 알고 있었던 것이다.

"어르신……."

"괘, 괜찮다."

장난스러운 태도를 보이고는 있었지만 그는 이미 꺼지기 전의 촛불처럼 불안정한 상태였다.

그런 상황에서 신의 주검을 숨긴 공간의 봉인을 풀고, 두 마교의 군세를 끌어들인 후 축지문을 봉해서 그들을 고립시켰으며, 전장을 아군에게 유리한 곳으로 바꿔놓았고, 대륙 곳곳에서 아군을 축지로 불러오기까지 했다.

하나하나가 말도 안 나올 정도로 놀라운 이적들뿐이다. 이현은 얼마 안 남은 생명을 쥐어짜 내 가면서 그 일들을 해내고 있었다.

그 사실을 절감한 형운은 뭐라고 말할 수 없는 기분을 느꼈다.

"아직이다……. 아직은 내가 사라질 때가 아니야."

이현은 형운에게 말한다기보다는 자기 자신에게 들려주듯이 말하면서 자세를 바로잡았다. 그리고 다시 정신을 다잡고 술법을 펼치기 시작했다.

초후적이 형운을 보며 말했다.

"척마대주, 상황을 보고하라."

"지금 제 곁에 있는 인원은 전부 아군입니다."

"그건 보면 안다. 영성은 왜 없지?"

"저쪽에서 염마도 구윤을 상대하고 계십니다."

형운이 산 저편을 가리켰다. 수백 장 너머에서 싸우고 있는데도 불꽃이 춤추면서 폭발하는 기파가 여기까지 전해지고 있었다.

"맛있는 것만 골라가는 재주는 여전하군. 도와줄 필요는 없겠지."

투덜거리던 초후적은 형운에게 상황을 전달받고는 빠르게 병력을 배치하기 시작했다.

진입한 기환술사 일곱 중 셋을 이현에게 붙여서 의식을 보조하게 하고, 나머지를 중심으로 군진을 펼쳤다. 별의 수호자 안에서는 다 다른 조직에 소속되어 있으면서도 신속하기 짝이 없는 단체 행동에 기영준이 감탄했다.

'대단하군. 서로 다른 곳에 소속되어 있어도 기본적인 전술 방침을 공유하고 있기 때문에 혼란 없이 적응 가능한 것이다.'

저만큼이나 조직이 거대화되었고, 그 안의 조직들이 제각각의 개성을 지녔는데도 그런 일이 가능하다는 것이 놀랍기만 했다.

한서우가 유단에게 말했다.

"자, 이제 네놈들이 상대해야 할 사람 수가 왕창 늘어났는데 어쩔 셈이지?"

"음……!"

유단이 신음했다.

여전히 수적으로는 그들이 압도적인 우위를 점하고 있다. 하지만 과연 시간 내에 저들의 방어를 뚫고 목적을 완수할 수 있을까?

그는 교주의 명령을 떠올렸다.

'손에 넣지 못해도 된다. 그러나 결코 다른 누군가가 가져서는

안 된다. 아무도!'

이 일은 이전의 토벌처럼 광세천교의 운명을 결정할 분수령
이었다. 유단은 자신이 짊어진 의무에 천년의 무게가 실려 있음
을 절감했다.

'한순간의 치욕은 아무것도 아니다. 설령 내 영혼이 더럽혀
지더라도 뜻을 이룰 수만 있다면, 구세의 대업에 한 줌이라도
보탬이 된다면!'

유단 역시 광신에 인생을 바친 자였다. 하지만 외부인 출신이
라 광세천교 내부에서 육성된 자들에 비하면 사고가 유연한 편
에 속했다.

그렇기에 그는 금기를 범하는 선택지를 염두에 둘 수 있었다.

'교주님이라면 기꺼이 그리하셨을 것이다. 아니, 설령 제 선
택이 당신의 뜻에 거스르더라도 용서하시길. 이것이 모두를 위
한 길입니다.'

유단의 눈길이 흑영신교에게로 향했다.

5

별의 수호자의 300명이 합류하자 전황이 격변했다.

이들은 그저 정예라는 말로 부르는 것이 실례가 될 정도였다.
풍성 초후적과 화성 하성지, 그리고 성운검대의 부대주이며 심
상경에 이른 노고수 혁운련을 필두로 하나같이 고수 아닌 자가
없었다.

하나같이 조직 하나 정도는 책임지고도 남을 실력자들이 기물과 술법의 지원을 아낌없이 받으며 단체의 힘을 극대화하는 군진을 구성하고 있는 것이다. 서로의 거리가 줄어들어서 더 이상 원거리 공격을 퍼부을 수 없게 된 시점에서 두 마교는 전율해야 했다.

"열어라!"

충돌 직전, 중앙에 있던 풍성의 외침과 함께 별의 수호자 무인들이 너무나도 자연스럽게 길을 열었다.

그리고 초후적이 전광석화처럼 돌진해서 도를 휘둘렀다.

투아아아앙!

폭음이 울렸다.

초후적의 일도를 받아낸 광세천교도가 피를 토하며 주저앉았다.

물론 서로의 실력 차를 생각하면 그대로 두 동강이 났어야 정상이다. 무리 지어서 이룬 진의 힘이 있기에 그 정도로 끝난 것이다.

초후적은 개의치 않았다.

연달아 폭음이 울리며 광세천교의 군진이 흔들렸다. 사망자는 나오지 않았지만 전열에 선 자들은 내상을 입고 피를 토하고 있었다.

이것은 초후적 혼자의 공격이 이룬 성과가 아니다.

별의 수호자의 군진이 그에게 더 큰 힘을 불어넣었고, 형운이 광세천교도들의 머리 위로 폭격을 퍼붓고 있기에 나온 결과였다.

파학!

그리고 마침내 광세천교의 첫 사망자가 발생했다.

초후적이 힘으로 군진을 뒤흔드는 사이, 조용히 다가온 하성지가 내상을 입고 자세가 흐트러진 자들을 베어 넘겼던 것이다.

"교대하지."

그 말에 초후적이 미련 없이 뒤로 물러났다.

그렇게 초후적과 하성지, 그리고 혁운련 세 사람이 교대로 중앙을 담당하면서 광세천교와 격돌했다. 광세천교는 수적 우위와 대마수 태양명이 구축한 광파결계의 힘으로 별의 수호자를 압박했지만 계속 피해만 입을 뿐, 돌파의 실마리를 잡지 못했다.

이것은 광세천교와 흑영신교가 서로를 견제하느라 힘을 분산시키고 있기 때문이기도 했다.

둘은 이번 세대에는 예지에 의해 장기를 두듯 전략적인 국면에서 협력하기도 했지만 그렇다고 동맹을 맺거나 한 것은 아니었다. 괴령 사건 때 그랬듯 전술 목표가 일치할 때는 서로 충돌해서 피를 보는 것을 주저하지 않았다.

그런 두 집단이 언제라도 서로를 공격할 수 있을 정도로, 한 가지 목표물을 앞에 둔 채로 싸우고 있다.

그나마 멀리 있을 때는 여유를 갖고 공격에 집중할 수 있었지만 이제는 그럴 수가 없었다. 당장은 눈앞의 적들을 상대하는 데 전념하고 있지만 어느 순간, 이현을 지키는 이들이 약해져서 자기들만으로 충분히 해치울 수 있다고 생각하는 시점이 되면 상대편을 칠 기회를 노리게 될 것이다.

6

"음……!"

형운은 이자령과 함께 극음지기를 이용해서 광역 공격을 퍼부음으로써 적들의 움직임을 둔화시키고 있었다.

그런 입장이다 보니 전장을 넓게 살필 수 있었고, 그래서 점점 위기감이 강해지는 것을 느꼈다.

─마존 어르신. 이대로 소모전을 이어나가다가는 우리가 나가떨어질 겁니다.

별의 수호자 무인들이 합류한 후, 그들은 철벽의 성채처럼 막강한 방어력을 보여주고 있었다.

하지만 아무리 봐도 수적으로 너무 열세였다. 아직까지는 적들에게서만 전사자가 나왔지만 이쪽도 부상을 입고 물러나는 이들이 하나둘씩 나오기 시작했다.

이대로라면 결국 무너지고 만다. 과연 자신들이 무너지는 게 빠를까, 아니면 이현이 의식을 완료하는 게 빠를까?

─앞으로 얼마나 더…….

전음으로 묻던 형운이 흠칫했다.

이현의 몸이 또다시 사라져 버릴 것처럼 투명해져서 흔들거리고 있었다.

"어르신!"

형운이 당황해서 그의 손목을 잡았다. 그리고 다급하게 진기를 불어넣자 그가 신음했다.

"이런. 깜빡 졸았군."

"……"

"고맙구나. 네 진기는 정말 영약이나 다름없어. 내 상태에도 도움이 될 줄은 몰랐는데 놀랍다. 여유가 나는 대로 조금씩이라도 부탁한다. 그리고……"

찬 공기 속에서 새하얀 숨을 토해낸 이현이 빛을 발하는 신의 주검을 올려다보며 말했다.

"물론 이걸로 끝이 아니란다. 설마 자네들을 다 죽으라고 끌어들였겠나? 늦어진 것은 미안하군. 내 예상보다 더 힘들어."

"아, 하지만 더 이상은 어르신이……"

"어차피 끝은 정해져 있지 않으냐?"

이현이 웃으며 던진 말에 형운은 말문이 막혀 버렸다.

가슴 한구석이 욱신거렸다.

생각해 보면 그와 대단한 인연이 있었던 것은 아니다. 형운의 인생에 있어서 그는 어린 시절부터 동경했던 이야기의 주인공이었고 실제로는 스쳐 갔을 뿐이지만 존재감이 워낙 커서 기억할 수밖에 없었던, 그런 사람일 뿐이었다.

하지만 그와 지낸 얼마 안 되는 시간이 왜 이렇게 가슴을 아프게 찔러오는 것일까.

"종종 잘나가는 젊은이를 보면 나이 좀 먹은 양반들은 다들 이런 이야기를 하지. 네게는 이미 귀에 못이 박힐 정도로 지겹고 식상한 이야기일지도 모르겠군."

이현이 손을 들어 형운의 얼굴을 만졌다. 형운은 왠지 그의 눈이 묘하게 초점이 안 맞는다는 느낌을 받고 흠칫했다.

'설마?'

아까 전까지만 해도 이렇지 않았다. 그런데 그새 시력을 잃기라도 했단 말인가?

하지만 생각해 보면 이상할 것도 없는 일이다. 이현의 기운은 지금이라도 먼지처럼 흩어져 버릴 것처럼 불안해 보였다. 이런 상태로 무리해서 술법을 펼쳤으니 감각에 이상이 생겼다면 오히려 당연한 일이리라.

이현은 그런 형운의 생각을 알지 못하고 말을 이었다.

"그래도 역시 너는 어딘가 내 젊은 시절을 닮은 구석이 있어."

"……."

"허허. 그렇게 대놓고 싫은 표정 짓지 말거라. 혼마도 그렇고 너도 그렇고 어른을 좀 공경할 줄 알아야지 말이야."

이현이 장난스럽게 혀를 찼다. 형운은 왠지 눈물이 흐를 것 같았다.

지금 형운은 그저 멍청한 표정을 짓고 있을 뿐이었다. 이현은 형운의 얼굴이 보이는 것처럼 말하고 있지만, 표정조차 알아볼 수 없는 상황이라는 것을 알 수 있었다.

"…그나마 제가 제일 어르신을 공경해 드리지 않나요?"

애써 울음기를 감추면서 맞장구를 쳐준다. 감정을 감추고 남이 바라는 표정을 보여주는 것은 객잔의 심부름꾼이었던 시절부터 연마한 특기였다.

"예끼. 네 주변이 이상한 거고 정상적으로 존중해 주는 사람이 얼마나 많은데 그러느냐."

"흠. 좀 더 노력해 보겠습니다. 여유가 나면요."

"됐다, 됐어. 엎드려 절 받기지."

이현이 혀를 차며 웃었다. 초점이 안 맞는 눈으로 허공을 올려다보던 그가 문득 눈을 감았다. 그리고 심호흡을 한번 한 다음 말했다.

"실없는 소리를 주고받다 보니 정신이 좀 드는군. 그럼 다시 가볼까."

형운은 이현의 몸이 가늘게 떨리는 것을 눈치챘다.

아무렇지도 않은 척하고 있었지만 그것은 이 일을 하는 순간 자신에게 닥쳐올 고통을 생생하게 상상할 수 있어서 망설이는 것처럼 보였다. 마치 칼에 찔려서 죽을 고비를 넘겨본 사람이 자기 몸을 칼로 찔러야만 하는 상황에 처했을 때의 심정과도 비슷할 것이다.

'하지 마세요.'

말리고 싶다. 이미 죽음을 앞둔 당신이 그런 고통을 자처할 필요는 없다고, 붙잡고 말리고 싶은 마음이 굴뚝같다.

하지만 그럴 수 없었다. 형운은 자기도 모르게 들었던 손으로 허공만 붙잡고 말았다.

그리고 이현이 재차 술법을 발했다.

7

광세천교와 흑영신교의 움직임이 다급해졌다.

또다시 신의 주검에서 눈부신 빛이 일면서 공간이 뒤흔들렸기 때문이다.

'젠장! 도대체 얼마나 많은 패를 준비해 둔 것인가? 말도 안 되는 함정이군!'

신의 주검의 봉인을 풀고 현계에서 소멸시키는 어마어마한 의식을 행하고 있으면서 신수의 일족들이나 할 법한 어마어마한 이적들을 연달아 행하다니, 정녕 이것이 인간에게 가능한 일이란 말인가?

형운은 전장의 뒤쪽에 축지문이 열리는 것을 보았다. 그리고 그곳으로부터 사람들이 급하게 쏟아져 들어오기 시작했다.

선두에 선 사람을 알아본 것은 한서우였다.

"화천월지? 하긴 나윤극 그놈이 마존께 받은 게 얼만데 입 씻고 모른 척하면 사람도 아니지."

30대 중반 정도로 보이는, 창백하고 신경질적으로 보이는 여성이었다.

나윤극의 넷째 제자이며 윤극성의 성주 후보 중 한 명으로 거론되는 자, 화천월지 서윤.

그녀를 필두로 윤극성의 무인들과 금룡상단의 무인들이 빠르게 진입해 왔다. 축지문이 닫히기 전까지 진입한 인원의 수는 조금 전 별의 수호자 일행과 비슷한 300여 명이었다.

형운은 화천월지 앞으로 얼음결정 하나를 날려 보냈다. 화천월지는 경계했지만 곧 거기서 형운의 의념이 들려오자 놀란 표정을 지었다.

─별의 수호자의 척마대주 형운입니다.

"명성이 자자한 선풍권룡이군. 만나서 영광이오. 나는 윤극성의 혈화대주 서윤.. 이런 재주가 있으신 분인 줄 몰랐구려."

―상황이 급박하니 상황만 간략하게 전하겠습니다.

"부탁하오."

형운은 초후적에게 했던 것처럼 최대한 간략하게 상황의 핵심을 전달했다.

화천월지가 고개를 끄덕였다.

"알겠소. 할 일이 명확한 시점에 왔군. 화룡검주, 놈들의 배후를 공격합시다. 이견이 있으시오?"

"찬성하오. 우리가 흑영신교를 치겠소."

"알겠소. 우리가 광세천교를 치도록 하지."

수는 별의 수호자와 마찬가지로 300여 명에 달했지만 그들은 화천월지가 이끄는 윤극성 무인들과 화룡검주라는 중년인이 이끄는 금룡상단 무인들로 나뉘어 있었다. 지휘 계통이 나뉘는 것은 어쩔 수 없는 일이다.

그들이 후방에서 접근해 오자 두 마교의 움직임이 한층 어지러워졌다. 자신들에 비해 소수라고는 하지만 앞뒤로 공세를 받게 되었으니 그럴 수밖에 없었다.

게다가 그것으로 끝도 아니었다. 이현은 형운에게 진기를 주입받으며 곧바로 한 번 더 술법을 펼쳤다.

'아, 안 돼!'

신의 주검으로부터 솟구치는 빛을 보는 유단은 악몽을 꾸는 기분이었다.

저 빛이 치솟을 때마다 상황이 계속 안 좋아진다. 이제는 자신들이 명백히 궁지에 몰렸다는 사실을 인정할 수밖에 없었다.

만약 교주가 대마수 태양명을 투입하는 강수를 두지 않았다면 훨씬 상황이 심각했을지도 모르겠다.

그리고 이번에는 광세천교의 측면에서 축지문이 열렸다.

기영준과 마찬가지로 백색과 청회색 바탕에 가슴에 태극의 문양이 그려진 도복을 입은 도사들이 앞장서서 들어왔다. 태극문의 장로들이었다.

그리고 그들의 뒤로 하운국 황실에서 보낸 관군의 고수들과 기환술사들이 진입해 오니, 축지문이 사라질 때까지 진입해 온 인원이 200여 명에 달했다.

'아.'

형운은 그들에게 얼음결정을 날려서 상황을 전달하는 한편 이현을 살폈다.

축지문의 지속 시간이 방금 전보다 명백히 줄어들었다. 이현의 상태가 악화된 것이 원인이었다.

형운은 투명해져서 조금씩 흩어지는 이현의 몸을 붙잡고 필사적으로 진기를 불어넣었다. 그 바람에 전장에 미치는 영향력이 눈에 띄게 줄었지만 지금 중요한 것이 어느 쪽인지는 명확했다.

'제발! 아직 아니잖아요! 시작한 일은 끝내고 가셔야지요.'

순간, 마치 그 마음이 전해진 것처럼 이현의 눈에 총기가 들어왔다.

"그래. 그렇군……."

이현이 겨우겨우 목소리를 냈다.

"…시작한 일은 끝을 내고 가야겠지. 최후의 과업을 하다 말고 숨을 거뒀다가는 창피해서 저승에도 가지 못할 테니."

이제 얼마 남지 않았다.

전황만 봐도 알 수 있었다. 비록 수적으로는 여전히 우위였지만 그 차이는 근소했다. 3면을 포위당한 데다가, 포위망 한쪽을 뚫는다고 하더라도 도망칠 수 있는 것도 아니다.

결국 두 마교에서 빠르게 사상자가 발생하기 시작했다.

혼란이 들불처럼 번져가고 있을 때, 광세천교도들을 지휘하던 유단이 외쳤다.

"흑영신의 주구들이여!"

그가 결단을 내렸다.

"각자의 신의 이름을 걸고 동맹을 청한다! 동맹 기한은 적을 모두 물리치고 우리들만이 남아 신의 주검의 소유권을 논할 때까지, 혹은 신의 주검을 파괴할 때까지!"

8

유단은 위진국에서 태어났다.

부친이 지은 죄가 되물림되어 태어나면서부터 관노로 살아야 했던 그의 인생은 비참했다. 아버지는 처형당했고, 어머니는 일찌감치 병사한 뒤 다른 이들이 자신을 동등한 인격체가 아니라 자기보다 낮은 가치를 지닌 무언가로 대하는 것을 자연스럽게 여기며 살아왔다.

높은 신분을 가진 자들만이 아니다. 가진 것도 없고 신분도 별 볼 일 없는 자들조차도 유단을 보며 자기보다 더 하잘것없는 존재가 있다는 사실에 저열한 우월감을 즐겼다. 같은 처지에 있는 관노들조차도 유단이 부모 형제도 없다는 사실 때문에 그를 자기들이 마음대로 짓밟고 이용해도 되는 도구 취급했다.

이런 환경에서 자라난 유단은 일찌감치 인간을 보는 시선에서 온기를 잃었다.

그에게는 온 세상이 지옥 같았다. 의지하거나 공감할 수 있는 대상은 아무도 없었고 그저 살아남기 위해 싸워야 할 대상일 뿐이었다.

그는 장성하기도 전에 자신에게 뛰어난 재능이 있다는 사실을 깨달았다.

관병들의 훈련을 조금씩 관찰하면서 얻은 정보를 머릿속에서 취합하는 것만으로도 그들의 무예를 흉내 낼 수 있었던 것이다. 그렇게 힘을 기른 그는 자신들을 핍박하던 관노들을 때려눕혔지만…….

그 대가로 세상이 얼마나 부조리한지를 깨닫게 되었다.

그들이 유단을 핍박하는 것은 괜찮지만 유단이 반항하면 안 되었다. 같은 관노라도 가족이거나 그들의 친인들처럼 매달릴 배경이 있는 자들과 그렇지 않은 유단 사이에는 크나큰 격차가 있었던 것이다.

유단은 관노들을 폭행했다는 죄목으로 형벌을 받았다. 가혹한 태형을 받고, 치료도 받지 못한 채로 지하 감옥에 갇혀서 죽어가던 그가 살아남은 것은 강건한 천성이 일으킨 기적이었다.

그 일로 유단이 인간을 보는 시선에서는 한 줌의 열기조차 남지 않았다.

이 세상은 잘못되었다.

인간들은 모두 죽어 마땅한 자들이다.

그렇게 생각한 그는 더 이상 그들 사이에서 살아갈 이유를 느끼지 못했다.

하지만 그는 관노였다. 이 상황에서 벗어나려면 자신들을 둘러싼 것들을 파괴할 힘이 필요했다.

천부적인 재능으로 무예를 터득하긴 했지만 무공의 진체는 외형을 관찰하는 것만으로는 얻을 수 없다. 그리고 내공심법을 비롯한 무공의 진체는, 설령 그것이 무인들에게는 3류 잡기로 분류되는 것이라 할지라도 감히 관노가 접근할 수 있는 것이 아니었다.

'이미 알고 있는 자에게서 빼앗아야 한다.'

유단은 치밀하게 행동했다.

공들여서 비밀 장소를 만들었으며, 반년간 무슨 짓을 당해도 반항하지 않고 얌전한 태도를 고수했다. 그리고 그곳으로 자리를 비워도 의심의 눈길을 받지 않을 생활 동선을 확보해 두었다.

모든 준비가 갖춰지자 그는 외부에서 온 무인이 술 취했을 때를 노려서 제압, 비밀 장소에 가둬놓고 고문하면서 무공의 진체를 알아냈다.

그리고 이 과정에서 한 가지 기연을 얻게 되었다.

'재미있는 짓을 하고 있구나. 네게는 올바른 믿음을 얻을 가능성이 보인다.'

성지가 토벌당한 뒤 교의 재건을 위해 신분을 위장하고 세상을 돌아다니던 현 광세천교주와 만나게 되었던 것이다.

무인을 습격한 현장을 들킨 유단은 곧바로 그에게 덤벼들었다. 그러나 공격을 가하기는커녕 다가가기도 전에 제압당해서 무릎을 꿇는 귀신에 홀린 것 같은 경험을 하게 되었다.

'똑똑히 기억하라. 이것이 상승무공이다. 네 무재는 열악한 환경에서도 능히 상승무공의 꽃을 피울 수 있는 수준이니 이것을 주마. 이제 세상에 두 권밖에 안 남은 보물이지.'

교주가 준 것은 혼살신공(魂殺神功)의 비급이었다.

글도 모르는 관노가 비급을 가져봤자 제대로 익힐 수 있을 리가 없었다.

하지만 혼살신공의 비급은 요물이었다. 그것은 자신을 보고 무공을 익힌 자들의 영혼을 잡아먹으면서 성장했다. 자신과 접촉한 인간에게 심마를 심어서 필요한 지식을 제공, 무공을 연마하게 하는데 그 과정에서 인간의 영혼을 잡아먹고 자신을 키우는, 그 자체로 요괴나 다름없는 저주받은 마공서였던 것이다.

혼살신공을 익히는 자가 도달할 곳은 두 가지였다. 자아를 잃고 혼살신공의 화신이 되거나, 아니면 심마조차 융화하여 혼살신공 비급에 담긴 염원인 혼살신공의 대성에 이르든가.

유단은 자신에게 심어진 사악한 심마의 명에 따라 사람들을 습격해 그들의 심령을, 정기를 취해가면서 혼살신공을 연마했다. 그리고 어느 정도 힘을 갖춘 시점에서 자신을 핍박했던 자들을 모조리 죽여서 혼살신공의 제물로 삼은 뒤 도망쳤다.

당연히 그에게 현상금이 붙고 추살령이 내려졌다.

하지만 유단은 비급이 제공하는 지혜에 의존, 인적이 없는 곳들을 전전하면서 추적을 뿌리쳤다. 그렇게 세월이 흐르자 그는 혼살신공을 대성하여 비급에 담긴 염원 너머를 개척하는 자가 되었다.

대살성 혼살권으로 흉명을 날리던 그의 존재로 인해서 위진국 오흉마가 육흉마로 바뀔 뻔하기도 했었다. 그러나 폭성검 백리검운의 명령에 따라 황실에서 직접 편성한 추살대가 출진, 천라지망을 구성하고 그를 위기로 몰아넣었다.

그 상황 속에서도 200명 이상을 고혼으로 만든 유단이 죽음을 실감하기 시작했을 때, 천라지망 속을 동네 산책이라도 하듯이 통과해서 다가온 자가 있었다.

'교주의 명을 받아서 왔습니다. 혼살권 유단, 당신은 믿음을 얻었습니까?'

바로 그림자교주 만상경이었다.

그가 내민 구원의 손길을 잡은 유단은 자신의 운명을 깨닫고 광세천교에 투신, 밑바닥부터 공을 세워가면서 칠왕의 자리에까지 올랐다.

9

흑영신교는 광세천교의 동맹 제안을 받아들였다.

둘 중 어느 쪽인가는 해야만 하는 제안이었다. 하지만 궁지에 몰렸으면서도 배타적인 광신이 그런 발상 자체를 떠올리지 못하게 만들었다. 그리고 설령 발상을 떠올려도 그런 제안을 하는 쪽이 상대에게 고개를 숙이고 들어가는 것으로 보인다는 자존심 문제가 발목을 잡았다.

어리석어 보이지만 두 마교 사이에 천 년 넘는 세월 동안 켜켜이 쌓인 증오와 적의를 생각하면 당연한 일이다. 합리적인 선택을 위해 자존심을 버리느니 차라리 죽음을 택할 정도로 그들 사이의 골은 깊었다.

그런데도 이 동맹이 성립한 것은 광세천교의 지휘권자가 유단이었기 때문에, 그리고 두 마교 모두 감정을 넘어설 정도로 절대적인 목표를 갖고 있었기 때문이었다.

'상황을 바꿔야 한다.'

동맹이 성립하자 두 마교의 상황이 한결 나아졌다. 서로를 견제할 필요 없이 적들에게만 온 신경을 집중할 수 있게 되었으니까.

다른 집단이라면 동맹을 맺었어도 언제 뒤통수를 맞을지 몰라서 신경을 곤두세웠을 것이다. 하지만 두 마교는 서로를 증오할지언정 서로에게 있어 신이 어떤 의미인지는 누구보다도 잘 알고 있었다. 신의 이름을 걸고 맹세한 시점에서 그런 불안은 존재하지 않는다.

'하지만 이대로 전황이 유지되면 우리의 패배다.'

유단은 결단을 내렸다.

희생을 두려워하다가는 아무것도 못 하고 패배에 도달할 뿐이다. 설령 이 자리에 있는 모두가 희생되더라도 목표를 달성해야만 한다.

'무엇보다 흉왕이 염마도를 쓰러뜨리고 돌아오기라도 한다면 끝장이다.'

물론 그 반대의 경우는 그들에게 천재일우의 기회가 될 것이다. 하지만 지휘관 입장에서는 긍정적인 변수에 기대하기보다 부정적인 변수에 대비해야 했다.

'부디 이기고 돌아오시오, 염마도.'

유단은 산 너머에서 격전을 펼치고 있을 구윤에게 마음으로 응원을 보냈다. 그리고 형운을 잡기 위한 승부수를 던졌다.

─내가 간다. 이탈 후의 지휘는 혈산군, 당신에게 맡기겠다.

─알겠다.

혈산군은 진본해 때문에 큰 진기 손실을 겪었다. 선두에 투입해 봤자 제대로 활약할 수 없는 상태니 지휘권을 맡기는 편이 나았다.

심호흡을 한 유단이 눈을 부릅떴다. 그의 눈에서 뿜어져 나오는 붉은빛이 강해지며 무극의 권을 전개했다.

그리고 거의 같은 순간에 혈산군도 무극의 권을 발했다. 두 줄기 섬광이 하늘 높은 곳에서 교차했다.

"이 시점에서 만상붕괴를?"

유단과 혈산군의 의도를 파악한 이들이 다들 의아함을 느꼈다. 그들은 무극의 권을 충돌시킴으로써 만상붕괴를 일으킨 것이다.

……!

세계가 내지르는 비명이 울려 퍼졌다.

"큭……!"

다들 그것을 버텨내느라 움직임이 경직되었다.

하지만 쓰러지는 자는 아무도 없었다. 고수들은 자신의 힘으로 버텨냈고, 힘이 미치지 못하는 자들도 군진의 힘으로 보호받았기 때문이다.

하지만 전장은 크게 변화했다.

군진의 힘은 유지되었지만 각 집단들이 깔아둔 술법의 힘들이 싹 쓸려 나갔다. 흑암검수의 검들도 순간적으로 힘을 잃었고, 태양명의 광파결계 역시 흩어져 버렸다.

그것은 이자령과 형운이 지배하던 한기폭풍 역시 쓸려 나갔다는 의미였다.

"음……!"

이자령이 신음했다.

형운과의 상승효과로 지배하던 한기가 반 가까이 소실되었다.

'왜 이런 악수(惡手)를 선택했지?'

하지만 아무리 생각해도 어리석은 선택이었다.

다른 곳이라면 모를까, 이 전장은 수기와 한기로 가득한 곳이다. 만상붕괴를 일으켜 봤자 형운과 이자령은 금세 자신들이 통제하는 한기를 똑같은 수준까지 회복할 수 있었다.

그에 비해 두 마교가 펼쳐 둔 술법들은 그럴 수 없다. 아무리 봐도 자충수인 것이다.

물론 유단도 그 사실을 모르지 않았다. 그의 노림수는 계획을 수행하기 위한 틈을 얻는 것, 그리고…….

'역시 흐린 구름은 고도가 낮아. 한 번만 더 가면 되겠군.'

구름이 있는 고도까지 도달하는 것이었다.

하지만 무극의 권을 최장으로 전개했는데도 구름까지 도달하기에는 짧았다. 유단은 다시 한 번 무극의 권을 전개해서 구름 속까지 도달했다.

'교우들이여, 희생을 헛되게 하지 않을 것이다!'

그가 선택한 전술은 광세천교도들의 출혈을 필요로 했다. 하지만 충분히 그만한 대가를 지불할 가치가 있었다.

그런데 유단이 다음 행동에 나서기 전에 한 줄기 섬광이 그를 꿰뚫고 폭발했다.

유단이 있는 고도는 무려 400장(약 1.2킬로미터), 직선거리라 하더라도 때리기 어려운데 상공이라는 점까지 고려하면 타격 가능한 인물 자체가 극소수였다.

그리고 진본해는 그것이 가능한 인물이었다. 무극해룡시로 유단을 관통, 물리적 파괴력을 동반해서 이중 공격을 펼친 것이다.

하지만 유단은 싸늘하게 웃었다.

'고맙구나. 수고를 덜었어.'

유단은 이 공격을 받아넘겨서 진기 손실을 최소화하는 선택을 하지 않았다. 큰 진기 손실을 각오하고 한 박자 늦게 받아쳤다.

……!

상공에서 또다시 만상붕괴가 터졌다.

이번에는 더 큰 변화가 일었다. 낮게 깔려 있던 구름들이 만상붕괴에 밀려나 흩어지면서…….

"태양광? 저걸 얻겠다고 출혈을 자초한 건가?"

뻥 뚫린 하늘에서 눈부신 햇빛이 쏟아져 내리기 시작했다.

태양빛이 강한 환경 속에서 광세천교도들의 힘은 극대화된다.

어차피 밤이 아니었기 때문에 흑영신교도들이 입는 타격도 크지 않았다. 하지만 그걸 감안해도 손해가 더 큰 선택이었다.

그러나 다음 순간, 지상에서 빛기둥이 솟구쳤다.

대마수 태양명이 일으킨 광파결계가 좁은 권역에 집중되면서 하늘로 상승, 유단을 둥글게 감쌌던 것이다. 그리고 섬뜩한 현상이 일어났다.

"뭐지, 저건?"

다들 술렁거렸다.

유단을 감싼 광파결계가 망막을 태울 듯 눈부신 빛을 발하기 시작했다. 그리고 그로부터 발생한 열기가 주변을 불태우면서 열풍이 휘몰아쳤다.

광파결계 속의 유단의 몸도 빛을 발하기 시작했다. 마치 광파결계와 동화되기라도 하는 것처럼.

"끄으으으윽!"

유단이 이를 악물고 비명을 참았다. 기맥으로 광대한 극양지기가 유입되면서 몸이 불타오르는 것 같은 격통이 일었다.

하지만 그는 웃었다.

'이대로 하늘을 불태워 주지. 과연 그대들의 공격이 태양명에게 도달하는 것이 빠를까, 아니면 우리가 하늘을 불태우는 게 빠를까?'

제103장
천공격투

성운을 먹는 자

1

한서우는 이 전장의 유일한 예지 능력자였다. 기환술사들 중 예지를 좇는 자들이 있긴 했지만 그들의 예지는 즉시적이지도, 한서우의 것만큼 구체적이지도 않았다.

그렇기에 오로지 그만이 명확한 미래를 볼 수 있었다.

지상에서 쏘아 올려진 광파결계가 유단을 중심으로 거대한 힘을 축적한다. 그리고 기술이 완성되는 순간, 작은 태양과도 같은 극양지기의 집결체가 지상에 무시무시한 섬광을 발사할 것이다. 그 일격이 발사되면 이현 주변에 있는 이들은 몰살당한다.

한서우가 전음으로 외쳤다.

─저지하지 못하면 상황이 뒤집어진다! 일단 완성되고 나면 막을 방법이 없어!

토벌 때 이후 한 번도 구현되지 않았던, 칠왕과 대사수의 합공기였다.

영감이 발달하여 광세천의 뜻을 접할 수 있는 칠왕이기에 가능한 일이다. 이 기술을 행하는 대가로 유단도 목숨을 잃겠지만, 칠왕의 목숨은 두 개였다.

한서우의 경고를 들은 연합군의 움직임이 다급해졌다. 광세천교도들을 상대로 맹공을 퍼부으니, 태양명의 광파결계를 잃은 그들에게서 사상자가 속출했다.

투두두두두!

하지만 마치 그런 그들을 보호하듯 흑검들이 날아들었다. 놀랍게도 흑암검수가 광세천교도들을 보호하기 위해 흑검의 일부를 날려온 것이다.

"젠장! 철천지원수였던 놈들이 이제 와서!"

화성 하성지가 신경질을 냈다. 태양명의 광파결계가 거두어졌다고는 하나 군진과 군진이 충돌하고 있는 상황은 변함없다. 아무리 그녀가 고수라도 앞을 가로막은 광세천교도들을 무시하고 태양명에게 도달하는 것은 불가능했다.

"큭……!"

한서우도 다급해졌다.

흑암검수의 공격이 거세졌다. 조금 전까지보다 더 많은 흑검을 전개해서 맹공을 퍼붓는 동시에 흑염랑과 연계, 검붉은 섬광으로 전장 곳곳을 타격했다.

이런 상황이다 보니 한서우와 이자령은 그를 막는 것 이상의 일을 할 수가 없었다.

진본해가 말했다.

"지상에서 태양명을 찌르려고 해서는 늦어. 올라가서 막아야 한다."

"빡빡하겠는데. 하지만 가야겠지."

투덜거린 것은 자혼이었다.

실력만으로 보면 유단이 있는 고도까지 도달할 수 있는 인원은 믿을 수 없을 정도로 많다. 지금 이 전장에는 심상경의 고수들이 발에 차일 정도로 많은 상황이니까.

하지만 그들은 다들 각자의 위치에서 할 일이 있었다. 흑영신교와 광세천교가 목숨을 불사를 각오로 달려들고 있는 상황에서 그들이 빠지면 균형이 무너질지도 모른다.

"제가 가겠습니다. 지원 부탁드립니다."

이현을 돌보느라 한발 물러나 있던 형운이 말했다. 대답을 들을 것도 없다는 듯 진기회복제를 꺼내서 단번에 들이켜고 진기를 운행하자 눈이 차분한 빛을 발했다.

그러자 진본해가 말했다.

"놈의 결계를 깎아내 주지."

"내가 전위를 맡겠어. 결정적인 순간이 올 때까지 힘을 아껴 둬."

자혼이 말을 받았다.

두 사람만이 아니라 그 누구도 이의를 제기하지 않았다. 모두가 형운이 중요한 역할을 맡길 실력자임을 인정한 것이다.

"다섯을 센 다음 간다."

자혼이 차분하게 수를 세었다. 그리고 수를 다 세는 순간 자혼은 무극의 권을 펼쳐서, 형운은 운화로 한순간에 200장(약 600미터) 고도에 도달했다.

쉬쉬쉬쉬쉬!

그런 그들에게 무수한 흑검들이 날아들었다. 그들의 움직임을 읽은 흑암검수가 견제해 온 것이다.

"어딜!"

형운과 자혼이 등을 맞대고 기공파를 난사, 흑검들을 순식간에 요격했다.

하지만 그러는 사이 흑암검수는 흑염랑과 연계, 검붉은 섬광을 쏘아냈다. 어떻게든 둘의 발목을 잡을 셈이었다.

─계속 가라.

그때 지상으로부터 전음이 날아들었다. 그리고 검붉은 섬광이 둘에게 도달하기 전에 날카로운 섬광이 그것을 갈라 버렸다.

"흥."

초후적이 코웃음을 쳤다. 하성지, 혁운련과 교대해서 휴식하고 있던 그가 심도(心刀)로 도움을 준 것이다.

그리고 그 틈을 타서 형운과 자혼이 재차 무극의 권과 운화를 전개, 단번에 유단이 있는 고도까지 날아올랐다.

"큭, 어마어마한 열기군!"

자혼이 신음했다.

화아아아악!

하늘이 온통 불타오르고 있었다.

유단이 있는 지점으로 광파결계가 집결, 빛의 구체를 형성하고 있는데 광량이 어마어마해서 지상에서 보면 마치 두 개의 태양이 떠오른 것처럼 보였다. 가까이서 보는 것만으로도 눈이 불타 버릴 것처럼 압도적인 광량, 그리고 그로부터 비롯된 열기가 가까이 가는 것만으로도 불타 버릴 정도로 압도적인 열풍을 일으켰다.

'목적을 이루기 위해서라면 목숨을 버리는 것 따위는 아무것도 아니라 이건가? 이래서 광신도 놈들은!'

자혼은 전율했다.

충분한 준비를 갖추고 술법을 행하는 경우라면 모를까, 무인이 자신을 그릇으로 삼아 이런 힘을 집결시키는데 무사할 리가 없다. 대파괴의 대가는 분명 유단의 목숨이리라.

칠왕의 목숨이 두 개라고 하지만 과연 그게 의미가 있을까? 이 기술을 발한 직후, 다시 되살아난다 하더라도 여파로 인해서 완전한 죽음을 맞이하게 될 텐데?

쉬이이이이!

그때 형운의 광풍혼이 확장되면서 자혼까지 감쌌다. 자혼은 공기가 호흡 가능한 수준까지 냉각되는 것을 보고 깜짝 놀랐다.

"지금 힘을 낭비하지 마."

"아뇨, 이편이 효율적입니다. 제 쪽이 진기 소모가 훨씬 적어요. 공격에만 전념해 주세요."

형운의 말에 자혼도 납득했다. 극음의 기운을 다룰 수 있는 형운은 보통 사람은 생존 자체가 불가능한 열기 속에서도 적은 부담으로 버틸 수 있었고, 남에게까지 그 효과를 적용하는 것도 별로 어렵지 않았다.

"좋아. 그럼 가볼까. 저걸 열어젖히려면……."

자혼의 내공이 심후하다고 해도 기공파로 열어젖히는 것은 불가능했다.

그녀는 일단 심검을 전개해서 지상에서 태양명이 쏘아 올리고 있는 광파결계를 노려보았다.

"역시."

하지만 소용없었다. 태양명이 광파결계에 쏟아붓는 힘이 너무 막대해서 심검으로 끊어지지 않는다.

자혼은 이번에는 두 개의 심검을 동시에 발해서 유단이 있는 지점을 노렸다. 심검으로는 뚫을 수 없겠지만 만상붕괴라면 어떨까?

……!

두 줄기 심검이 교차하는 지점에서 울려 퍼지는 세계의 비명이 주변의 열기를 쓸어버렸다.

하지만 작은 태양이나 다름없는 광파결계는 만상붕괴마저 버텨냈다. 열기가 어느 정도 깎여 나가기는 했지만 기술이 멈출 정도는 아니었다. 그리고 그렇게 깎여 나간 열기조차도 지상으로부터 이어진 광파결계와 하늘의 태양빛으로부터 받은 힘으로 인해서 금세 회복되어 버린다.

'기술의 완성을 약간 지연시키는 것이 고작인가? 놈이 있는 지점을 직접 칠 수 있다면 모를까, 외부 타격 지점도 정확히 포착할 수 없으니…….'

광파결계 때문에 심검으로도 그 너머에 있는 유단을 직접 칠 수가 없었다. 어떻게든 광파결계를 찢어서 유단을 노출시켜야 한다.

게다가 작은 태양의 광량이 너무 강해서 자혼도 직시할 수가 없었다. 가면을 쓰고, 눈을 감았는데도 눈을 보호하기 위해 따로 조치를 취해야 할 정도다.

그럴 수 있는 수단은 단 하나뿐이다. 자혼이 심호흡을 했다.

쿠우우우웅!

그때 지상으로부터 날아든 섬광이 작은 태양을 쳐서 흔들었다.

진본해의 무극해룡시였다. 한 발로 끝나는 게 아니라 연달아 공격, 충격으로 빛과 열기를 흐트러뜨리면서…….

……!

연쇄적으로 만상붕괴를 일으켜서 한 지점을 깎아냈다.

그 광경을 본 형운은 전율했다.

'엄청나다.'

지상에서 이 고도를 충분한 위력으로 타격할 수 있는 것만으로도 놀라운 일이다. 그런데 진본해는 거기에 그치지 않고 시간차를 두고 쏘아낸 무극해룡시에 상반된 심상을 담아서 한 점에서 계속 만상붕괴를 일으키고 있었다.

"용왕, 이번에는 이름값 하네."

자혼이 여우 가면 속에서 씩 웃었다.

열네 번의 무극해룡시가 쉬지 않고 날아들었고, 일곱 번의 만상붕괴가 일어나면서 작은 태양의 한 지점을 깎아내었다.

자혼은 이 틈을 놓치지 않았다.

그녀는 비수 세 자루를 허공에다 띄워둔 채로 돌진했다. 노리는 곳은 바로 진본해가 깎아낸 지점이었다.

세 자루의 비수가 빛으로 화했다.

—삼극붕괴진(三極崩壞陣)!

각각 다른 심상을 구현한 세 번의 심검이 아주 미세한 시간 차를 두고 한 점을 관통했다.

……!

그 한 점으로 격렬한 만상붕괴가 발생했다. 조금 전까지 잇달아 터진 것보다 압도적인 기세였다.

하지만 자혼은 그것이 터져 나오길 기다리지 않았다. 만상붕괴가 막 발생하는 그 순간을 기적적인 감각으로 포착하여 손에 들고 있던 또 다른 비수로 심검을 펼쳤다.

—만극화(萬極華)!

그러자 만상붕괴가 마지막 심검에 붙잡히듯 한 점으로 수렴하면서 붉은 섬광의 꽃을 피웠다.

우우우우우우!

미처 만극화로 붙잡지 못한 의념의 충격파가 퍼져 나가고 나자 놀라운 일이 벌어졌다. 격렬하게 회전하던 광파결계에 구멍이 뻥 뚫리면서 그 안쪽이 드러난 것이다.

"하아아아아아!"

막 진기를 최대치로 방출한 직후지만 자혼은 망설이지 않았다.

진본해와 그녀가 혼신의 힘을 퍼부은 연계기로 뚫은 구멍조차도 기술 그 자체를 깨지 못했다. 그저 잠시 지연시켰을 뿐이라 가만 놔두면 금세 구멍을 메우고 다시 진행될 것이다.

지금밖에 기회가 없었다. 지금 몰아쳐서 기술을 파훼하지 못하면 속수무책으로 당하게 된다.

'방어는 맡긴다, 형운!'

자혼은 방어를 도외시하고 폭풍처럼 기공파를 퍼부었다. 형운이 자신을 지켜줄 것을 믿기에 할 수 있는 선택이었다.

콰콰콰콰콰!

뚫린 구멍이 벌려지면서 기공파가 안쪽의 유단에게까지 가 닿았다.

'암야살예! 여기까지 오다니, 끈질기군!'

유단은 광파결계와 합일하던 과정을 포기하고 방어에 나설 수밖에 없었다.

화아아아악!

하지만 그에게는 생명을 포기하고 광파결계와 합일하면서 얻은 막대한 힘이 있었다. 그 힘을 방어에 쓰기 시작하자 자혼이 밀리기 시작했다.

쩌적……!

여우 가면에 금이 가는 소리를 들으면서 자혼이 이를 악물었다.

'으윽! 역시 이런 건 내 적성이 아니야!'

그녀의 무공은 자객의 무공이다. 모습과 기척을 감추는 것, 적을 현혹시키는 것, 힘을 빠르게 잠재우고 일으키는 것과 한 점을 꿰뚫는 데 특화되었기 때문에 강한 화력을 내는 데는 상대적으로 취약했다.

'밀린다……!'

그녀의 안색이 창백해졌다. 이미 힘 대 힘의 대결 양상을 강요당하고 말았다. 이대로는 빠져나가지 못하고 압살당한다.

후우우우우우!

하지만 그때 그녀를 휘감고 있던 광풍혼의 기세가 강해지면서 유단의 기공파를 밀어냈다.

형운은 후위에 있던 자혼에게 가해지는 압력을 약화시키면서 앞으로 나오기 시작했다. 그리고 자혼이 빠져나갈 수 있다고 판단하는 그 순간, 마치 그녀의 마음을 읽은 것처럼 공격에 나섰다.

―광풍노격(狂風怒擊)!

형운의 무공 중 최대 화력을 자랑하는 기술이 폭발했다.

콰아아아아아앙!

극양지기와 극음지기가 격돌하면서 대폭발이 일어났다.

공간이 뒤흔들리는 가운데 형운이 튕겨져 날아가는 자혼의 손을 붙잡고 허공에서 자세를 바로잡았다. 그리고 그녀가 호흡을 회복하는 것을 확인한 뒤 놔주었다.

―미안. 뒤는 맡길게.

일거에 힘을 다 써버린 자혼이 그렇게 말하며 지상으로 낙하해 갔다.

―예.

형운은 짧게 대답하며 흩어지는 섬광 너머를 노려보았다.

지상에서 올라오는 광파결계는 끊이지 않았다. 일시적으로 기술의 진행이 멈췄지만 그냥 놔두면 다시 완성에 도달하리라.

결국 유단과 태양명, 둘 중 하나를 쓰러뜨려야 한다. 그러지 않으면 사태가 해결되지 않는다.

2

옳다고 여기는 것을 위해서라면 목숨마저도 초개같이 버린다.

세상에서는 그런 것을 두고 신념이라고 한다.

무척이나 아름다운 울림을 가진 말이다. 누구나 동경할 수밖에 없는, 그것을 가슴에 품고 행동으로 증명하는 삶을 아름답다고 할 수밖에 없는.

'그릇된 뜻을, 악(惡)을 신념이라고 포장하는 추악한 자들이 왜 이리도 많은가.'

그는 탄식했다.

이 세상은 잘못되었다. 추악함을 감추기 위해서 아름다운 것인 양 포장하는 자들이 너무나도 많았다.

진리는 하나뿐이다. 올바른 신념 역시 마찬가지다.

그 외의 모든 것들은 인간이 쌓아 올린 허위에 지나지 않았다. 연옥의 허상에 종속된 죄인들이 자신의 죄업과 고통을 직시하지 못하고 만들어낸 거짓이다.

인간의 주관은 환경에 따라서, 감정에 따라서 얼마든지 변한다. 인간의 정신만큼 신뢰할 수 없는 것이 달리 또 있을까? 그런 정신으로 감히 올바름과 그릇됨을 논할 수 있단 말인가?

인간에게 그럴 자격은 없다. 정의와 선악을 결정할 자격은 오로지 위대한 신에게만 있었다.

'그분의 뜻을 이루기 위해서라면 무엇이든 할 것이다.'

유단은 예전의 삶을 회상했다. 그의 과거는 인간이 얼마나 추악한 존재인지, 이 세상이 얼마나 부조리한지 깨닫는 고행이었다. 연옥의 고난을 이겨내고 진리에 도달했기에 지금의 그가 있다.

그는 자신의 삶이 광세천의 고결한 뜻에 따라 구원받았음을 믿어 의심치 않았다.

연옥의 죄인들 중 누구도 고통받는 그에게 손을 내밀어주지 않았다. 오로지 그를 짓밟고 갈취하는 것에만 관심이 있었다.

위대한 신의 뜻만이, 그리고 그것을 따르는 동지들만이 그에게 손을 내밀었다. 그가 타고난 운명은 가혹했다. 그 운명을 극복한 것은 스스로의 힘과 의지만이 아니었다. 위대한 신의 의지가 고난의 저편에서 그를 인도했기에, 그리고 동지들이 기회를 주었기 때문이다.

'연옥의 죄인을 증오하지 마라. 모두 연옥의 허상에 미혹되었을 뿐인, 구원받아야 할 가련한 자들이다.'

광세천교의 선택된 성자로 불리는 칠왕의 자리에 오른 지금도 유단은 그 가르침을 실천하기 어려웠다. 머리로는 신의 가르침을 되뇌면서도 구세의 뜻을 방해하는 죄인들에게 끝없는 증오가 불타올랐다.

'그래. 너 또한 기회를 얻지 못한 가련한 자일 뿐일 테지.'

유단은 자신의 앞에 선 형운을 향한 증오를 가라앉혔다.

—선풍권룡, 끝까지 방해할 생각이구나.

그는 더 이상 육성으로 말하지 않았다. 의념으로 뜻을 전달해오고 있었다.

그럴 수밖에 없는 상태였다. 그의 몸은 전신이 황금빛을 발하고 있었고 표면에서 열기로 인해 붉은 불길이 넘실거리고 있었다. 도저히 인간으로 보이지 않는 상태다.

형운은 이미 비슷한 상태가 된 존재를 한번 본 적이 있다. 염마도 구윤의 제자, 가한이었다.

'이미 인간으로 돌아오기를 포기했군.'

저 변화는 가한과 달리 유단의 무공 특성과는 무관했다. 광세천교의 칠왕과 수호마수가 지닌 영적 권능이 결합된 결과다.

칠왕의 목숨은 두 개이니 저 상태에서 숨이 끊어진다고 하더라도 다시 부활할 수 있으리라. 하지만 그런다고 한들 계속 생명이 이어질 수 있을까?

그럴 가능성은 희박해 보였다. 아마 유단도 그 사실을 알고 있으리라.

—한기가 올라오기를 기다리나 보군. 그렇게 두진 않는다.

광파결계가 일으킨 막대한 열기의 흐름을 끊은 지금, 형운은 지상에 형성해 두었던 얼음결정들을 불러들이고 있었다. 얼음 결정들이 이 고도에 도달해서 형운이 한기를 대규모로 장악하기 시작하면 유단에게 불리해진다.

무수한 생사의 경계를 넘어온 유단은 위기를 민감하게 감지했다. 열풍이 휘몰아치면서 막대한 열기가 실린 적색의 기공파가 날아들었다.

"음……!"

형운은 곧바로 유성혼을 난사해서 반격하면서 신음했다.

주변에 막대한 기운이 휘몰아치고 있는 상황이라 의기상인과 허공섭물은 효율이 떨어진다. 서로가 밀도 높은 기공파로 화력전을 벌이자 실력의 우열이 명백히 드러났다.

"큭!"

형운이 유성혼의 화망을 뚫고 들어온 유단의 기공파를 쳐내면서 표정을 일그러뜨렸다.

'기공파를 이렇게 다룰 수 있다니……!'

단순히 화력만 비교해도 지금의 유단은 형운의 아래가 아니다. 광파결계와 합일해서 공급받는 어마어마한 힘이 내공 격차를 메우고 있었다.

게다가 그의 공격은 단순히 기공파를 정확하게, 위력적으로 쏴대는 것에 그치지 않았다. 기공파를 소나기처럼 난사하면서도 계속해서 질을 변화시켜 가면서 연계 효과를 일으켰다.

처음에는 분명 비슷한 숫자와 위력으로 공간을 점유했는데 시간이 지날수록 형운이 불리해졌다.

'마구 쏘다 보니 운 좋게 유시(流矢)가 닿는 게 아니야. 노리고 치고 있다.'

유단의 기공파가 형운의 유성혼을 감싸 안듯이 달라붙고, 그것을 다른 기공파가 쳐서 궤도를 바꾸고, 다시 일점 집중해서 계속 쳐내는 것으로 공간을 깎아내면서 형운에게까지 도달하고 있었다. 소름 끼칠 정도로 뛰어난 실력이었다.

그렇게 형운이 차근차근 밀리면서 빈 공간이 드러나는 순간, 유단은 곧바로 승부수를 던졌다.

—혼쇄파랑(魂碎波浪)!

붉은 기공파 한 줄기가 그 공간을 꿰뚫었다.

형운이 광풍혼으로 받아내는 순간 정확히 같은 지점에 또 한 발이, 그리고 미처 대응할 새도 없이 또 한 발이… 겹겹이 수십 발이 쌓이면서 형운을 강타했다.

콰아아아아!

섬광이 폭발했다.

'어, 어떻게?'

하지만 다음 순간 경악한 것은 유단이었다.

형운이 섬광을 뚫고 돌진해 왔다. 완전히 허를 찔러 일점 집중한 그의 공격을 비껴낸 것이다.

'일순간에 자세가 바뀌었다.'

궁지에 몰린 형운의 자세가 마치 시간을 건너뛰기라도 한 것처럼 중간 단계 없이 바뀌었다. 그래서 아슬아슬하게 혼쇄파랑을 비껴낼 수 있었던 것이다.

그리고 전진하는 형운의 손에는 얼음으로 만든 검 한 자루가 쥐어져 있었다.

─유설무극검(流雪無極劍)!

유단이 반응하는 것보다 한 박자 빠르게 형운이 심검을 발했다.

광파결계로 보호받는 지금의 유단에게 심상경의 절예는 통용되지 않는다. 그러나 그 궤적에서 발생하는 한기파동은 어쩔 수 없었다.

콰아아아아!

폭발한 냉기가 주변의 열기를 밀어냈다. 거기에 휘말린 유단이 방어를 위해 기공파를 난사하려는 순간, 그 앞에 형운이 공간을 뛰어넘어 나타났다.

투학!

완전히 허를 찔린 상황이었음에도 유단이 형운의 일권을 방어해 냈다.

생각하고 한 반응이 아니었다. 무심의 영역까지 연마한 무공이, 그리고 무수한 실전 경험이 그를 구했다.

유단이 으르렁거렸다.

—감히 나와 맨손으로 붙어보겠다는 거냐!

"피차 그게 전문 아닌가?"

형운이 냉소적으로 받아쳤다.

3

기공파 대결에서는 형운이 밀렸다. 하지만 격투전이라면 어떨까?

유단 역시 무기에 의존하지 않는 권사로서 위진국에서 대살성으로 불리며 광세천교의 칠왕까지 된 몸이다. 격투전에는 절대적인 자신감을 갖고 있었다. 하물며 지금은 신체 능력이 월등히 상승한 상태가 아닌가?

휘몰아치는 빛과 열기 속에서 둘이 격돌했다. 육신과 육신이 부딪칠 때마다 폭음이 울려 퍼지며 공간이 뒤흔들렸다.

'역시 단단하군!'

유단이 감탄했다.

발 디딜 곳이 없는 허공에서 둘이 어지러운 공방을 벌였다.

유단의 공세는 기공파가 그러했듯이 감각적이고 변화무쌍했다. 매번 타격의 속도와 질이 달라지는 것을 보면 그가 기적적인 감각의 소유자임을 인정할 수밖에 없다.

어지간한 고수들도 그와 싸우다 보면 자신의 감각을 믿을 수 없게 될 것이다. 그는 공방을 나누는 것만으로도 상대방의 감각을 어그러뜨리는 법을 잘 알고 있었으니까.

그러나 형운의 방어는 철벽이었다.

빠르게 몰아쳐도, 현란하게 변화해도, 강맹하게 후려쳐도 흔들림이 없다. 마치 성벽을 상대로 주먹질을 하는 것 같은 착각이 들 정도였다.

'우직하다. 유구한 세월 동안 버텨온 성벽처럼.'

유단은 인내심 대결에 익숙했다. 공격과 방어의 균형을 조절해 가면서 상대방의 감각을 조금씩 어그러뜨리고, 결국 초조해진 상대가 무리한 승부수를 던지게 하는 것은 그가 선호하는 전술이었다.

그런데 형운을 상대로 하니 마치 거울을 보는 것 같았다. 지금까지 자신이 상대해 온 적들이 어떤 식으로 무너졌는지 손에 잡힐 듯이 생생하게 느껴진다.

'참아야 한다. 급한 쪽은 내가 아니다. 저놈이다.'

초조함이 물밀듯이 밀려들었다. 유단은 필사적으로 정신을 다잡았다.

인간의 정신은 늘 외부 요인에 반응해서 흔들리는 수면과도 같다. 혹독한 수련으로 손에 얻은 재주가 통하지 않는 상대를 만났을 때 동요하는 것은 당연한 이치다.

언제나 믿고 있었던 무기의 위력을 믿을 수 없게 된다. 세상 그 무엇도 부술 수 있을 것 같았던 자신의 주먹이 솜방망이처럼 약해진 것처럼 느껴지는데도 냉정함을 유지할 수 있겠는가?

유단은 자신을 둘러싼 상황에 기대어 냉정을 유지하려 애썼다.

쿠구구구……!

무너졌던 광파결계의 힘이 다시 복원되어 간다. 이미 주변은 닿는 것만으로도 몸이 불타 버릴 정도의 열기가 휘몰아치고 있었다.

형운은 이 속에서 생존하는 것만으로도 막대한 힘을 소모해야 한다. 태연한 표정으로 철벽의 방어를 펼치고 있지만 속은 바짝 타 들어가고 있으리라.

'너와 나 누구도 끈기 대결에서 패하지 않는다면, 결국은 내 승리다.'

정신이 무너지지 않더라도 육체가 무너질 것이다.

유단은 그 사실을 확신하며 아낌없이 혼살신공의 절예를 펼쳤다. 그의 몸짓 하나하나 절기가 아닌 것이 없었다. 이 순간, 그는 무인으로서 최고의 경지를 걷고 있었다.

형운은 유단 자신보다도 그 사실을 명확하게 체감하고 있었다.

'대단하다. 내가 본 그 어떤 무인보다도 감각적이야.'

형운이 방어에만 전념하는 이유는 간단했다.

공세로 전환할 여유가 없었다.

거기에는 유단이 통찰한 대로 주변 환경이 주는 압박이 크게 작용하고 있었다. 하지만 그렇다고 하더라도 유단의 기량이 무시무시하다는 것은 부정할 수 없는 현실이었다.

혼살신공은 감각을 중시하는 무공이다. 명쾌한 전투 철학으로 감각과 육체 양쪽을 무장시킴으로써 인간의 한계를 초월한다.

그 과정은 아마 상상을 초월할 정도로 혹독했을 것이다. 인간의 감각 구조 자체를 한번 파괴하고 재구축할 정도의 연마 과정을 거쳤기에 저런 완성도에 도달했으리라.

감각이 먼저 몸을 움직이고 이성이 나중에 따라온다. 그런데 그것이 단순 반사 행동에 그치는 것이 아니라 깊게 생각해서 선택한 것처럼 다양한 변수를 의도해서 유리한 선택지를 만들어 낸다.

이것이 고도의 공방을 나눌 때 발생할 수밖에 없는 감극을 메우고 있었다.

'무심반사경으로도 앞서갈 수 없다. 그렇다면…….'

결국 먼저 비장의 수를 꺼낸 것은 형운이었다.

어느 순간, 현란한 공방의 흐름이 한순간 끊겼다.

'이건……!'

유단이 경악했다.

형운의 동작이 시간을 건너뛰었다.

자신의 공격을 막기 위해 방어 동작이 시작되는 것을 인지한 순간, 갑자기 중간 과정이 사라지면서 방어가 완성되었다.

'내 감각을 비틀었나? 아니야. 내가 인지하지 못하는 시간 따윈 없었다.'

유단은 가까스로 혼란을 수습했다.

만약 그의 감각이 비틀렸다면 원래 예정했던 합이 이루어졌어야 했다. 그의 공격이 날아들고 형운이 막는 식으로.

하지만 실제로는 그의 공격이 성립하기도 전에 형운이 앞서 나와서 동작 그 자체를 봉쇄해 버렸다.

완전히 허를 찔리는 바람에 팽팽하던 공방의 균형이 무너졌다. 형운이 수세에서 공세로 나서서 맹공을 퍼부었다.

'아까 전에도 이거였군!'

형운이 기공파 공세에서 빠져나왔을 때도 그랬다. 형운은 시간을 건너뛴 것처럼 중간 과정 없는 동작으로 허를 찌른 공격을 비껴냈다.

'운화 감극도(雲化感隙道).'

무극 감극도의 열화판이라고 할 수 있는 형운만의 비기였다.

콰콰콰콰콰!

폭음이 울려 퍼지며 형운의 공세가 쏟아졌다.

단번에 입장이 바뀌었다. 수세에 몰린 유단은 필사적으로 형운의 맹공을 방어했다.

'큭!'

겉으로는 티를 내지 않았지만 형운은 초조해졌다.

점점 광파결계의 힘이 강해져 가고 있었다. 이제는 냉기의 광풍혼으로 몸을 휘감고 있는데도 점점 호흡하는 게 어려워진다.

예전에 흑무곡주와 싸웠을 때와 비슷했다. 형운은 무호흡 운동을 강요받는데 유단은 그럴 필요가 없다. 게다가 이 환경 속에서 그는 점점 강해지는데 형운은 버티는 것만으로도 기력이 깎여 나간다.

맹공을 퍼부으면서도 형운은 등 뒤에서 다가오는 파멸의 발소리를 듣고 있었다.

'그것밖에 없어.'

형운은 냉정하게 자신이 패배에 도달하리라는 것을 계산했다.

하지만 그에게는 아직 한 가지 비장의 패가 더 남아 있었다.

문제는 그것이 검증되지 않은 패라는 것이다. 머릿속 한구석에서 귀혁의 가르침이 되살아났다.

'무인이 실전에서 목숨을 걸고 도박하는 거야 어쩔 수 없는 일이다. 하지만 적어도 도박에 쓰는 패는 자신이 완벽하게 신뢰할 수 있는 것이어야 한다.'

그러나 지금은 달리 방법이 없었다. 자신조차도 가치를 확신할 수 없는 패로 도박에 나서야만 한다.

'최악의 경우에는, 나 한 사람이 죽는 걸로 끝나야 한다.'

형운의 눈이 깊게 가라앉았다.

서늘한 결의가 그곳에 자리 잡았다.

이 시도가 실패했을 경우, 최악의 결과는 형운의 죽음이 아니었다.

'죽는다 해도, 사람으로 죽겠어.'

최악의 사태는 사람으로서의 형운이 죽고, 사람이 아닌 다른 무언가가 탄생하는 것이다. 그렇게 될 가능성을 인지하고 있는 형운의 결의는 죽음마저 넘어서 있었다.

문득 생각한다.

'언제부터 이렇게 되었을까?'

4

형운은 자신이 신념을 품은 순간이 언제였는지 기억나지 않았다.

어렸을 때의 그에게는 아무것도 없었다. 부모 없는 고아로서 차가운 세파 속에서 그저 고통받기만 하는 존재였다.

미래에 대한 희망 따위는 없었다. 삶이 매 순간마다 힘들어서 머나먼, 현실감이 없는 아득한 저편을 보며 몽상하기도 했지만 그것이 부질없음은 누구보다도 자신이 잘 알고 있었다.

그 시절이었다면 어땠을까?

'이 빌어먹을 세상 따위 다 망해 버리라지.'

아무도 힘들어하는 자신에게 손을 내밀어주지 않았던 그 시절이라면 그렇게 생각하지 않았을까?

그래서 형운은 이현에게 대예언가 적호연의 이야기를 들었을 때, 그녀가 세상을 파멸의 구렁텅이로 몰아넣었다고 하더라도 이해할 수 있을 것 같았다.

살면서 단 한순간도 힘들지 않았던 적이 없었고 누군가 자신을 구원해 주지도 않았다면, 그랬다면 누군들 세상의 파멸을 꿈꾸지 않을까. 정말로 그녀에게 손을 내밀어준 사람이 아무도 없었다면 세상의 형태는 지금과는 전혀 달랐을지도 모른다.

돌이켜 보면 힘들었던 형운의 어린 시절 역시 다른 누군가에게 받은 기회였다.

얼굴조차 기억나지 않는 부모님은 형운을 살리기 위해 자신들을 희생했다.

두 사람이 구해준 목숨이 있었기에 형운은 귀혁을 만날 수 있었다.

처음에는 자신을 구해준 귀혁이 그저 좋았다. 미래에 대한 희망보다도 그를 실망시키지 않고 싶다는 마음이 힘든 무공 수련을 이겨낼 수 있는 원동력이었다.

시간이 흐른 후에도 그 사실에는 변함이 없었다. 늘 사부를 동경하고, 그의 기대를 배반하지 않기 위해 노력했다.

하지만 이제는 그것만은 아니다.

어느 순간, 형운은 귀혁의 뒤를 졸졸 따라가는 것에서 벗어나 자신만의 길을 찾아서 걷기 시작했다.

하루하루 남들을 두려워하고 눈치를 보고 억지로 웃으며 살아가는 것만이 고작이었던, 무력한 어린아이에게 손을 내밀어준 사람이 있었다.

자신에게 빛나는 가치가 있다고 말해주고 목숨까지 희생해 가면서 기회를 준 사람들이 있었다.

지금의 자신은 그저 스스로의 노력으로 이루어진 존재가 아니다. 많은 사람들이 손을 잡아주었기 때문에, 기회를 주었기 때문에 지금의 자신이 있다.

그런 기억들이 형운의 신념이 되었다. 그 신념을 관철하기 위해서라면 형운은 기꺼이 죽음을 각오할 것이다.

유단은 차갑게 웃었다.

형운의 공세가 점점 늦춰지고 있었다. 아마도 현시대 최강일 내공조차도 정점을 지나 감소하고 있는 기색이 역력했다.

─선풍권룡, 여기까지인가?

하지만 유단은 섣불리 그를 밀어붙이는 대신 방어에 전념했다. 궁지에 몰린 형운이 함정을 팠을 가능성도 농후하다. 버티기만 해도 승리하는 유단에게는 굳이 위험 부담을 질 이유가 없었다.

어느 순간, 형운이 공세를 멈추고 물러났다.

사방이 온통 빛이었다.

어딜 봐도 망막이 타버릴 것 같은 눈부신 빛이 가득해서 아무것도 보이지 않는다. 일월성신의 눈이 아니라면 유단의 모습조차 볼 수 없으리라.

빛과 열기만이 가득한 공간 속에서 형운이 입을 열었다.

"지금 그 선택을 후회하게 될 거다."

─무슨 소리를 하는지 모르겠군.

"곧 알게 될 거야."

형운이 눈을 감았다.

자신이 무슨 일을 하려는지는 아주 잘 알고 있다.

그 일을 하기 위한 심상은 이미 완성되어 있었다. 굳이 존재하지 않는 것을 재현하기 위해 상상력을 동원할 필요까지도 없었다. 왜냐하면 이미 한번 경험해 본 감각이니까.

'실패하면 나는 죽는다. 아니, 통제 불가능한 재앙이 될 거야.'

형운은 심상 속에서 자신의 기억을 되살렸다. 이 세상에서 오로지 자신만이 재현할 수 있는 존재에 대한 기억을.

육신이 기화하기 시작했다.

하지만 무극의 권을 펼친 것은 아니었다. 형운의 육신이 빛을 발하면서 서서히 기화되는 그 광경을 본 유단이 흠칫했다.

'뭐지?'

심상경의 고수인 유단도 이해할 수 없는 현상이 벌어지고 있었다. 서서히, 마치 물이 열기에 증발하듯이 신체가 기화하다니? 그것도 형운이 자의로 그런 상태를 연출한 것이 분명해 보이지 않는가?

형운은 머릿속에 두 가지 심상을 그려내고 있었다.

—나는 모든 것을 녹여낼 수 있는 혼원(混元)이다.

한없이 순수한 기운이라는 것은 인간이 지닐 수 있는 것이 아니다. 생명체의 육신이란 더없이 잡다하고 불순한 기운의 집합체고 형운 역시 마찬가지다.

하지만 형운은 어디까지나 의도적으로 그 상태를 유지하고 있는 것이다. 진심으로 바란다면 역사상 두 번째로 일월성신을 이루었던 존재, 유명후처럼 자신의 신체를 완전한 원기의 덩어리로 바꿀 수도 있었다.

이 순간, 형운은 자신의 기맥에 흐르는 진기부터 원기로 변환하기 시작했다.

그것은 마치 기름에다 불을 붙인 것과 같다. 진기는 기름이고 원기는 불이다. 진기가 남김없이 원기로 변환되고 나면 육신마저도 집어삼키리라.

그렇게 되기 전에, 몸속에 붙인 불을 걷잡을 수 없게 되기 전에 끝내야 했다.

—나는 탐욕스러운 세계다.

그것은 성존이 거하는 성혼좌였다. 삼라만상을 내포했지만 완성되지 못하고 파괴된 그 세계는 한없이 불완전하고, 탐욕스러웠다. 외부 세계의 존재가 들어오면 모든 것을 낱낱이 해체해서 집어삼키려고 들었다.

형운은 더 이상 휘몰아치는 열기로부터 신체를 보호하지 않았다. 피부에 닿은 열기가 급속도로 몸속으로 빨려 들어갔다.

누가 봐도 자살 행위였다.

유단의 경우는 광세천으로부터 부여받은 권능과 태양명의 영능으로 그 힘과 합일하고 있는 것이다. 그 결과 육체가 돌이킬 수 없는 변화를 겪고 있었다.

그런데 아무런 보호책도 없이 그 기운을 흡수하다니?

—이, 이건 대체……?

유단이 경악하는 의념이 들려왔다.

그러자 형운이 눈을 떴다. 서늘하게 가라앉았던 눈이 형형한 빛을 발하고 있었다.

빛과 열기로 이루어진 세계 속에서 형운의 몸이 뚜렷한 존재감을 발했다. 평범한 생명체는 발 들이는 순간 불타 스러질 공간 속에서 형운은 아무렇지도 않게 앞으로 나아갔다.

─넌 대체 무엇이냐?

유단이 믿을 수 없다는 듯 형운을 바라보았다.

그는 광파결계와 합일함으로써 인간의 규격을 벗어난 존재가 되었다. 그렇기에 알아볼 수 있었다.

형운 역시 그와 비슷했다. 차이점은 그는 광파결계의 기운을 적극적으로 흡수하고 있는 데 비해 형운은 자신을 불태우기 위해 와 닿는 기운만을 흡수하고 있다는 것이다.

그리고 그 차이가 낳는 결과는 판이했다.

형운에게로 빨려 들어간 빛과 열기는 그 몸에 아무런 영향도 발휘하지 못했다. 형운이 진기를 원기화해서 일월성신의 특성을 극대화했기 때문이었다. 극단으로 치우친 광파결계의 기운마저도 형운의 기맥에 담기는 순간 모조리 녹아버렸다.

"이미 알고 있을 텐데?"

형운이 차갑게 대답했다.

"너희들의 적, 형운이다."

전신에 힘이 넘치고 있었다. 광파결계로부터 흡수한 힘이 의념으로 통제되는 원기 그 자체로 변환되어서 형운에게 막대한 힘을 부여했다.

그와 동시에 치명적인 자각이 찾아들었다.

'최대한 빨리 끝내야 해. 녹여내야 할 외기가 유입되지 않는 순간이 되면 곧바로 내 몸이 잡아먹힌다.'

더 이상 이 환경은 형운에게 위협이 되지 못했다. 오히려 유명후와 같은 상태로 변할 위협을 막아주는 제방 역할을 했다.

─큭, 이놈……!

당황한 유단이 공격을 날렸다. 광파결계 속에서 극도로 압축된 기공파가 쏘아져 왔다.

—마반극(魔反極)!

순간 형운이 양손을 펼쳐서 그것을 받아냈다. 그러자 기공파가 되튕겨져서 유단을 덮쳤다.

—이런!

당황한 나머지 기질을 변화시킬 생각도 못 하고 충만한 기운 그 자체를 압축해서 쏘아낸 것이 실수였다. 그가 되돌아온 기공파를 비껴내는 순간, 형운이 그 앞에 나타나서 일권을 내질렀다.

—……!

일순간 의식이 끊겼다.

한 박자 늦게 유단은 자신이 하늘을 날고 있다는 사실을 깨달았다.

허를 찌른 일권에 산도 부술 거력이 담겨 있었다. 무심의 영역까지 단련한 방어 기술로 막기는 했지만 그대로 광파결계 밖으로 튕겨 나와서 하늘로 솟구쳤다.

'이런 터무니없는!'

경악한 유단의 눈에 더욱 충격적인 광경이 보였다.

작은 태양의 형상을 한 광파결계 위쪽이 갈라지며 청백색 기운이 뿜어져 나왔다. 마치 알을 내부에서 가르고 나오는 것 같은 광경이었다.

그 틈새로 나온 형운이 문득 다른 방향을 바라보며 놀란 듯 중얼거렸다.

"저건 설마……."

유단은 그 말이 무엇인지 고민할 겨를이 없었다. 형운의 의식이 다른 곳으로 쏠린 그 순간 지체 없이 달려들었다.

─운화 감극도!

순간 형운의 자세가 일순간에 바뀌며 그의 공격을 거칠게 비껴냈다. 비껴낸다기보다는 유단을 붙잡아서 내던지는 것 같은 기세였다.

유단은 돌진하던 것보다 한층 더 거센 기세로 광파결계 속에 처박혔다. 그리고 운화로 공간을 뛰어넘은 형운이 그를 강타했다.

쾅!

폭음이 울리며 그의 몸이 광파결계 속에서 튕겨 다녔다.

콰하핫!

형운의 관수가 유단의 팔을 어깨째로 끊어버렸다.

그 타격으로 형운을 인식한 유단이 몸을 기울이며 발차기를 날렸다. 하지만 소용없다. 운화 감극도로 자세를 바꾼 형운의 반격으로 무릎이 부서져 버렸다.

─크악……!

형운이 말한 대로였다. 유단은 형운이 힘에 부쳐서 물러났을 때 몰아쳐서 끝장을 보지 않은 것을 후회했다.

그 한순간의 선택이 명암을 갈랐다. 형운이 진정한 일월성신의 힘을 일깨우고 날린 일격에 당하는 순간 상황이 완전히 뒤집혀 버렸다.

─이렇게 된 이상……!

유단의 눈이 흉흉한 빛을 발했다.

―너만이라도 여기서 없애겠다!

이제 원래 목표를 달성하기는 틀렸다. 유단은 태양명에게 기술의 진행을 중단할 것을 전하고는 남은 광파결계의 힘을 모조리 자신에게로 집중했다.

이대로 자신을 중심으로 자폭한다. 아무리 형운이라도 이 폭발에서 벗어날 수 없을 것이다.

"그렇게 나올 줄 알았다."

하지만 형운은 동요하지 않았다. 자신을 향한 형운의 차가운 눈을 본 유단은 자신의 판단이 잘못되었다는 사실을 깨달았다.

형운의 몸을 감싸고 순백의 기류가 일어났다. 외기를 흡수해서 변환한 원기였다. 그것과 접촉하는 순간, 해체된 광파결계의 힘이 빠른 속도로 잡아먹히기 시작했다.

―아, 안 돼……! 네 이놈!

유단이 목숨을 희생해 가면서 집중시킨 광파결계의 힘이 형운에게 강탈당하고 있었다.

균형이 무너지는 것은 한순간이었다. 앗 하는 순간 형운이 집어삼키는 기운이 훨씬 많아졌다.

유단은 더 두고 볼 수 없었다. 모인 기운을 폭발시켜서 공격을 날렸다.

'받아치더라도 무사할 수 없을 것이다!'

해일 같은 섬광이 밀려들었다. 하지만 다음 순간, 형운의 행동은 유단의 기대를 완전히 배신했다.

형운의 모습이 사라졌다.

'이 순간에, 이런 선택을 하다니……!'

유단의 눈이 찢어져라 크게 떠졌다.

믿을 수 없는 냉정함이었다. 유단은 형운이 진정한 일월성신의 힘을 일깨운 순간부터 지금까지, 모든 상황이 그가 계획한 대로 흘러갔다는 사실을 깨달았다.

"끝이다."

운화로 공간을 뛰어넘어서 유단의 뒤를 잡은 형운이 속삭였다.

직후 유단은 자신의 몸통이 부서지는 소리를 들었다.

'동지들이여, 미안하다.'

유단은 절망과 안타까움을 느꼈다. 그는 자신이 실패했다는 사실을 받아들였다.

그리고 이어진 일권이 유단의 의식을, 그리고 목숨을 끊어놓았다.

칠왕에게 주어지는 두 개의 목숨조차도 의미 없는 완전한 소멸이었다.

제104장
염마(炎魔)

성운을 먹는 자

1

운명은 공평하지 않다.

누군가는 부유한 집안에서 태어나 사랑받지만 누군가는 태어난 그 순간 오물 속에 버려져 죽어간다. 선악과는 상관없이 부여받는 그 운명이야말로 이 세상이 부조리함을 알려주는 증거였다.

염마도 구윤은 그 부조리함의 극단에서 태어났다.

그는 태어난 순간 죽음을 선고받았다. 하늘로부터, 그리고 인간으로부터.

문명의 빛이 닿지 않는 오지에서 태어난 그는 태어난 후 보름 안에 죽는다고 알려진 저주받은 체질을 타고났다. 염마지신(炎魔之身)이라 불리는 갓난아기는 당장 불타 없어져야 정상일 열기를 품고 태어난다. 그 열기를 버텨내고 생존할 수 있는, 비정상적으로 강인한 육신을 타고나지만 결국은 보름 안에 죽을 운명이다.

그런 육신으로 태어난 것은 하늘이 부여한 운명이리라. 그러나 그 육신은 인간의 의도에 따라서 탄생했다.

중원삼국 바깥에는 지금은 잊힌 고대신의 흔적이 남아 있었다. 오지의 인간은 경쟁 부족과 싸우기 위해 문명사회의 인간이 끔찍하게 생각할 금기를 아무렇지도 않게 범했다.

염마지신은 그들의 지배 계층에게 강력한 힘을 부여하는 제물이었다.

죄를 지은 일족의 여자를 모태로 삼아서 염마지신을 탄생시킨다. 그리고 염마지신의 힘이 최고조에 달했을 때, 죽음이 가까워온 순간 그 정혈을 취함으로써 힘을 얻는다.

끔찍한 식인 행위였다. 그러나 문명사회 바깥에서는 흔하게 찾아볼 수 있는 야만의 일부였다.

세상을 제대로 인지하기도 전에 죽을 운명이었던 구윤을 구원하고 이름을 준 것은 광세천교의 칠왕이었던 사부였다. 그는 일양신화공을 전수할 전인을 찾아 구윤을 죽음으로부터 구해냈다.

그렇게 구원받은 구윤에게는 광세천교가 삶의 방식이며 또한 목적이 되었다.

2

화르르륵……!

사방이 온통 불길로 가득했다. 숲이 통째로 불타면서, 정상적으로 일어난 산불보다 월등히 거센 기세로 일어난 화마가 열풍을 불러일으켰다.

인간이 살아 숨 쉬는 것조차 허용되지 않는 열기가 공간을 지배했다. 그 속에서 구윤이 말했다.

"구주께서는 너희를 증오하지 말라고 가르치셨다."

그 앞에는 전신에 휘감은 푸른 기류로 불꽃과 열기를 막아내고 있는 귀혁이 있었다.

"이제 와서 나를 상대로 포교라도 할 셈이냐? 너희 교의 대적이라고 불리는 내게?"

귀혁이 냉소했다.

둘 다 멀쩡한 모습은 아니었다.

옷이 너덜너덜해지고 전신에 부상을 입었던 흔적이 있었다. 육체를 이루고 있는 기조차도 뜻대로 다룰 수 있는 경지에 이른 자들이기에 상처를 재생했을 뿐이다.

구윤이 호박색 눈동자를 불태우며 말했다.

"나는 그분의 사도로서 늘 그 가르침을 되새기고 따르기 위해 노력하고 있다. 그러나 네놈을 떠올릴 때마다 깨닫고는 하지."

"무엇을?"

"나 또한 연옥의 죄인으로 타고난 존재라는 것을. 아직도 내 안에 인간적인 무언가가 남아 있다는 사실이 경이롭군. 흥왕, 나는 너를 증오한다."

귀혁은 구윤을 구원하고 올바른 길을 제시해 준 사부를 죽였다. 뿐만 아니라 구윤의 모든 것이라고 할 수 있는 광세천교를 파멸의 구렁텅이로 몰아넣은 재앙이다. 세상 모든 악의를 용서할 수 있다고 해도 귀혁에 대한 증오를 거두는 것만은 불가능했다.

귀혁이 대답했다.

"낯 뜨거운 고백이로군. 하지만 네 증오의 구애는 받아줄 수 없다."

"걱정할 것 없다. 어차피 네가 선택할 수 있는 일이 아니니까."

구윤이 재차 진기를 끌어 올렸다.

둘의 싸움은 팽팽한 접전이었다. 둘의 손짓이 태풍이 되고 발짓이 지진을 일으키는 신화적인 격투였다.

지난 토벌 이후 30여 년 동안 구윤은 귀혁을 능가하기 위해 절치부심했다. 단 하루도 무인으로서 게으름을 부리지 않고 치열하게 노력해 왔다.

그런데도 아직 귀혁의 기량을 넘지 못했다. 구윤은 이곳이 불탈 것이 많은 숲이 아니었다면 지금쯤 귀혁에게 패해 죽었을 것임을 인정할 수밖에 없었다.

하지만 실전의 승패는 실력만으로 정해지는 것이 아니다. 목숨을 건 싸움에서 환경이 불리했다는 변명 따위는 무의미하다.

"위대한 광세천의 뜻이 나를 가호한다. 여기가 네 무덤이 될 것이다, 흉왕."

"자기 머리로 세상을 판단하길 포기한 놈답군. 가련하다고는 하지 않으마. 이해할 지성조차 없을 테니까."

평정을 가장하고 있었지만 귀혁도 지쳤다.

이곳은 구윤에게 절대적으로 유리한 전장이었다. 본신 내공과 무인으로서의 기량, 양쪽 모두 귀혁이 우위였는데도 계속 몰리고 있었다.

그러나 구윤 역시 초조했다.

'이대로 전투를 질질 끌 수는 없다.'

전투의 저울추가 그에게 기울어 있다고 하더라도 결정적이지는 않다. 귀혁은 마음만 먹으면 얼마든지 몸을 뺄 수 있었고, 그렇게 시간을 끈다면 이현이 목적을 이루고 말 것이다.

'그것만은 반드시 막아야 한다.'

구윤은 마침내 비장의 패를 꺼내 들 합리적인 이유를 얻었다.

그는 일반적인 무인이 진기를 담는 방식과는 별개로 체내에 막대한 극양지력을 비축해 두고 있었다. 오로지 특정한 환경에서만 비축이 가능했기에 그 힘을 쓰는 것을 신중하게 결정했다. 개인적인 감정만으로는 그 힘을 쓸 이유가 될 수 없었다.

─염마령(炎魔令)!

형운이 봤다면 가한을 떠올렸을 것이다. 가한이 죽기 전 보여줬던 전투 형태가 바로 이것이었다.

다만 가한과는 비교도 할 수 없을 정도로 완성도가 높다. 구윤의 육신이 불의 화신으로 변했지만 목숨을 담보로 하지는 않았다. 비축해 둔 기운을 다 쓰고 나면 원래의 상태로 돌아갈 수 있었다.

"모든 면에서 사부를 능가했구나. 비장의 패까지도."

귀혁은 이미 염마령에 대해서 알고 있었다. 구윤의 스승과 싸울 때 겪어봤기 때문이다.

그 경험을 통해 귀혁은 한 가지 연구 과제를 얻었다. 그리고 지금, 자신의 연구 방향성이 틀리지 않았음을 확인했다.

'심상계를 이용하고 있다.'

염마령으로 화한 구윤에게서 터져 나오는 극양지기는 체내에 존재하던 것이 아니었다. 주변의 기운을 흡수한 것도 아니다. 갑자기 하늘에서 뚝 떨어지는 것처럼 나타났다.

귀혁은 확신했다. 구윤은 특수한 환경에서 심상계에 극양지기를 비축했다가 염마령을 발동할 때 해방하고 있다.

'이론적으로 이해하고 쓰고 있는 게 아니겠지. 아마도 광세천으로부터 받는 영감으로 도달한 경지일 터.'

구윤은 심상계의 개념조차 모르면서도 본능적으로 그 힘을 이용했다. 대부분의 영수가 자신의 능력을 이성적으로 이해하지 못하면서도 쓸 수 있는 것과 비슷하다.

귀혁이 웃었다.

"그 인내심에 찬사를 보내마. 기다리다가 내가 먼저 지칠 뻔했군."

─무슨 뜻이지?

구윤은 의아해하면서도 공격을 가했다.

염마령이 된 그는 조금 전까지와는 전혀 다른 존재다. 주변의 불과 혼연일체가 되어서 귀혁에게 폭염파동을 날렸다.

화아아아악!

한순간에 그 궤도에 있는 나무들이 죄다 검은 덩어리가 되어서 날아가 버렸다.

그러나 그 첨단이 귀혁에게 도달하는 순간, 섬광이 치솟았다.

―무극 반극경(無極反極鏡)!

해일처럼 내달리던 폭염파동이 모조리 빛으로 화했다. 그리고 다음 순간 궤도가 정반대로 꺾여서 구윤에게 되돌아갔다.

―무의미하다.

구윤이 비웃음을 흘렸다.

아까 전까지의 그라면 모를까, 염마령이 된 그는 말 그대로 불의 화신이다. 불은 그에게 해를 입히기는커녕 양분이 될 뿐이다.

"그렇군."

귀혁은 조금도 당황하지 않았다. 대신 심상계에 저장해 두었던 두 자루 단검을 소환해서 심검을 펼쳤다.

……!

만상붕괴가 일어나면서 그의 주변에서 휘몰아치던 화마(火魔)가 밀려났다.

물론 일시적인 현상에 불과했다. 지금 이곳은 구윤이 지배하는 불지옥이라고 해도 과언이 아니니까.

하지만 귀혁이 노린 것도 딱 그 정도였다. 귀혁은 불길이 밀려나는 그 순간 또 한 자루의 검을 소환해서 재차 심검을 펼쳤다.

—광풍무극검(光風無極劍)!

한 줄기 섬광이 구윤을 가르고 지나갔다. 그리고 그 궤도를 따라서 무시무시한 풍압이 터졌다.

콰아아아아앙!

마치 광풍혼을 응축했다가 일거에 해방시킨 것 같은 폭발이었다.

만상붕괴에 밀려났던 화마가 다가오기도 전에 폭풍이 그 자리를 차지했다. 그리고 귀혁이 그 폭풍을 광풍혼과 융합시키면서 돌진해 왔다.

—큭……!

"나를 철저하게 연구해 온 성의는 인정하마."

앞선 싸움에서 구윤은 철저하게 귀혁을 연구했음을 증명했다. 감극도를 공략하기 위해 압도적인 화력을 퍼부어댔고, 광풍혼을 막기 위해 의도적으로 불꽃을 흡수시켜서 오염시키는 신묘한 기술도 보여주었다.

"이제는 내 성의를 보여주마. 일양신화공 대책을 많이 연구했으니 어디 한번 채점해 보거라."

불의 화신이 되었어도 구윤은 도객이었다. 불꽃을 휘감은 그의 도가 귀혁의 돌진을 저지했다.

투아아아앙!

그러나 지금의 귀혁은 폭풍을 응축해서 휘감고 있는 것이나 마찬가지였다. 격돌 순간 무시무시한 압력이 터지면서 구윤을 날려 버렸다.

꽈아아앙!

구윤이 땅에 처박혀 튕기면서 폭음이 울려 퍼졌다.

"이건 실패로군."

귀혁이 혀를 찼다.

일격으로 날려 버린 것은 좋은데 실속이 적었다. 피와 살로 이루어진 육신이었다면 타격이 컸을 테지만 염마령은 신체를 구성하는 기운 일부가 흩어졌을 뿐이었다. 게다가 일격으로 너무 멀리 튕겨내는 바람에 불꽃을 밀어낸 공간 밖으로 떨어졌다.

―멋지군. 하지만 같은 방법은 통하지 않을 것이다.

구윤이 으르렁거렸다. 확실하게 한 방 먹었다. 하지만 똑같은 수법으로 덤벼온다면 얼마든지 대처할 자신이 있었다.

귀혁이 심드렁한 표정을 지었다.

"실패라고 말하지 않았느냐? 내가 실패한 방법에 집착하는 사람으로 보였다면 유감이구나."

―또 어떤 재주가 있는지 구경해 주지. 힘내보아라, 광대!

구윤이 이중심상을 구현한 심도를 펼쳐서 귀혁을 타격했다. 귀혁은 가뿐하게 받아넘겼지만 그 궤적을 따라서 작렬하는 폭염은 어쩔 수 없었다.

"음……!"

귀혁이 만든 빈 공간을 다시 불이 가득 채웠다.

형운이 겪은 것과 똑같은 상황이었다. 귀혁은 생존하는 것만으로도 막대한 힘을 소모해야 하는 데 비해 구윤은 압도적인 힘을 얻는 환경이 구축되었다.

하물며 지금의 구윤은 완전한 불의 화신이다. 심상계에 저축해 두었던 막대한 극양지력을 해방한 그는 전장에 강림한 흑암검수와 태양명, 두 대마수조차 능가하는 힘을 휘두르고 있었다.

화아아아악!

천지사방이 온통 불로 가득 찼다. 어딜 봐도 지옥 같은 불길만이 가득했다.

"난 너 같은 존재와 싸워본 경험이 많은 편이다."

귀혁은 끊임없이 화염기류의 맥을 끊어서 빈 공간을 만들어가면서 이동했다. 하지만 그것도 임시방편에 불과했다. 이 전장은 이미 구윤이 지배하는 불지옥이니까.

"그래서 좀 지겹군."

─여전히 혀가 매끄럽게 돌아가는구나. 하긴 숨이 끊어질 때까지도 그렇겠지?

불지옥 속에서 불꽃의 유성들이 쏟아져 내렸다.

콰아앙! 콰콰콰콰콰⋯⋯!

수백 장을 초토화시키는 화력이었다.

귀혁은 일일이 대응하는 대신 무극의 권으로 타격 지점을 빠져나왔다. 그 짧은 순간 최적의 효율을 판단한 것이다.

하지만 귀혁에게 선택지를 강요한 구윤은 그 행동을 예측하고 있었다. 귀혁이 육화하는 순간 측면에서 뛰어든 그가 불꽃을 휘감은 태도를 휘둘렀다.

투학!

귀혁이 아슬아슬하게 일권을 날려 태도의 궤도를 바꿨다.

한 발씩 물러났던 둘이 거의 동시에 서로를 향해 뛰어들었다.

그리고 격돌, 격돌, 또 격돌한다.

일권일도가 산을 부수고 대지를 엎어버릴 위력을 담은 필살의 공격이었다. 그런 위력으로 서로 격돌하고 있는데도 둘은 여력이 다하기는커녕 점점 더 빨라져 갔다.

어느 순간 귀혁의 낯빛이 변했다.

그는 숨조차 쉴 수 없는 상황 속에서 무호흡 운동을 강요당하고 있었다. 염마령이 된 구윤은 신체 능력이 대폭 상승해서 귀혁이 무심반사경으로 앞서가는 것조차 용납하지 않았다.

'이제 남은 패는 하나뿐이겠지. 와라!'

구윤이 차갑게 웃었다.

환경의 유리함을 철저하게 이용, 상대방의 선택지를 제약했다. 당연하면서도 현명한 전술이었다.

이 상황 속에서 귀혁이 선택할 수 있는 수단은 하나뿐일 것이다.

'무극 감극도! 그 놀라운 기술도 내 손에 무너질 것이다!'

3

그림자 교주를 통해서 무극 감극도의 정보를 입수했을 때, 구윤은 경탄할 수밖에 없었다.

시간을 뛰어넘어 자신이 원하는 순간에 원하는 상태를 구현한다.

그야말로 무인이 꿈에 그리는 이상 그 자체가 아닌가?

그러나 무극 감극도가 무인의 이상이라면, 지금 구윤이 구축한 전장 역시 전술적 이상이다. 지금이라면, 귀혁에게 선택지를 강요할 수 있다면 무극 감극도조차도 깨부술 수 있었다.

그리고 그것은 곧 이 싸움의 결말이 될 것이다. 절대적으로 자신하는 무기가 깨진다면 아무리 귀혁이라도 더 이상 냉정할 수 없을 테니까.

문득 귀혁이 말했다.

"내가 왜 지겹다고 했는지 전혀 이해하지 못했군."

—뭐라고?

"정말이지……"

귀혁이 한숨처럼 말했다.

"…발전이 없구나."

그리고 귀혁이 빛으로 화했다.

—쌍성무극(雙聲無極)!

한 사람이 무극의 권을 펼쳤는데 두 줄기 섬광이 뻗어 나왔다. 그리고 그것이 구윤의 몸속에서 교차했다.

'이런 식으로 만상붕괴를 일으키는 것으로 염마령을 공략할 수 있다고 생각한 것인가?'

각각의 섬광이 상반되는 심상을 구현해서 만상붕괴를 일으킬 셈이다.

구윤은 순식간에 귀혁의 의도를 읽어냈다. 염마령으로 화한 그는 의념으로 통제되는 극양지기의 덩어리나 다름없다. 체내에서 만상붕괴를 일으킨다면 그 통제가 무너지면서 자멸

할 수도 있으리라.

―흉왕, 나를 얼마나 얕보는 거냐!

그러나 구윤 역시 심상경의 절예를 심즉동으로 펼쳐내는 경지에 이른 고수였다.

구윤은 두 심상이 충돌해서 만상붕괴가 일어나는 것보다 빠르게 대응했다. 심상경의 영역에서 펼쳐진 절묘한 방어가 두 줄기 섬광을 아무 일도 없었던 것처럼 흘려냈다.

"호오, 역시 유명후 그 애송이와는 다르군."

귀혁은 그 결과에 놀라지 않았다. 염마령이 된 구윤의 상태는 폭주한 일월성신이었던 유명후와 비슷한 구석이 있었다. 그래서 그때 쏠쏠하게 재미를 봤던 풍성 초후적의 수법을 흉내 내어 펼쳐봤지만 결과는 그저 약간의 시간을 버는 정도에 그쳤다.

그리고 그것이야말로 귀혁이 바랐던 결과였다.

다음 순간, 하늘로 솟구친 섬광 한 줄기가 세상을 둘로 쪼개 놓았다.

'뭐지?'

불꽃 속에서도 선명하게 존재감을 드러낼 정도로 밝은 빛의 선이었다. 인간의 팔뚝보다도 가늘지만 대신 무극의 권과 달리 한순간만 빛났다가 스러지지 않는 지속력이 있다.

그로부터 비롯된 현상은 구윤에게 뒤통수를 망치로 때리는 듯한 충격을 선사했다.

'만상붕괴가……'

그 선을 중심으로 만상붕괴가 일어났다.

소리가 사라지고, 색이 사라지고, 이윽고 사물의 윤곽조차
도 흐릿해지면서 모든 것이 혼돈으로 화했다.

구윤에게는 익숙한 현상이다. 놀랄 이유가 없었다.

그런데도 놀라는 이유는…….

'…지속된다?'

빛의 선을 중심으로 만상붕괴가 지속되고 있었기 때문이
다.

심상경의 절예가 충돌하는 여파가 클수록 만상붕괴도 오래
지속되게 마련이다. 그러나 지금 일어나는 만상붕괴는 규모
와 기세로 보면 그렇게 대단치 않았다. 그저 끊이지 않고 지속
되고 있다는 점이 놀라울 뿐이다.

의념의 충격파가 불꽃과 열기를 밀어내었다. 색도, 소리도
사라지고 세상의 윤곽조차 붕괴한 혼돈 속에서 오로지 귀혁
만이 뚜렷한 모습으로 걸어오고 있었다.

─도대체 무슨…….

구윤의 경악성은 귀혁에게 닿지 않았다. 만상붕괴가 지속
되는 상황에서 상대에게 의사를 전하려면 그만큼 많은 힘을
소모해야 하리라.

귀혁 역시 구윤에게 들리지 않을 것을 알면서 중얼거렸다.

"천단멸쇄진(天斷滅碎陣)."

전장의 정보가 외부의 관측자에게 넘어가는 것을 막기 위
해 귀혁이 창안한 기술 천단(天斷).

천단멸쇄진은 그것을 변형, 발전시킨 기술이었다.

귀혁은 혼잣말처럼 중얼거렸다.

"이놈이나 저놈이나 나를 상대하겠다고 똑같은 공략법을 들고 나오더구나. 마치 옷만 바꿔 입고 다른 인물이라고 주장하는 것을 보는 기분이었다. 내가 얼마나 지긋지긋했는지 네놈은 상상도 할 수 없을 거다."

두 마교가 다시 준동한 이후, 그들이 귀혁을 상대로 보여준 공략법은 다들 똑같았다.

'귀혁과 대등하게 격투전을 벌일 수 있는 신체 능력을 갖춘다. 그리고 무슨 수를 써서든 감극도를 깰 물량 공세가 가능한 화력을 구현해서 무너질 때까지 몰아친다.'

귀혁을 기술전으로 이겨보겠다는 발상은 아예 배제되어 있었다.

기술로는 도저히 귀혁을 능가할 자신이 없다. 9심 내공을 갖춘 귀혁을 내공으로 능가하는 것 역시 불가능에 가깝다.

그러니 기술로 뒤져도 버틸 수 있는 초인적인 신체 능력을, 그리고 단기적으로라도 좋으니 9심 내공을 지닌 귀혁조차도 능가하는 압도적인 물량을 갖춘다.

그 목표를 실현하기 위한 형태는 다들 달랐다. 하지만 외피만 다를 뿐이고 내용물은 똑같았던 것이다.

귀혁은 매번 다른 놈들이 똑같은 짓을 하는 것을 상대하다가 생각했다.

'지겹군. 정말 지겨워.'

자신을 죽일 수도 있는 적들을 두고 이 무슨 오만방자한 생각인가 싶지만, 그것이 그의 천성이었다.

'이놈들에게 새롭고 창의적인 답을 내지 않으면 안 된다는 것을 알려줘야겠어.'

몇 번이나 적의 도전을 물리쳤는데도 놈들의 행태가 변하지 않았다.

'비록 이번에는 실패했지만 우리가 생각한 방향성이 틀린 것은 아니다. 그저 완성도가 부족했을 뿐이다. 충분한 완성도를 갖춘다면 분명 귀혁을 무너뜨릴 수 있다.'

그렇게 생각하고 있다는 것이 뻔히 보였다.

'그 생각을 근본부터 부숴주지. 네놈들아 틀린 방향을 향해 전력으로 질주하고 있었다는 사실을 인정하고 좌절하게 만들어주겠다.'

아무리 귀혁이 뛰어난 무인이라도 압도적인 물량 공세 앞에서 무슨 대책이 있겠냐고 물을 수도 있으리라. 현실적으로 생각하면 당연히 대책이 없다. 병법가에게 물으면 애당초 그런 상황에 몰리지 않도록 해야 한다고 대답할 것이다.

그러나 적들은 끊임없는 연구 끝에 홀몸으로도 다수와 필적하는 물량 공세를 구현하는 데 성공했다. 이런 상황 앞에서 병법가의 이론 따위는 아무런 의미가 없다.

절대 깨지지 않는 무적의 기술 따위는 없다. 적이 자신에 대한 공략법을 찾아냈다면, 자신은 그것을 능가할 방법을 찾아내야 한다.

'놈들은 아무리 현재의 나를 보여줘도 과거의 나만을 보고 있다. 과거의 나를 공략하면 현재의 나 역시 무너진다고 보는 것이다.'

귀혁은 그 사실이 너무나도 불만스러웠다. 오기와 집념으로 연구에 매진했다.

그 결과 천단멸쇄진이 탄생했다.

기본적인 원리는 천단과 같다. 다만 만상붕괴의 기세가 훨씬 강하다는 차이점만이 있을 뿐이다.

극히 단순한 변화로 보이지만, 이것을 실전에 써먹기 위해서는 반드시 해결해야만 하는 난제가 있었다.

바로 만상붕괴의 기세를 높이면 천단의 지속 시간이 빠르게 줄어든다는 점이다.

'그렇다면 지속이 끊기기 전에 또 만상붕괴를 일으켜서 상태를 지속시키면 되지 않을까?'

처음에는 이런 발상으로 접근했다. 하지만 실패였다. 그저저 상태를 지속시키는 게 아니라, 기술을 한번 펼친 후에는 신경을 끄고 전투에만 전념할 수 있어야 했기 때문이다.

고뇌하던 그에게 영감을 준 것은 의외의 인물이었다.

'양의심공! 그렇군!'

바로 천유하와의 만남이, 그가 계승한 일야신공의 존재가 귀혁에게 난제를 타파할 영감을 주었다.

무학자로서 다재다능함이 극한에 이른 귀혁은 양의심공 계통의 무공도 익히고 있었다. 하지만 그것을 본신 무공으로 활용하지는 않았다. 구현할 수는 있었지만 적성에 맞지 않아서

염마(炎魔) 279

만족스러운 효율이 나오지 않아서였다.

귀혁은 자신이 알고 있는 양의심공 계통의 무공들을 용도에 맞게 개조했다.

이 과정에는 천유하와 일야신공의 개선을 위해 논의하는 시간이 큰 도움이 되었다. 비록 미숙하다고는 하나 천유하 역시 무공에 대한 이해도가 탁월했고 귀혁과 논의하는 과정에서 종종 놀랍고 신선한 발상을 보여줬기 때문이다.

그 결과 귀혁은 오로지 천단멸쇄진을 구현하는 데만 특화된 양의심공을 구현할 수 있었다.

"물론 시간을 두고 연구하면 무궁무진한 응용이 가능할 테지. 하지만 지금은 이것으로도 충분하다. 절감되느냐? 30년 노력이 허사였다는 것이? 이 공간에서는……."

귀혁이 차갑게 웃었다.

"…오로지 격투로 싸울 수밖에 없을 것이다."

구윤은 그의 말을 듣지 못했다. 그러나 지금 자신이 처한 상황 앞에서 전율할 수밖에 없었다.

천단멸쇄진은 구윤이 구축한 전장의 이점을 송두리째 앗아 갔다.

거센 만상붕괴가 지속되는 한 화력전은 불가능하다. 기공파도, 의기상인도, 허공섭물도, 격공의 기마저도 비바람 앞의 촛불 같은 신세가 되고 만다.

물론 그것조차 넘어설 정도로 막대한 힘을 밀집시킨다면 기공파로 타격하는 게 가능하긴 하리라. 하지만 그런 행위는 그야말로 1의 효과를 얻기 위해 100의 힘을 쏟아붓는 낭비다.

즉 지금 이곳에서 유효한 것은 사실상 격투와 심상경의 절예뿐이다.

"자, 이제 입장이 역전된 것 같군. 그 쓸모없는 염마령을 계속 유지하고 있을 테냐?"

귀혁이 조소하며 뛰어들었다.

펑!

첫 일격으로 구윤의 팔이 반쯤 끊어졌다.

뒤이어 날아드는 하단돌려차기가 구윤의 무릎을 부서뜨린다. 이어지는 권격이 구윤의 태도를 비껴내면서…….

퍼엉!

거기서 발출된 권기가 구윤의 얼굴을 강타했다.

─크, 으윽……!

고개를 뒤로 젖혀 피했는데도 권기에 맞은 것이다.

정상적인 상황이었다면 머리통이 부서졌어도 이상하지 않으리라. 하지만 만상붕괴 속이었기에 고밀도로 농축된 권기조차도 가벼운 타격에 그쳤다.

'설마 이런 식으로 염마령을 공략할 줄은……!'

자신이 지배하는 불지옥 속에서 염마령은 인간 형태일 때보다 강건하고 압도적인 신체 능력을 자랑하는 존재였다.

그러나 천단멸쇄진 속에서 염마령은 인간일 때보다 훨씬 불안정하고 취약한 존재로 격하되었다.

거센 의념의 격류가 몸을 이루는 극양지기의 통제를 흐트러뜨리기 때문이었다. 형태를 유지할 수 없을 정도는 아니지만 움직이려고 하면 마치 거센 물결 같은 저항력을 느껴야 했다.

'처음부터 완전히 놈의 손바닥 위에서 놀아났다.'

구윤은 자신이 치밀하게 설계된 함정에 빠졌다는 사실을 깨달았다.

귀혁은 그가 비장의 패를 끌어내길 기다리고 있었다. 그리고 승리의 확신에 빠진 순간, 돌이킬 수 없는 덫으로 몰아넣은 것이다.

쾅! 콰하하핫!

그 사실을 깨닫는 동안 귀혁의 공격이 세 번이나 정타로 들어왔다. 몸이 폭발하듯 터져 나갔다가 가까스로 재구성되길 반복한다.

"너희들은 게으른 강자의 표본이다. 네놈 사부나 너나 아무런 의심도 없이 선대의 성과를 맹신할 뿐이지. 이제 자신이 얼마나 방만하게 시간을 허비했는지 깨달을 시간이다."

귀혁은 일부러 목소리에 진기를 실어서 구윤에게 전달했다.

―흥왕!

구윤은 격노했다.

지난 30여 년간 귀혁을 이기기 위해 최선을 다했다. 단 하루도 허투루 보내지 않았다고 자부해 왔다.

이 전장에서 그 성과를 증명할 수 있다고 확신했다. 바로 조금 전까지만 해도 그리 믿어 의심치 않았다.

그러나 그 모든 것이 귀혁이 의도한 착각에 불과했다는 사실을 깨달았다. 아무리 구윤이라도 동요하지 않을 수 없었다.

―인정할 수 없다! 나는 위대한 광세천의 뜻을 대변하는

자! 한낱 연옥의 죄인인 너 따위가······!

"말이 많군. 헛소리를 떠들어대기보다 할 일이 있지 않느냐?"

귀혁이 연달아 정타를 꽂아 넣으며 구윤을 조롱했다.

인간 형태였을 때 이 정도 공격을 받았다면 벌써 끝났다. 하지만 염마령은 거대한 기운의 군집체다. 천단멸쇄진 속에서 제대로 싸울 수 없는 대신 이렇게 두들겨 맞아도 치명상을 입지 않았다.

하지만 그렇다고 해서 여력이 무한한 것은 아니다. 귀혁의 공격은 착실하게 타격을 누적시키고 있었다.

─이노오오옴!

구윤이 격노했다. 활화산처럼 폭발하는 분노가 정신의 흐트러짐을 압도하는 집중력을 만들어냈다.

그의 몸이 불꽃의 궤적이 되어 귀혁을 관통했다.

"그렇게 나와야지."

신도합일의 일격을 귀혁은 가볍게 받아넘겼다.

구윤은 그 사실에 동요하지 않았다. 그 역시 애당초 귀혁에게 타격을 주기 위해 신도합일을 펼친 것이 아니었기 때문이다.

그가 염마령에서 다시 인간의 몸으로 돌아왔다. 붉은 머리칼이 휘날리고 체내에서 발생하는 불꽃이 만상붕괴의 여파로 스러지길 반복한다.

······!

색도, 소리도, 사물의 윤곽조차도 무너진 혼돈 속에서 둘이 격돌했다.

서로 장기로 삼는 기공은 봉인된 상태다. 철저하게 권사와 도객의 대결이었다.

그 싸움 속에서 구윤은 망각 저편으로 사라졌던 감각이 되살아나는 것을 느꼈다.

오로지 육체와 도 한 자루만을 믿고 싸워야 했던 시절의 기억이었다.

"역시 그랬구나."

마치 그의 속내를 읽은 것처럼 귀혁이 말했다.

"너도 초인으로서의 자신에게 도취된 나머지 인간으로서의 자신을 소홀히 했어."

귀혁의 일권이 구윤의 어깨를 강타했다.

4

이 시대의 고수란 육신과 무기, 그리고 기공 모두를 혼연일체로 다루는 자를 말한다.

내공을 연마하여 기감을 일깨운 자는 이전의 자신이 어땠는지 기억하기 어려워한다. 기감을 지닌 것이 당연해진 시점에서, 그것을 잃는 것은 일반인이 오감 중 하나를 잃는 것과 마찬가지 충격을 줄 것이다.

그저 기감의 유무만으로 그럴진대 허공섭물, 의기상인, 격공의 기처럼 기공을 자유자재로 다루는 경지에 들어선 자라면 어떻겠는가?

구윤은 흡사 사지 중 하나를 잃은 것 같은 답답함을 느꼈다.

그에게 있어서 도법을 펼칠 때마다 기공과 불꽃이 연계되어서 위력을 극대화하는 것은 너무나도 자연스러운 일이었다. 자신을 궁지로 몰아넣는 수련도 많이 했지만 그것은 이런 상황과는 관계가 없었다.

"너희들은 게으르다."

귀혁은 태도를 비껴내면서 하단돌려차기를 날렸다. 구윤이 허벅지 근육에 힘을 줘서 받아냈지만 마치 그럴 줄 알았다는 듯 발끝이 기괴한 궤도로 솟구치면서 시야 사각을 노린다.

'으윽!'

간담이 서늘한 순간이었다.

어깨를 치켜 올려서 받아내긴 했다. 하지만 그 어깨는 조금 전에 귀혁에게 맞는 바람에 침투경의 기운이 잔존해 있는 어깨였다.

"웃기는 수작!"

구윤이 격통을 참으면서 태도를 내려서 귀혁을 물러나게 만들었다.

'너무 많이 맞았다.'

천단멸쇄진이 펼쳐지고 나서 정신적 충격에 빠지는 바람에 너무 많은 타격을 허용했다. 그 여파가 염마령에서 인간의 육체로 돌아온 지금까지도 영향을 끼치고 있었다.

"그리고 안일하지. 한순간도 쉬지 않고 노력했다? 정말 그럴까?"

구윤은 귀혁이 물러나는 틈을 찌르고 들어왔다. 신체 능력을 극대화시켜서 격렬한 도격을 뿌린다. 귀혁도 받아내면서 후퇴할 뿐, 파고들 틈을 찾을 수 없는 공세였다.

"자신이 배운 것, 선대가 이룩한 것을 답습하고 반복해 왔을 뿐 아니더냐?"

하지만 조롱은 계속되었다.

"의심하지 않고, 상상하지 않고, 파괴하지 않고! 지금 내 손이 놀고 있지 않아서 박수를 쳐줄 수 없다는 것이 유감이구나. 너는 정말 훌륭하다. 자기 의견 따위는 없이 어른들의 가르침을 충실하게 따르는 착한 아이 그 자체야."

"닥쳐라!"

태도의 끝에서 솟는 불꽃이 아름다운 궤적을 그렸다. 하지만 그것도 천단멸쇄진의 혼돈 속에 녹아서 스러질 뿐, 아무런 의미도 창조하지 못했다.

그것을 보는 구윤은 마치 인생을 부정당하는 것 같은 기분에 사로잡혔다.

"하아아아아!"

격노한 구윤의 움직임이 빨라졌다. 태도에 실리는 진기의 양이 급증하면서 불꽃이 조금씩 강해지기 시작한다.

압도적인 힘이 공급되자 지속되는 만상붕괴 속에서 불꽃이 춤추기 시작한다. 그것은 즉 일양신화공 본연의 위력이 살아난다는 의미였다.

그러나……

"그래. 나를 죽이기 위해 내 제자에게 패배를 인정하는 굴

욕을 감내하면서 아껴둔 힘이겠지. 죽기 전에 다 써보기라도 해야 억울하지 않겠구나."

……그것은 1의 결과를 얻기 위해 100의 힘을 쏟아붓는 낭비였다.

천단멸쇄진으로 숲을 태우는 불꽃과 괴리되었어도, 염마령을 해제했어도 구윤에게는 어마어마한 여력이 남아 있었다. 오랜 세월 동안 심상계에 비축해 온 극양지기가 있었기 때문이다.

하지만 그 힘은 지금 상황 속에서는 무의미했다. 화력을 봉인당한 채로 육신으로만 발휘할 수 있는 힘에는 한계가 있었으니까.

'이 목숨을 다 태워 버린다고 해도 상관없다. 흉왕, 여기서 네놈을 죽인다!'

구윤은 모든 힘을 불살랐다. 혼돈조차 사르는 불길이 태풍처럼 휘몰아쳤다.

화아아아악!

막대한 진기를 퍼붓는 동안 발생한 빈틈으로 귀혁의 공격이 꽂혔다.

그래도 구윤은 상관하지 않았다. 서서히 일양신화공의 위력이 살아나자 귀혁도 방어에 급급한 채로 물러날 수밖에 없었다.

"자, 흉왕이여! 어디 한번 시험해 보자! 내 힘이 다하는 것이 먼저인지, 아니면 이 혼돈의 경계에 도달하는 게 먼저인지!"

천단멸쇄진의 영역은 무한하지 않다. 만상붕괴 발생 지점에서 멀어지면 멀어질수록 의념의 격류는 옅어지게 되어 있으니까.

그리고 지금 귀혁은 방어에 급급한 채로 계속해서 물러나고 있었다. 힘이 다하기 전에 충분한 거리까지 귀혁을 몰아붙일 수 있다면 그의 승리다.

'할 수 있다!'

본신의 힘으로만 싸워야 했다면 벌써 바닥을 드러냈을 것이다. 그러나 그가 긴 세월 동안 축적해 온 극양지기는 끝을 알 수 없을 정도의 양이었다. 어마어마한 낭비조차도 버텨내면서 일양신화공의 위력을 구현해 냈다.

순간 귀혁이 웃었다.

"참으로 알기 쉬운 놈이로구나."

귀혁은 굳이 진기를 실어 말하지 않았다. 구윤이 미처 그 말의 내용을 알아차리기도 전에 그가 빛으로 화했다.

―무극 감극도(無極感隙道)!

인간은 언제나 앞을 예측하고 움직인다. 이 예측에서 벗어난 상황을 맞이한다면 어처구니없을 정도로 취약한 모습을 보이게 된다.

치열한 공방을 나눌 때도 마찬가지였다. 돌발 상황에 대응하기 위해서는 움직임에 여유를 남겨야 한다. 전력 질주를 하는 상황에서 앞에 불쑥 장애물이 나타나면 피하기 어려운 것은 고수라도 마찬가지다.

지금의 구윤에게는 그런 여유가 없었다.

적에게 철저하게 농락당했다는 분노, 그리고 약점을 여실히 드러내는 순수한 격투전을 강요받는 상황이 그의 시야를 좁게 만들었다.

전력으로 허공을 친 그의 뒤쪽에서 무극 감극도를 펼친 귀혁이 나타났다.

'……!'

일순 눈앞이 캄캄해졌다.

무슨 일이 일어난 것일까? 미처 파악하기도 전에 그의 몸이 땅에 충돌했다가 튕겨 올랐다.

다음 순간, 구윤은 자신의 심장이 귀혁의 관수에 꿰뚫렸다는 사실을 깨달았다.

"하……."

시간이 멈춰 버린 듯 그렇게 서 있던 구윤이 귀혁을 바라보았다.

서로의 숨결이 닿는 거리에서 숙적의 눈을 본 그는, 자기도 모르게 웃었다.

"……원통하군, 흉왕."

구윤은 스스로의 목소리가 담담하다는 사실에 놀랐다.

방금 전까지 그를 지배하던 격노는 온데간데없었다. 그의 의식은 이 순간에 도달하기까지의 과정을 되새기고 패배를 받아들이고 있었다.

귀혁이 가볍게 몸을 털어서 구윤을 밀어냈다. 휘청거리며 뒤로 물러난 구윤이 말했다.

"네 말이 옳다. 나는 게을렀다. 부정할 수가 없군. 모든 노력을 다했다고 생각했지만, 그 노력의 본질까지 의심해 본 적은 한 번도 없었어."

"죽기 전에라도 깨달았으니 다행이구나."

"하지만 후회하지는 않는다."

"후회와 반성이 없는 깨달음에는 의미가 없다."

"그럴지도 모르지. 그래도 후회하지 않겠다. 나는 내가 할 수 있는 최선을 다했다. 그저 그러고도 네놈에게 닿지 못한 것이 분할 뿐이다."

"어쩔 수 없는 놈이로구나."

귀혁이 웃었다. 하지만 그 웃음은 조금 전처럼 차갑지도 조롱을 담고 있지도 않았다.

"인정하마. 일양신화공, 제법 훌륭했다. 네놈이 조금만 인내심이 깊었다면 나도 위험했겠지."

"…나도 글러먹었군."

구윤이 고개를 저었다. 그가 흐릿한 눈으로 하늘을 올려다보며 말했다.

"불신자의 생색을 듣고 기분이 좋아진다니, 이래서야 그분의 사도로서 실격이다."

그것이 그의 유언이 되었다.

귀혁은 구윤의 심장이 칠왕의 권능으로 되살아나는 순간 최후의 일격을 날렸다. 구윤은 아무런 반항 없이 마지막을 받아들였다.

한 시대의 상징처럼 여겨졌던 거마(巨魔)의 최후였다.

5

유단이 형운의 손에 죽고 태양명과 그가 준비한 대파괴의 이적이 무산되었다.

광세천교와 흑영신교는 다급해졌다. 희생을 감수해 가면서 던진 승부수가 완전히 격파당하고 말았으니 그럴 수밖에 없었다.

삼면에서 압박당하는 그들은 동료들의 죽음을 방패로 삼아 그저 앞으로 나아가는 것만 생각했다. 그리고 그런 그들의 머리 위로 벼락이 떨어졌다.

콰콰아아아아앙!

하늘에서 떨어진 어마어마한 섬광이 흑영신교의 군진을 후려쳤다.

그들을 감싸고 있던 진의 힘이 깨져 나가면서 수십의 희생이 발생했다.

"큭……!"

그 일격을 날린 것은 형운이었다.

쾌재를 불러야 할 상황이었지만 형운은 대신 지독한 허탈감에 사로잡혔다. 기심과 기맥을 채우고 있던 진기가 텅 비어 버렸기 때문이다.

형운의 몸이 무기력하게 추락하기 시작했다.

"제, 젠장."

조금 전까지 그의 상태는 몸속에 흐르는 진기라는 기름에 원기라는 불이 붙은 것과 같은 상태였다.

이미 기름에 불이 붙은 이상 진화하는 것은 불가능하다. 다 타는 것을 기다릴 수밖에 없다. 하지만 그랬다가는 그 불이 형운의 몸까지 집어삼켜서 파멸로 이끌 뿐이다.

그 상황을 타개하기 위해서는 불붙은 진기를 전부 방출해 버리는 수밖에 없었다. 본신 내공만 해도 강호 최강인 형운이 유단이 목숨을 희생해 가면서 모은 광파결계의 힘까지 더해서 쏘아낸 일격이니 어마어마한 위력을 자랑할 수밖에.

"괜찮으십니까?"

추락하는 형운을 구출한 것은 가려였다. 하늘로 비상한 그녀의 품에 안긴 형운은 묘한 감정에 사로잡혔다.

'아니, 누나는 하필이면 이런 자세로…….'

체격이 훨씬 큰 형운이 다소곳하게 그녀의 팔에 안겨 있었다.

'으아, 부끄러워.'

몸을 움직일 수 있다면 당장 벗어나겠는데 지금 형운은 손가락 하나 까딱할 수 없어서 그런 자세로 지상에 내려설 수밖에 없었다.

"누, 누나. 빨리 내려줘요."

"어디가 안 좋으신 겁니까? 일단 약을……."

"아니, 힘을 다 써버린 것만 빼면 괜찮으니까 일단 내려주기나 해요."

형운은 주변 사람들이 격전 중에도 흘끔흘끔 바라보는 시선 때문에 얼굴이 뜨거웠다. 다행히 가려는 워낙 형운을 걱정하는 마음이 앞서서 그런 것을 전혀 눈치채지 못했다.

형운은 부끄러움을 가라앉히기 위해 사고를 전환했다.

'두 번은 할 수 없는 짓이야.'

형운은 그 사실을 절감했다.

일단 진기가 원기로 변환되는 현상이 시작되고 나니 그 기세는 통제 불가능했다.

이번에는 어디까지나 주변을 불태우던 광파결계의 힘을 흡수했기 때문에 끝까지 버틸 수 있었던 것이다. 그렇지 않은 상황 속에서 같은 짓을 했다면?

그랬다면 제대로 싸워보기도 전에 육신까지 잡아먹혔을 것이다.

조금 전처럼 특수한 환경 속에서, 그것도 목숨이 날아갈 확률이 대단히 높은 부담을 지고서야 쓸 수 있는 수단이었다.

'게다가 매번 같은 결과가 나온다는 보장이 없지.'

죽을 각오로 저질러 보니까 알겠다. 이것은 매번 같은 결과가 나온다는 것조차 장담할 수 없는 도박이었다. 이번에는 정말로 운 좋게 형운이 원하는 결과가 나온 것뿐이다.

'다른 방법을 찾아야겠군.'

한숨을 쉬는 그에게 가려가 진기회복제를 먹여주었다. 지금의 형운은 손가락 하나 까닥하는 것조차 힘겨운 상태였다.

'움직일 수 있을 정도로 회복한다고 해도 전투에 참가하는 것은 무리다.'

과도한 외기를 체내에 받아들인 것, 그리고 그 속에서 원기화라는 작업을 진행한 후유증은 컸다.

진기회복제를 먹고 운기를 하는 것만으로도 어느 정도 진기를 회복할 수는 있으리라. 그러나 육체는 더 이상 큰 힘을 감당할 수가 없었다.

'자칫하다가는 균형이 깨져서 폭주한다.'

자신의 상태를 파악한 형운은 입술을 깨물었다.

문득 그의 귀에 이현의 목소리가 들려왔다.

"더 무리하지 말거라. 넌 기대한 것 이상으로 큰일을 해냈으니까."

순간 형운은 말문이 막혀 버렸다.

이현은 뒤가 투명하게 비쳐 보이는 모습으로 빙긋 웃고 있었다.

"이제 적 태사에게 받은 일을 마무리할 때가 왔군."

덧없는 허상처럼 흐릿해진 그는 더 이상 아까 전처럼 불안정해 보이지 않았다. 오히려 실체를 유지하기를 포기했기 때문일까? 서서히 소멸에 가까워지고 있기는 하지만 의식은 안정적으로 유지하고 있었다.

"자, 오만한 신의 사도들아."

이현이 손을 들어 하늘을 가리켰다.

신의 주검으로부터 일어난 투명한 빛의 파랑이 하늘을 관통했다. 그리고 그것을 중심으로 그들을 둘러싼 공간이 뒤집어졌다.

"뭐야?"

경악한 것은 두 마교뿐만이 아니었다. 모든 이가 경악해서 움직임을 멈췄다.

구름에 휩싸여 흐리던 하늘이 열렸다.

그러나 그 너머에서 드러난 풍경은 당연히 상상했던 것과는 전혀 달랐다.

그곳에는 별들이 쏟아질 것처럼 가득한 밤하늘이 펼쳐져 있었다. 방금 전까지만 해도 분명 햇살이 쏟아지는 낮이었는데 어떻게 그럴 수가 있을까?

'아니, 아니야. 저건 밤하늘이 아니다.'

사실 이 전장이 성립하기까지의 과정을 생각하면 낮이 밤으로 바뀐 것까지도 어떻게든 받아들일 수 있다.

그러나 지금 그들의 머리 위에 펼쳐진 것은 밤하늘조차도 아니었다.

'천외천(天外天)?'

인간의 손이 닿지 않은 미지의 영역. 인간이 인지하는 하늘 저편의 세계.

그들이 인식하는 하늘 너머의 공간이 그곳에 나타났다. 그리고 마치 물에 떨어진 먹물이 번져 가듯이 주변 풍경을 잡아먹기 시작했다.

"무슨 일이 일어나는 것인가?"

다들 두려움을 느꼈다. 이현이 도대체 무슨 일을 벌이는 것인지 알 수가 없었다.

어느 순간, 두 마교도들은 한 가지 사실을 깨닫고 경악했다.

"어째서 성지가 보이는 거지?"

주변을 집어삼킨 천외천의 풍경 너머에서 그들의 성지가 아른거리고 있었던 것이다.

이현이 미소 지었다.

"자, 신의 사도들이여. 이제 그대들의 신을 영접할 시간이다."

그리고 그들이 전부라 믿어 의심치 않았던 세계가 격변했다.

『성운을 먹는 자』 18권에 계속…

박선우 장편소설
FUSION FANTASTIC STORY

멋진

Wonderful

인생

Life

태어나며 손에 쥔 것이라고는 가난뿐.

그러나 내게는 온몸을 불사를 열정과
목숨처럼 소중한 사랑이 있었다.

『멋진 인생』

모두가 우러러보는 최고의 직장이자 가장 치열한 전쟁터,
천하그룹!

승진에 삶을 바친 야수들의 세계에서 우뚝 서게 되는
박강호의 치열하지만 낭만적인 이야기!

Book Publishing CHUNGEORAM

유행이 아닌 자유추구
WWW.chungeoram.com

궁극의 쉐프

Ultimate chef

가프 장편소설

FUSION FANTASTIC STORY

태초의 우물에서 찾은 사막의 기적.
사람의 식성과 식욕을 색으로 읽어내는 능력은
요리의 차원을 한 단계 드높인다.

『궁극의 쉐프』

요리란!
접시 위에 자신의 모든 것을 담아내는 것.

쉐프란!
그 요리에 자신의 가치를 증명하는 사람.

"요리 하나로 사람의 운명도 좌우할 수 있습니다."

혀를 위한 요리가 아닌, 마음을 돌보는 요리를 꿈꾸는
궁극의 쉐프 손장태의 여정이 시작된다!

Book Publishing CHUNGEORAM

유행이 아닌 자유추구 -
WWW.chungeoram.com